ラスト・バリア

スーフィーの教え

レシャッド・フィールド
山川紘矢＋山川亜希子＝訳

角川文庫
24046

THE LAST BARRIER
by
Reshad Feild

この書を、道を探究するすべての人々と、私を
そこへ導いてくれたハミッドに捧げる。

誰もかも、我々の仲間として
やっておいで。
さすらい人も、
師を求める人も、
世捨て人でさえも、かまわないから。
我々の仲間は絶望しない者の集いだ。
今まで千回もちかいを破った人も、
やってくるがよい。
さあ、何度でも、もどっておいで。

メブラーナ・ジャラールッディーン・ルーミー

目次

第一章

私のことを聞いた者は、
私をたずねて、会いに来なさい。
私に会いたい者は、
私をさがしなさい。
そうすれば、私はきっと見つかるだろう。
私を見つけたならば、
ほかならぬこの私を選びなさい。

シャムセ・タブリーズ

何も知らぬ者、しかも自らが知らぬと知らぬ者はおろか者なり。
彼とはかかわりを持つな。
何も知らぬ者、しかし己れが知らぬと知る者は子供なり。
彼を教育してやりなさい。
知る者、しかし自らが知ると知らぬ者は、眠れる者なり。
彼を目覚めさせてやりなさい。
しかるに、知る者で、己れが知ると知る者は賢人なり。
彼に従うがよい。

格言

ある秋の日、私はロンドンの骨董屋めぐりをしていた。そして、初めてその店に行きあわせた。当時、骨董品を商売にしていた私は、その頃、ほとんど毎日のように、骨董品店を何軒か見てまわっては、あとで高値で売れるような掘り出し物を探していた。その日、私は裏通りの片すみにあるその小さな店に、引き寄せられるように入った。中近東の品物を中心とした様々な骨董品を売っている店だった。店の中には香がたかれていた。店の内部はうす暗かった。

　中に足を踏み入れたとたん、私に挨拶しに奥からあらわれた男に、私は強烈な存在感を感じた。最初、その人物の圧倒的な大きさに驚かされた。彼は一メートル八十はゆうに越える大男で、しかもがっしりとした体をしていた。青い背広を着ていたと記憶している。彼は口ひげをたくわえ、眼鏡をかけていた。年齢は五十代のはじめぐらいに見えた。

「何かお探しですか？」と彼がたずねた。

「ちょっと見せていただけますか？」と私は言った。その時にはすでに、店の中全体に充満している圧倒的な存在感、あるいはエネルギーといったものに、はっきりと気がついていた。

彼はにっこりとした。「あなたも骨董商のようにお見受けしますが。それでしたら、正札の値段は気になさらないで下さい。どうぞごゆっくり」彼の言葉にはほんのわずかだがなまりがあった。彼は長いキセルにつめたトルコタバコを吸っていた。

その後、何がどのようにして起こったかについては、私の記憶はあいまいである。確かなことは、どこか心の奥深くで、直感的に、ここ何年か私が興味を持ち続けている事柄について、この男が何かを知っているに違いないと感じたことだけである。骨董商をやるかたわら、私はヒーリング（癒し）の仕事にも首をつっこんでいた。何年か前に、重い病気をヒーラーに治してもらったことがあり、その時に自分もまたヒーリングの能力を持っていることを発見したからであった。あいた時間はすべて、医者に見離された人々を治療するために使っていた。彼らは、あなたの病気は心理的なものだとか、もう治る見込みはないから、医学的にはもうこれ以上、何もできることはないと、医者から告げられていた。

私はいろいろなヒーリングの方法を実際に使いながらも、もっと多くの知識を探し求め続けていた。その間に、私は中近東のダルウィーシュと呼ばれる神秘主義者たちの一団について書かれた書物を数多く読んでいた。彼らは自らの命を完全に神に捧げ、そのために数々の奇跡的な力を持つと言われている特別な人々だった。彼らについて、本を読めば読むほど私の関心は深まっていった。ダルウィーシュとスーフィーの人々が従っている「道」を学ぶことに、私はほとんど取りつかれていた。しかし、その時に至るまで、ダルウィーシュたちがヒーリングや様々な霊的修業に用いている方法について何かを知っている人物には、誰にも出会ったことがなかった。ところがその小さな骨董品の店で、私はこうした秘密に通じるドアを開く鍵にめぐり会えたことを、確信したのだった。深呼吸をしてから、私はその店の主と向かい合った。

「変な奴だと思われるかもしれませんが」と私は切り出した。「それに、もし間違っていたら許して下さい。でも、あなたは中近東のダルウィーシュについて御存知ではありませんか？」

突然、店の空気が変わってしまったように感じた。その男はびっくりしたようだったが、用心深く自分を取り戻すと、彼の前の机の上にあった灰皿にタバコを置いた。無限かと思われる時間がたってから、彼は顔をゆっくりと上げた。

「まったくもって、妙な質問ですね」と彼は言った。「なぜ私に、そんなことを聞くのですか？」

「ただ何か、直感的にたずねてしまったとしか言えません」と私は答えた。「私は長年、彼らのやり方について勉強しています。そして誰か、そのことについて実際に知っている人を探しているのです。なぜかはわかりませんが、あなたはきっと中近東の方で、何かダルウィーシュのことを知っているのではないかという気がしたのです」

「でも、なぜそう思ったのですか？」彼は非常に疑い深そうにたずねた。

質問してしまった今になって、私はとても不安になり始め、質問しなければよかったと後悔していた。何かひどく奇妙な状況だった。三十四歳のイギリス人の古物商である私がこれまで一度も会ったことがないこの大男に向かって、神秘的な事柄についての質問をしているのだった。

「すみませんでした」と私はつぶやいた。「私のことをぶしつけな人間だとお思いでしょうね」

「いや、少しもかまいません」と彼は答えた。彼は今はもう、にこにことほほえんでいた。「何事も偶然ではありませんから。面白いことに、私もダルウィーシュについて、とても興味を持っているのです」眼鏡の上から、彼は私をつき刺すようにじっと見つめた。「それに、そろそろ店を閉める時間です。少し時間も空いています。コーヒーを御一緒しませんか？　この件について、もう少しお話できますからね」

店を出たのも、コーヒーを飲む場所まで通りを歩いたのも、私はまったく覚えていない。すべてが何かとても不思議な影響を私に与えていた。どうしてなのかわからないが、あたかも、自分の知らない、まったく異なる新しい世界へ入ってゆく時のような、わけのわからない深いおそれを感じていた。そして、私の一部分は、どこか他の場所にいればよかったと願っているのに、他の一部は、結局、私の人生の方向を完全に変えることになる状況に私をしばりつけていた。

席についてコーヒーを注文したあと、彼は自己紹介を始めた。彼の名前はハミッドといい、トルコからやって来て、二年半ほどイギリスに住んでいるとのことだった。そして、私が聞きたくてたまらない話題を注意深くさけながら、トルコのダルウィーシュに関する情報をいくらか私に話してくれた。彼の話によると、トルコの初代大統領であったアタチュルクは、ダルウィーシュの力が政治の面でも余りに強力になったために、彼らを非合法化したとのことだった。しかし、今もまだトルコには、彼らの修業の方法を知っている人達がいるそうだった。実のところ、私たちの会話は、それとない尋問のようなものになっていた。自分が注意深く分析されているように私には感じられた。そして、ますます、居心地が悪くなっていった。

カフェを出ようと立ち上がった時、彼が言った。「しかし、あなたがなぜ、こうしたことにそんなに関心を持つようになったのか、とても興味があります。よかったら、明日の夜、私のアパートで一緒に食事をしませんか？　もっとゆっくりとお話できますから。なにか好き嫌いはありますか？」

幾分、申しわけないと思いながらも、ここ数年、菜食主義を通しているが、あなたに余計な気を遣わせたくない、と私は答えた。

「大丈夫ですよ」と彼は言った。「これもまた、偶然の一致ですね。ちょうど、中近東の菜食料理に関する本を書いたところなんです。ですから、あなたに特別の料理を何か用意します。明晩七時半頃、おいで下さい」

そう言うと、彼は向きを変えて、人混みの中へと消えて行った。私は、しばらくの間、通りをゆく彼を見送ってから、自分のアパートへと帰った。妻とはしばらく前に別居していたので、私は一人でそこに住んでいた。その晩、ほんの二、三時間しか眠らなかったのではないかと思う。私の心は、その日に起こったことを何とかつなぎ合わせようと、必死になっていた。

その後の一年、私はできる限り多くの時間を、ハミッドと共に過ごした。私たちは彼の店にすわり、ハミッドは少しずつ、しかもそれとないやり方で、スーフィー、つまり、イスラム教の神秘主義的な教えに従っている人々の道を、私に紹介していった。私は彼の生徒となり、できる限り多くの知識を得ようと努めた。しかし、なぜかわからなかったが、彼は私が最も関心を持っている事柄であるヒーリングの技術については、何も話してはくれなかった。私がそのことについて質問をしても、彼はその話題をさけて、君は霊的（スピリチュアル）な人間だから、その時が来ればどうすればよいかわかる、それで十分なのだと言うだけだった。「ただ、まっすぐに進みなさい」と彼は言った。「脇道（わきみち）にそれてはいけない。こうした事柄を知りたいと思う自分の動機を常に問い正しなさい。脇道は危険な遊びだ。まず、真の知識をしっかりと確立することが大切だ。さもないと、吹きとばされてしまうかもしれないからね」

ほぼ一週間に一度、私は彼のアパートに夕食を食べに行った。私が彼のところに着いた時に彼がまだ料理している最中であると、料理が終わるまで、じっと黙ってすわっているようにと彼は私に命じた。彼はいつも、完全に集中して食事を用意した。しかも、その料理の出来ばえはすばらしかった。まるでどの食事も、それまで彼が作ったどの食事よりも大切だとでもいうかのようだった。彼はずっと、なぜ私が菜食主義なのか聞こうとしなかったが、ある日、ちょうど作っていたサラダから顔をあげると私にたずねた。「なぜ君は菜食主義なんだ？」私は菜食主義の長所や利点と、霊的(スピリチュアル)な生活との関係について、彼が話をさえぎるまで、長々と説明した。「わかった」と彼は言った。「しかし、私は菜食主義ではない。なぜだかわかるか？」

私は首を横にふった。

彼はにっこりした。「私が菜食主義者でないのは、神は完璧(かんぺき)であり、したがって、すべてのものは宇宙にあるべき場を持っていると知っているからだ。君を批判しているわけではないがね」と彼はさらに続けた。「しかし、この道を先に進むにしたがって、君は自分の前に現れるすべての物を変えられるようにならなければならない。いつかこのことについて、もっと話し合うことにしよう」

その年はあっという間にすぎてしまった。二人の関係は深まってゆき、ハミッドは、その頃私のやっていた様々な講演会やセミナーのすべてに顔を見せた。私はそういう講演会では、ヒーリングの話や、人間の目には見えないもの、霊的な感覚が十分発達した人にしか知覚できない精妙なエネルギーについて話をした。当時人々は、新しい生き方の可能性に目覚めつつあった。そして、それに関連した講演や議論は多くの人々、特に若い人々を魅(ひ)きつけていた。講演や週末のワークショップのほかに、私は東西の様々な形の瞑想(めいそう)を研究するグループにも参加していた。このグループは急速に大きくなっていた。ハミッドはこの集まりにもやって来たが、いつも同じように振る舞っていた。つまり、彼は私が話を始める直前に姿を現し、話が終わる直前に誰にも気づかれないように、部屋を出て行くのだった。当分の間、私たち二人の関係を隠しておくようにと、彼は私に言っていた。次の日、彼は前日の会のできごとについて詳細に検討した。自分はヒーリングのことは何も知らないと言ってはいたが、その話し振りから、彼が多くのことを知っていることは、次第に明らかになっていった。

そして、二人の関係を完全に変えてしまった事件が起こった。ある日、私は昔の学校友だちから、彼の親友を助けてくれないかという手紙をもらった。その親友夫婦は、何年もの間、大変な問題に苦しんでいた。奥さんは、長い間入院したあと、彼のもとを去ってしまった。それ以来、彼は落ち込み、自殺未遂をし、何日も自室にとじこもったままになった。医者も、それまでにかかったどんなタイプのヒーラーも、彼を救うことはできなかった。

私はそれまでに、このような患者を診たことはなかった。そこで、その晩、ハミッドと食事をしている時に、この話をして、彼に手紙を見せた。驚いたことに、彼は非常に興味を示し、その病人に自分も会ってみたいと言い出したのだった。

「君と一緒に行っていい？」と彼は聞いた。

「もちろんですよ」と私は言った。「でも、どうすればよいのか、私には見当もつきません」

「もし、君さえよければ、私が手伝おう」コーヒーを注ぎながら、彼が言った。

「何ですって？」びっくりして私が言った。

彼は笑顔で私を見た。「もし、君さえよければ、手伝うって言ったんだよ。こうしたことについて、私は少しばかり知識があるんだ。でも、今までは、このことを君に話すべき時期ではなかったのだ」

「ヒーリングの知識があることを、どうして、今まで私に話してくれなかったのですか？」

「君のやり方で十分うまくいっていたからだ。必要がなかったのだ。それに君の考え方を観察するのも面白かったしね。もしよければ、あさっての朝、十一時にここで会おう。私はその日一日、店を閉めるつもりだ。君もおそらく休みをとれるだろう。今晩、君はその人に連絡して、我々が行くということと、あと、生みたての新鮮な白い玉子を一個、買っておくように言いなさい」

「ハミッド、よくわからないのだけれど、一体、彼に何をしておけというのですか？」

「質の良い白い玉子を一つ買って、我々が彼のところに行くまでの二十四時間、その玉子をずっと身につけておくように、言いなさい。できる限り、玉子を手に持っているようにして、夜はベッドの脇の小さなテーブルの上に置くようにするのだ。それも、玉子が壊れる危険がない程度に、できる限り、彼の顔のそばに置いておくのだ。わかったかい？　心配はいらないよ。彼を傷つけるようなことはしない。そろそろ帰って、彼に電話をしなさい。もしよければ、今ここから電話してもいい」

電話の向こうで、相手がどんな反応を見せるか、私は心配だったが、予想に反して、彼は私の指示に何も反発しなかった。彼は翌日玉子を買うと約束し、私たちに会うのを楽しみにしていると言った。また、しばらくぶりに、今は気分が良いと私に伝えたのだった。


その翌々日、私がハミッドのアパートに着くと、彼は一番上等の背広を着こみ、シャワーを浴びて髪の毛がぬれたままの姿で待っていた。そして手に持っていた空の紙袋を私に渡すと、持っているように、と言った。

「何に使うのですか？」と私は聞いた。

「玉子のためだ」と彼は答えた。「彼の家を出る時に、玉子を持って帰るのだ」

「それをどうするつもりなのか教えてくれませんか？」と私はたずねた。

「まあ、見ていなさい」車に乗りこみながら彼は言った。無言のまま、私たち二人はハイドパークを横切って、その男の住んでいるハムステッドへと向かった。ロンドンの中心部を過ぎ、ケンジントン公園を通っている時、男が玉子を手に持って椅子にすわって、私たちを待っているということが、あまりにも風変わりなことに思えて、私は思わずクスッと笑ってしまった。

「何がそんなにおかしいのかね」とハミッドが言った。「彼に良くなって貰いたくないのかね？」

「もちろん、良くなって欲しいですよ」と私は答えた。

「そうだったら、もっと真剣になりなさい。これはとても難しい仕事なのだよ」

そのあとは、私たちはずっと黙ったまま、ドライブを続けた。我々の目的地はハムステッドの丘をずっと登って行った静かな丘の上にある、小さいが美しい家だった。ハミッドの様子は奇妙だった。こんなふうになった彼を、今まで見たことがなかった。目を半ば閉じて、自分に何か語りかけるか、またはお祈りでもしているかのように、彼のくちびるは声を立てずに動いていた。

私が車をとめると同時に、彼はドアを開けて外に出た。自動車に鍵をかけて、急いで彼のあとを追った時には、彼はすでに家の中に入っていた。私たちはやせた男に出迎えられた。彼はマルコムであると自己紹介をした。そして、神経質そうな仕草で、私たちを居間に導いてゆき、お茶はいかがですか、とたずねた。ハミッドはいただきますと答えた。彼が部屋を出てゆくと、ハミッドは私の方を向き直って言った。「さてと、あれはどこにあるのだろう？」

私は思わずまわりを見まわした。「あれって何ですか？」

彼は急に怒りだした。「君は霊感があるんだからわかるはずだ。この家は何かおかしい。何がおかしいのか探すんだ」

「でも」と私は抵抗した。「持ち主の許可なしに、探しまわるわけにはいきませんよ」

「言うとおりにしなさい。二階に行って、何がおかしいのか見つけて来なさい」

　こうなると、ハミッドに反抗するよりは、黙って彼に従う方がまだましだった。何を探せばよいのか、さっぱり見当がつかなかったが、ハミッドの命令には抗し難い力があった。そして、どうすればいいのかと彼に聞く暇もなく、私は階段の一番上まで登っていった。二階には四つのドアがあった。最初の二つは寝室に通じるドアであり、次のはバスルームのドアだった。最後のドアだけが違っていた。中は書斎だった。うす暗い部屋の中央に、大きな油絵があるのが見えた。窓のカーテンを開いてから、振り向いたとたん、私は大きな衝撃を感じた。

　イーゼルの上の絵は、二メートルほどもあった。もっとも、細長い形のせいで、余計大きく見えていた。それは、動きのない水面からつき出た馬の背骨と頭蓋骨の絵だった。背骨はまるで青白い火に焼き尽くされたかのように、透き通っていた。一方、頭蓋骨の内側は、毒々しい輝くような赤い色に満たされていた。その絵を注意深く調べているうちに、私は背骨と顎から、小さな炎が出たり入ったりしてゆらめいているのに気がついた。その絵には、不気味で邪悪なエネルギーが充満していた。私は静かにドアを閉めると、急いで階段を下りた。お茶がすでに用意されていて、二人は話し合っていた。

「トイレはどこかわかりましたか?」とハミッドが私にたずねた。

「ええ」それ以外にどう答えればいいのかわからずに私は答えた。ハミッドはマルコムの方に向きなおると、「ブラウンシュガーはありませんか?」と彼にたずねた。マルコムが再び台所の方へ姿を消すと、ハミッドは私に聞いた。「何か見つかったか？」

できる限り正確に、私は彼に話した。彼はうれしそうだった、というよりは安心したようだった。「ありがとう、これで次に進めるようになった」と彼は言った。「私の友人のこの男が砂糖を持ってマルコムが現れると、ハミッドはすぐに言った。「私の友人のこの男が買うようにと言った玉子を持っていますか？　私にその玉子を渡して下さい」

マルコムは上着のポケットの中から、そっと玉子を取りだすと、それをハミッドに渡した。しばらくの間、ハミッドはその玉子を両手で持って、その重さを計っていた。次にペンを持って来るように頼むと、彼は玉子の表面全体にアラビア語で何か書き始めた。この間、一言もしゃべらなかった。玉子の殻全体がアラビア語で埋まると、ハミッドはマルコムの方に向きなおって、彼をじっと見すえた。

「あなたは大変な間違いをしましたね」と彼は言い始めた。「性的エネルギーを誤って使ったために、あなたは自分を巨大な悪の前にさらしてしまったのです。あなたが助けを求めたのはこれで三回目だと聞いています。そのとおりですか？」

「どういうことですか？」

「これまでに二回、あなたはこうしたことに詳しい人のところへ行っているけれど、二回ともその人たちの指示に従わなかった。だから、あなたはちっとも良くならなかった、ということです。そのとおりですか？」

マルコムは恥じ入っている様子だった。そして、これまでに二回、ヒーラーの所へ行ったこと、しかし、彼らはとても実行できないようなことをやるようにと、自分に命じたのだと説明した。

「彼らはあなたを助けるために、何をしましたか?」とハミッドがたずねた。

「主として、特別なハーブや薬草茶をくれました」と彼が答えた。

「四十日間、赤身の肉を食べるな、と言われませんでしたか? そして、その期間はアルコールを一滴たりとも飲んではいけないと注意されませんでしたか?」

マルコムはかたくなで、しかも、当惑しているように見えた。

「どうしてそんなことを知っているのですか?」と彼はたずねた。

「玉子の中にそうあるからです」とハミッドは答えた。「すべての情報がこの玉子の中にあるのです。今は、あなたは私に助けを求めています。私の処方を無条件に受け入れられますか?」

マルコムはうなずいた。「ではタオルを持って来て、首のまわりに巻いて下さい」とハミッドが言った。「この玉子をあなたの顔で割ります」

マルコムも私も、びっくりして何も言えなかった。何秒間か二人とも身動き一つしなかった。するとハミッドがもう一度、タオルを取って来るようにと彼に命じた。タオルを手に戻ってきたマルコムは、部屋を出て行った時よりも、小さく、心細そうに見えた。その場の雰囲気はピリピリしていた。ハミッドでさえもかすかに震えており、彼の額には、細かい汗の粒が吹き出していた。「その前に」と彼は言った。「あなたは二階にある絵を焼き捨てると約束しなければいけません。また、四十日四十夜の間、肉を食べないこと、そして、その間、アルコールは一切飲まないと約束して下さい。もし今度、それを守らなければ、あなたはもう治るチャンスはありません。わかりましたか？」

マルコムは悲し気にうなずいた。「でも、なぜあの絵をもやすのですか？」と彼はたずねた。「あれは私の描いた一番出来のいい絵なのです」

「出来のよい絵かもしれませんが、それは善きものから来たものではありません。私の友人が、すでにそう教えてくれたのです。どうか許して下さい。私は彼に、二階に行ってこの家の中に私が感じたものの原因を探し出すように、命じたのです」

ハミッドは立ち上がった。首をかすかに前にかしげ、目を閉じたマルコムの頭が、ハミッドの左の肘の下あたりに見えた。その時一瞬、ハミッドと親しくならなければよかったのに、と私は思った。ハミッドは二歩前進すると、玉子を持った手を上にあげ、力いっぱい、マルコムの顔にその玉子を打ちつけた。玉子がマルコムの眉毛のすぐ上で砕けた。それはまさに炸裂したのだった。黄身と白身がマルコムの鼻の上でバウンドすると、それらは彼の膝の上に、うすぎたない黄色のかたまりとなって落ちた。

「紙袋をよこしなさい」とハミッドが命じた。

彼は左手に袋を持つと、玉子の残骸を注意深くその袋の中にすくい入れた。そして玉子の殻のかけらが残っていないかどうか、マルコムの顔を調べたあと、私に紙袋を渡した。最後に、彼はマルコムからタオルを受け取ると、そっとやさしさをこめて、ていねいに彼の顔を拭いた。

「これでよし」と彼は言った。「終わりましたよ。背広を汚してしまってすみません。でもクリーニングに出せば大丈夫ですよ。では目を開けて」

ハミッドはにっこりした。そのとたん、部屋全体の雰囲気が変わった。空気が軽くなり、気がつくと、太陽の光が窓を通して私たちがすわっているソファの上に射し込んでいた。

「必ず言われたとおりにして下さい。さもなければ、あなたに二度とチャンスはありませんよ。では行こう」と私に向きなおって彼は言った。「袋を持っていきなさい。帰ろう」

彼は私に、ロンドンの南の方へ運転してゆくように命じた。そこはテームズ川がロンドンへと流れ込む場所だった。彼はとても楽しげだった。そして何事もなかったかのようにトルコですごした若い頃のことについて、さかんに冗談を言った。私はついにがまんしきれなくなって、説明してくれるように頼んだ。

「何も説明することなどない」と彼は言った。「こうしたことを学ぶのは、君にはまだ早すぎる。しかし、いつか君が望めば、もう少し話してもいいだろう」

「でも玉子はまるで爆発したみたいに見えましたよ」と私は言った。「それに黄身も白身も全部一ヶ所にまとまって落ちたではありませんか、何かおかしいですよ」

ハミッドは大声で笑った。「言っただろう」と彼は言った。「あの玉子には、我々が知りたいと思った秘密のすべてが入っているとね」

それでも私は満足しなかった。信じられないほど強烈な場面を目撃したものの、何が起こったのかよくわからなかった。私は五年もプロの治療士をしていた。しかし、ハミッドが今日行ったほどに強力で奥の深いものは、これまでに見たことがなかった。それも、ただ力や深さの違いだけでなく、質的にもまったく違っていた。最後に私は彼にたずねた。「あの人は本当に治ったのですか？　健康を取り戻したのでしょうか？」

ハミッドはちらっと私を見た。「それは完全にあの男次第だ」と彼は言った。「我々は彼が元気になるために必要なものを全部彼に与えてきた。しかし、彼にそれを無理矢理受け入れさせることはできない。今、我々にできるのは祈ることだけさ」

私たちはテームズ川の川岸に自動車を停めた。ハミッドは通りを足早に横切っていった。私はそのあとを必死で追った。彼は手に例の紙袋を持つと川の中に投げ込んだ。通りかかった人はみな、彼がかもめにえさをやっていると思ったことだろう。彼は黙ったまま、袋が汚い水の中に沈んでゆくのを見きわめると、自動車へと戻った。

「私のアパートに来なさい」と彼が言った。「昼はまだ食べていなかったね。ああ腹が空いた！」

食事をしながら、ハミッドはこれからの四十日間、マルコムをどのように扱えばよいか詳しく説明し、私がすべきことについて指示を与えた。しかし彼はどのような方法を用いたのか説明するのを拒否し、マルコムの頭の上で、なぜ玉子を割る必要があるとわかったのかも、私に話そうとはしなかった。オカルトめいたことに関しては、どんなことにも眉(まゆ)をひそめていた彼が、一番やりそうもないことをやったのだ。それから彼はまた私をびっくりさせることを言った。

「明日、私はイスタンブールへ発(た)つ。一月の初め、アナトリア南部で君は私に会うことができる。もし、ちゃんと正しい時に君が来るならば、私は君を受け入れよう。しかし、君は一人で、しかも、過去のものすべてを置いて、やって来なければならない。もし、君がこの道に従いたいと思ったら、君はあらゆるものをあとに置いて来なければならないのだ。未解決のものも、たんすの中の汚れた衣類も、未払いの請求書も、何一つ残してはいけない。両手を空(から)にするのをさまたげるようなものは、何一つあってはならない。これまで、我々二人が一緒にやってきたことは、この時への準備にすぎないのだ。今、次の段階に進むかどうかは、君次第だ。それは完全なる未知への第一歩なのだ」

彼は私の腕に手をかけて、にっこりした。「私がダルウィーシュについて知識があるということは本当だよ。許してほしい。しかし、これから我々が一緒に行おうとしていることは、誰にでもできることではない。君が頭だけではなく、心の底から本気で知りたいと思っているのかどうか、確実に知る必要があったのだ。しかし、君も、こうしたことはすでにわかり始めていると思うが。どうだね?」

彼は一枚の絵はがきを私に渡した。「この写真を注意深く見なさい。神の意志によって、君はいつかこの土地を訪ねることだろう。もし、そうなれば、その時、君は自分の真の旅が始まったということがわかるだろう」

　その絵はがきは、大きな墓の内部の写真のように見えた。前方には柩のようなものが金色のみごとな布におおわれており、その頭の部分には巨大な青色のターバンが置かれていた。その場を照らす光は墓所の彩色された壁に反射していた。その壁は赤と黒と緑色のタイルにきざまれた金色のアラビア文字の模様で飾られていた。その絵はがきの裏に、ハミッドは自分の住所を書いていた。そこには、「アナトリア州シデ、書簡箱18、トルコ」と記されていた。

　その日の午後、私たちはずっと一緒にすごした。自分がどれほど彼と、そして彼と共に学んだ日々に執着しているか、私は初めて気がついた。彼が行ってしまうと思うと、私は喪失感で一杯になったが、同時に、彼のもとへ行くということが、私の将来にとって、重大な意味を持つ、ということもわかっていた。別れる時、私たちは抱擁した。深い感動と共に、私は彼のアパートを出て、バスの停留所へと歩いて行った。それは一九六九年の肌寒い冬の日のことだった。薄くもやのかかった湿っぽい日だった。広場の焚き火から立ちのぼる、木の葉を焼くにおいがした。

　自分のアパートに帰り着く頃には、私はおそらく自分の一生で最も重大なことを決意していた。自分の店を何とかして売り払い、すべてに始末をつけてから、イギリスを発って、トルコのハミッドに合流しようと決心したのだった。私は自分の机の前にすわると、すぐにハミッドに手紙を書いた。次に、ちょうど、アメリカで休暇をすごしていた仕事仲間に手紙を書いて、ずっと彼が望んでいたように、私の持ち分を喜んで彼に売り渡したいと伝えた。それから、不動産屋にこのアパートを売りに出すように電話で頼み、友人や家族に、イギリスをしばらく離れる決心をした理由をうまく説明しようと苦労しながら、手紙を書いた。さらに、私が主宰していた瞑想グループには、自分がしようとしていることについて、通知を出した。次に、とても難しいことであったが、私の治療に通ってきていた人々に手紙を書き、私のかわりに彼らを治療してくれそうな人物の名前を書きそえた。こうして、私は最初の第一歩を踏み出したのだった。そして今、私にはトルコへ出発するまで、あらゆることをきちんと準備するために、六週間が残されているだけだった。

六週間後、私はイスタンブールへ向かう飛行機の中にいた。私はハミッドから、一通だけ手紙を受け取っていた。それには、私に会うのを楽しみにしていると書かれていた。しかし、それと一緒に、彼にシデで会う前に、私が会わなければならない人々のリストが入っていた。私はうきうきして、彼に会うのが待ちきれなかった。しかし、私の前にはゴールに行きつくまでに、まるで巡礼のような旅がひもとかれていったのである。

第二章

私が愛するからこそ、
空には目には見えない道がある。
鳥たちはこの道に従い、
太陽も月もこの道をたどる。
そしてすべての星たちは、
夜、その道を旅してゆく。

キャサリン・レイン

果実がなるためには花があるように、
子供時代は人々の一生を作り出す。

ハズラト・イナーヤット・カーン

イスタンブールに着いた最初の日、私は人ごみと騒音に慣れようと思って、町中を歩きまわった。どの自動車もいっせいに警笛を鳴らし、運転手は交通渋滞の中で互いにどなり散らし、歩行者は運転手に向かってわめいているように見えた。子供たちは私の上着のすそを引っぱっては、キャンディを売りつけようとした。町の角々では必ず誰かが何かを売っていた。ズボンがいっぱい入ったトランクを広げている男、買物袋を売っている幼い少年、お祈りに使うアナトリア製の毛布を押しつけようとする、クルディスタンから来た肌の浅黒い男たちなどだった。女たちはショッキングピンクと緑色のプラスチック製の台所用品や、お守りの入った箱や花を入れたかごを持っていた。爪切りだけを売っている老人もいた。そして通りの角では、とうもろこしやボスフォラス海峡でその朝とれたばかりの魚を焼いている、真っ赤に熱せられた真鍮製の焼き網のまわりに、人々が群がっていた。通りの向こうには、包丁の研ぎ師がいた。こちら側ではタイプライターを修理していた。

さまよい歩いているうちに、私はブルー・モスクの前にいた。この建物は確かに世界で最も美しい建物の一つだと言えた。そしてちょうどその時、私は初めて、屋根のてっぺんから祈りを呼びかける声がひびき渡るのを聞いた。それはまさに、興奮と胸の高なりをもたらす新しい世界だった。同時に、イスタンブールに初めて足を踏み入れた者にとっては、少しばかり怖しい世界でもあった。私は一日中歩きまわり、疲れると、小さな茶店に入って腰を下ろし、トルココーヒーを飲んだ。茶店では、男たちがフーカ・パイプで黒タバコをふかしながら、目の前にくり広げられている人々のから騒ぎを観察していた。夜になって空腹になった私は、旧市街にあるレストランを適当に選ぶと、そこでカフタという料理を注文することにした。カフタは炭火の上で焼いたくしざしの肉に野菜がついた料理だった。驚いたことに、私はずっと菜食主義を続けていたのに、肉を食べても気分が悪くなるようなことはまったくなかった。これから何か変化が起こるとわかっていたが、その変化はもうすでに始まっているに違いなかった。

その夜、私はホテルの小さな部屋で、ぐっすりと眠った。翌朝、朝食を終えるやいなや、私は電話帳を調べ始めた。イスタンブールに着いたらすぐに訪ねるようにとハミッドが私に書いてよこしたシャイフ、つまり、霊的な指導者の名前を探し出すためだった。その人物にはトルコ超自然協会と呼ばれているグループを通して会えるだろう、ただし、こうした事柄には常に秘密主義がつきまとっているので、彼らはなかなかその人物の住所を教えようとはしないだろうと、彼は私に書いてよこしていた。しかし、どんなに一生懸命にやってみても、見つけ出せなかった。そのような名前のグループは、電話帳には載っていなかった。それに、私は他にどうすれば見つけられるのか、見当もつかなかった。トルコ語が一言たりとも話せないということも、問題をさらに難しくしていた。

そこでまずホテルを出て、大きな近代的ホテルや、旅行会社、航空会社のオフィスなどが建ち並んでいるタクシム広場に行くことにした。そこならば、どのオフィスにも必ず一人は英語かフランス語をしゃべる人間がいるはずだった。自分の直感はうまくゆくだろうと思ったのだが、どこでたずねてみても、いっこうにわからなかった。夕方になる頃には、もうこの件はどうしようもないと、ほとんど諦めかけていた。もし、私が生まれつき、人並み以上にねばり強い人間でなかったとしたら、またハミッドをそれほどまでに信頼していなかったならば、その晩、私は完全に諦めてしまったことだろう。しかし、何かにつき動かされるように、私は探し続けた。そして、その次の日はイスタンブールの旧市街を歩きまわって、英語のしゃべれそうな人に片はしから近づき、トルコ超自然協会について何か知りはしないかと聞いてみようと決心したのだった。

二日目のお昼になっても、いっこうに進展はなかった。ハミッドは私に、イスタンブールで、あともう一人の人物も訪ねるように指示していたが、指示されたとおりの順序で会うことがどうしても必要だと強調していた。私はすでに諦めかけていた。足は靴ずれで痛み、事のなりゆきすべてにますます幻滅し始めていた。三日目の午後、ひげを整えてもらうつもりでホテルからほんの二、三軒向こうの床屋へ入った時、私はもうすっかり意気消沈していた。その床屋はパリのホテルで二年間働いた経験があり、フランス語を話すことができて、大いに喜んでいた。私たちはパリや、彼がほんのちょっと訪ねたことがあるというロンドンのことを話し、さらに話題はイスタンブールへと移った。

店を出ようとして、私はいつもの質問——私が探しあぐねている協会について知りはしないかと、彼にたずねた。「もちろん、知っていますよ」と彼はあたり前のように答えた。「その協会なら知っています。お連れしましょうか？」

こんなに簡単にわかっていいものなのだろうか？　三日間も町の中を探しまわった揚句、泊まっていたホテルから何メートルも離れていない床屋で、必要な情報を見つけたのだ。自分がここに来ることになったいきさつを私は説明しようとしたが、その床屋はただにっこりとして、ハミッドと同じように、偶然などはない、あなたが指導者に会うように運命づけられていれば彼に会うし、そうでなければ会わないだけだと答えたのだった。そしてさらに、「若かった頃、私もそうしたことをやっていました。しかし、今は家族もいますし、一日中、客と話す商売をしています。だから、勉強する暇はありません。しかし、シャイフは洞察力のすぐれた非常に立派な人だということです。その方に会えるといいですね。ところで、協会の事務所は夜にならないとあきません。ですから、一度ホテルに戻られてはいかがですか？　そしてまたあとで、ホテルで会うことにした方がいいと思います」と言ったのだった。

そのあとの二時間、私はホテルのロビーで一週間前の新聞を読みながらすごした。それはロンドンですでに読んできた新聞だった。私は夜が来るのをいらいらして待っていた。

床屋がやっと現れ、私たちはホテルを出て、広場を横切って行った。細い裏道へと道を曲がった時には、すでにあたりは暗くなり始めていた。冷たい風が吹き、空気には雨のにおいがした。人々はオーバーのえりを首のまわりに立てて、家の門口にうずくまっていた。街灯の光に排水溝から立ちのぼる蒸気が照らし出されていた。床屋は私に話しかけようともせずに、急ぎ足で歩いてゆくので、私は彼のあとを小走りでついてゆかなければならなかった。彼がわざとわかりにくい道順を選んだのかどうかわからなかったが、この道を一人で戻ることが私にはできないことだけは確かだった。

小道の行きどまりにある小さな広場に私たちは着いた。そしてそこに、とある建物の大きな木製のドアの上に、「トルコ超自然協会」と書かれた真鍮（しんちゅう）の札がかかっていた。私の連れがノックすると、間もなく四十代半ばの女性がドアを開けた。彼女は黒髪をひっつめて、うしろでまげにまとめていた。そして、質素な黒いスカートに白いブラウスを着ていた。こんな所までわざわざ私が会いに来るような人物にはまったく見えなかった。彼女は私に鋭い一瞥（いちべつ）を与えると、私の連れに目を移した。二人はトルコ語でほんの少しの間話していた。その女性は家の中に入ってドアを閉めた。床屋は軽くおじぎをすると、私を一人、ドアの前に残したまま、暗い通りへと姿を消してしまった。

不安が恐怖に変わりかけたその時、ドアが再び開いて例の女性が一人の男性と一緒に現れた。彼女は上手なフランス語で、私にイスタンブールに来た理由と、なぜこの協会に関心があるのか質問し始めた。私はできる限りうまく答えようとしたが、実のところ、彼女が本当は何を知りたがっているのかよくわからなかった。最後に彼女がたずねた。「あなたは、なぜ私たちのシャイフに会いたいのですか?」私はびっくりした。そしてやっと、私をここに連れてきてくれた床屋が、彼女に私の探究のことを話したに違いないと思い至った。私の師からこれを課題として与えられたのだと説明を試みたものの、私の説明は次第に混乱し、わけがわからなくなっていった。二人とも、ハミッドの名前を知らないらしく、さらに何分か質問を続けた。女性が突然言った。「では、行きましょう」

私たちはタクシーに乗って、イスタンブールで最も古い地区を通っていった。すでに夜は遅かった。町は光で一杯だった。そして市場は人でごったがえしていた。タクシーは狭い通りで止まった。通りの両側には建物がせり出していて、両側の二階の窓から身を乗り出せば、両方から握手ができそうなほどだった。タクシーを下りると、私たちは一軒の古い家のベルを鳴らした。そして、バルコニーを見上げて待った。しばらくして、一人の老人がパジャマ姿でバルコニーから顔を出した。彼は私たちに手を振って、すぐ下へ行くと合図した。ドアを開けた時も、彼はまだパジャマのままだったが、上に青い上着をはおっていた。階段の上の壁には、一・五メートル以上もある見事な赤いバラの花が描かれていた。私たちは靴をドアの外の石段の上に脱いだ。そして私は、会うようにと言われた最初の人物に会うために、部屋に入って行った。指導者（シャイフ）は二時間ほども人々の前でトルコ語で話をした。その間、彼の妻はドアのそばにすわって、時々、お茶やビスケットを運んできた。その間ずっと、彼は私を無視していた。彼は順番にそこにいる一人ひとりを見て話していたが、私のところに来ると、さっと目をそらせてしまうのだった。私にわかったことは、彼らがコーランのある一節について議論しているということだけだった。全員が興奮し、時々「アッラー」と叫んだ。ある時は、指導者（シャイフ）が語った言葉に、みんなが泣き始めた。すでに、床屋の店に入った時から、八時間がすぎていた。おそらく、私は何か誤りを犯したのだ。きっとこの指導者（シャイフ）に挨拶（あいさつ）することも、自分が受け入れられたかどうか知ることも、決して許されないだろう。彼が私のこの思いを読み取ったのかもしれない。急に彼は私の方を向くと、短いが率直な質問を投げかけた。私の右手にすわっていた超自然協会の男性が、その質問をフランス語に通訳してくれた。「なぜここに来たのかね?」

私は説明し始めた。そして彼はしばらく興味あり気に通訳の言葉を聞いていた。突然、彼はあきてしまったらしかった。彼は手を上げて、私の話をさえぎった。一瞬の沈黙があってから、私をまっすぐに見つめて、彼は話し始めた。彼と通訳の声だけしか部屋の中には聞こえなかった。ずっと続いていた通りの騒音すら、消えてしまったかのようだった。

「昔、二匹の蝶々（ちょうちょう）がいた。一匹はロンドンに、一匹はイスタンブールにいた。二匹は愛ゆえに、互いに相手の方へと飛んで行った。そして二匹が出会った時、一方は死んだ。わかるかね？」

しばらく沈黙があって、彼はさらに続けた。「亀が砂の中に卵を産む時は、まず、卵を産むための穴を掘り、卵の上に再び砂をかけ、そのあと、海へ戻ってゆく。卵は磁力によってかえる。人々が思っているように、太陽の暖かさだけでかえるわけではない。海へ戻っていったものの、母亀はまだ目に見えない卵とつながっているのだ。卵がかえると、亀の子供は水へたどりつこうとする。水へたどりつける子亀はほんの少ししかいない。彼らを待ち構えているのは、この小さな生き物を食べようとして集まってくる鳥たちなのだ。たとえ、何とか海にたどりつけたとしても、魚が待ち構えている。なぜならば、魚たちもまた本能的に、いつ亀の子供が孵化するか知っているからだ。生まれた何千何万という子亀のうち、自分の卵を産むために戻ってくるまで生きのびるものは、さらにわずかでしかない」

私をやさしさに溢れた目で見つめながら、彼はつけ加えた。「だから、指導者は必ずしも、自分が誰に教えているのか、知らなくてもよいのだ」

人々はとてもうれしそうだった。何人かは私の方を向いて、私の手を握った。他の人々は近よってくると、私を抱擁し、私の両頬にキスした。私はすっかり驚き、混乱していた。亀と指導者とその教えとの間に、どんな関係があるのだろうか？　磁力と太陽の話はいったい、何を意味しているのだろう？　そしてもし、私が一方の蝶だとしたら、たとえば、ロンドンから飛んできた蝶だとしたら、私は死ぬのだろうか？　それとも、死ぬのは指導者（シャイフ）の方なのだろうか？

　こうした疑問について考える暇もないうちに、指導者（シャイフ）はもう一度手をあげて、人々に静かにするようにと合図した。そして次のような話を始めた。

「ある時、バラのしげみがあった。そのバラは、植えるために長い期間をかけて用意された土の中に、根が深くのびてゆくように、注意深く植えられていた。その根とはアブラハムである。バラは成長すると共に、きちんと正しいやり方で剪定（せんてい）されなければならなかった。そうしないと、バラの木はやたらと成長して、庭師の意図を成就することにならないからだ。茎は良い土と、深く張った根と、剪定によって、真っすぐで丈夫なものとなった。その茎はモーゼである。ある日、それまでに見たこともないような完全な赤いバラのつぼみがついた。そのつぼみはイエスである。つぼみが開花した。その花はマホメッドである」

　指導者（シャイフ）は一息つくと、妻の方に向き直って何か言った。彼女は部屋を出てゆくと、小さなガラスびんを持ってもどってきた。彼が私を指さすと、彼女は部屋を横切ってやって来て、私の前に立った。「手にとりなさい」と彼が言った。「そして、それが何か私に言いなさい」私はびんを手に取って、そのにおいをかいだ。「バラ水です」と私は答えた。「バラ油です。バラの精油です」

　指導者（シャイフ）はほほえんだ。そして、私に手招きし、近よって彼の前にすわるようにと言った。彼は圧倒的な存在感を持っていた。彼は両手で私の手を取った。「私の言うことをよく聞きなさい。そして、私の言うことを旅の間、ずっと憶えているのだ。今、人類はバラの香りを必要としている。いつの日にか、人類はそれさえも必要としなくなるだろう」

そして、彼はかがみ込んで私の両手に口づけをしてから、それを自分の顔へと持っていった。右手を私の頭の上に置いて、彼は部屋の中へ、「ヒューッ」と息を吹きかけた。彼は立ち上がり、部屋を出て行った。集会が終わったのだ。私たちは自分の靴を見つけて、階段を下りていった。半分ほど下りたところで、私はうしろを振りかえった。年老いた指導者（シャイフ）が階段の上の壁に描かれたバラの花の前に立っていた。彼は私の方に上体をかがめて、私に呼びかけた。私の背後にいた通訳が静かに言った。「もう一度、うしろを見て、そして、憶えておきなさい。あのバラの花を忘れないように」

通訳をしてくれた男が、タクシーで私をホテルまで送ってくれた。彼は無言だった。一方、私は指導者（シャイフ）の話の意味を何とか解釈しようとしていた。急に彼が私の方を向いた。「シャイフがあなたに説明するために、なぜ亀を例にとったかわかりますか？」と彼がたずねた。

実は、言われたことの大部分は理解できませんでした、と私は言って、彼に説明してくれませんか、と頼んだ。

彼はしばらく考えこんでいた。それから、「では、もう少し、あなたにお話ししましょう」と言った。「しかし、どんな答えも限界を生むということを理解して下さい。真理とは常に動いているものであり、説明を越えたものです。ですから、答えを与えられるよりも、疑問と共においておかれる方が良いのです。

私はあなたに、いくつかの指針を提供することはできます。しかし、それから先は、それを、あなた自身の時間の中であなたが自分で考えるのです。でもまずホテルに行って、一緒にコーヒーを飲みましょう」

もうかなり遅かった。まだ通りで見かけるわずかばかりの人々は、急ぎ足で歩くか、雨と寒風をさけて雨やどりしているかのどちらかだった。ホテルの中は暖かかった。私たちは暖炉のそばのラウンジのすみにすわって、コーヒーを飲むことにした。

「指導者（シャイフ）があなたに伝えようとした主なポイントですが、……ところで、シャイフがあの話を特にあなたのために話したということはわかっているでしょうね……それはあなたや私、全人類は、目に見えない糸でつながっている、ということです。ですから、ある場所で話されたり行われたりしたことはすべて、世界中のあらゆるところに影響を与えているのです。しかし、その影響がどのくらいのものかは、私たちの気づきの深さによります。あなたは旅の途中であなたを助けてくれる案内人を探していました。実は、案内人は常に、すべての人にとって、そこに存在しているのです。しかし、私たちが目覚めていなければ、そのことは決してわかりません。シャイフが自分は誰を教えているのか必ずしも知らないと言った時、彼はあなたに、自分は毎日、世界中にメッセージを送り出している、そしてもし、誰かが十分に目覚めていれば、その人はそのメッセージを聞くのだということを説明していたのです。たとえ、その人々が一度たりともシャイフに会ったことも会うこともなく、千キロのかなたにいるとしても、それでも、彼が教えていることの真実の意味を聞きわけるでしょう。なぜなら、思いはエネルギーだからです。また、私たちは、種子が成長するには、とても長い時間がかかるということも覚えていなければなりません。今、あなたが私から聞いたことも、シャイフから聞いたことも、何年もかかって、あなたの中で花開いてゆくでしょう。そしておそらく、私たちの出会いの結果として、ほんの少しばかり理解が広がってゆくでしょう」

「シャイフが他の生きものではなく、特に亀について語った理由は、亀は海の中でも外でも共に存在できるからです。亀は産卵のために一つの世界から出て、もう一つの世界へと入ってゆきます。産卵のあと、再び元の世界へと戻ります。すべてのものはつながっていますから、亀はそれでも目に見えない世界で自分が産んだ卵とつながっているのです。これがシャイフが言っていた磁力であり、これが太陽の力と熱と協力して卵をかえす力なのです。卵がかえるためには、太陽と共に、母親からその子供たちへと伝わってゆくある種の特別のエネルギーが必要なのです。卵はかえります。しかし、それは生まれた子供がすべて生き残るということではありません。強いものだけが海へたどりつくことができ、そこで彼らは成長して、いつかまた陸へ戻って産卵することができるまでに大きく、かしこくなるのです。少しはわかりましたか？」

「わかりません」と私は言った。「わかり始めたような気はします。でも、これがみな何を意味しているのかわかるようになるには、しばらくかかりそうです。まだ、まったく理解できないのは、一方の蝶が死ぬということの意味です」

「ああ」と彼が言った。「あれは、私たちの道をよく知らない人には難しいでしょうね。でももし、シャイフが特別に大切なことを示すために、どのように物語を利用するかわかれば簡単です。でも、私が何かを〝説明〟しているわけではないということを忘れないで下さい。あなたは今晩聞いた話の中に、自分自身の意味を見つけ出さなければなりません。

もちろん、あの話の中で、あなたは一方の蝶です。そして、我々のシャイフがもう一方の蝶です。二匹の蝶がお互いに向かって飛んで行ったというのは、生徒が師を必要としている時、師の方もまた、メッセージを伝えるために生徒を必要としている、ということを意味しています。ここで言う蝶とは、魂のようなものです。しかし、真の理解がなされるためには、二つの魂のままでいることはあり得ません。今、あなたはおそらく、〝私の魂〟とか、〝彼の魂〟とか言っていると思います。しかし、あなたが自分の内に育てたいと求めている理解を得るためには、〝大いなる魂〟と一体化するために、あなた個人の魂という考えは死ぬ必要があります。シャイフはあなたのことを気に入ったということです。そして、二匹の蝶が出会い、そのうちの一匹は死んだ、と言ったのは、あなたが自分だと思っているすべてのものが死ぬ時がやがてやってくる、そしてその時、すべてがわかるであろうと、彼はあなたに告げたのです」

彼はしばらく私の手を握りしめ、そして言った。「私たちが本当に出会っていれば、私たちは心と心で出会っています。そしてその時、私もあなたもすでにありません。では、そろそろ行かなくてはなりません。あなたの旅がうまくゆきますように。これこそ、この世界で行う唯一の真の旅だということは、もちろん御存知ですよね」

彼は立ちあがり、もう一度私の手を握ると、去って行った。

自分の部屋に戻った時は夜も更けていた。しかし、私は目がさえていた。そして寝る必要もないように思えた。私は窓ぎわにすわって、影絵のような町の姿をながめていた。タイルの屋根、古いヨーロッパ風の建物、黒い細っそりとした指のような尖塔などの姿だった。尖塔からはもうじき、今日の最初の祈りの時を告げる声が聞こえてくることだろう。夜明け前の暗い通りで、仕事に出かける人々に物を売る行商人の声が聞こえ始めるまで、私はずっと町の姿を見つめていた。窓のすぐ下では、くぐもった鈴の音と、石だたみの通りをゆくゆっくりとした足音がこだましていた。大きな茶色の熊を連れた男が、うす明かりの中に現れた。彼はおそらく東トルコからはるばるやって来て、今、通りやボスフォラス海峡につき出した桟橋で踊らせるために、熊を連れてゆくところなのだろう。彼のうしろをのっしのっしと歩いてゆく熊を私はかわいそうに思った。彼もまた、この混沌（こんとん）とした都市の役者の一人だった。

太陽が昇ると、私はどうやってハミッドに言われた次の人物を見つけようかと考えた。今度も、私はその人物の名前だけで住所は知らなかった。しかし、ハミッドによれば、その男は中央市場の近くの、小さな店が建ち並んだ通りにある洋服屋で、働いているとのことだった。もし私の直感が十分に鋭ければ、その店を見つけることができるのだ。私はすでに中央市場がどこにあるか見つけていたが、特定の洋服屋を見つけるのはとても不可能に思えた。私は午前中ずっと、通りを行ったり来たりして、何軒もの店に入っては、自分が正しい方向に行っているというサインを発見しようとした。

午後になって、私は自分が本屋ばかりが立ち並ぶ一角に来てしまったことに気がついた。私は適当に一軒の店に入ってみた。すると、すぐさま、美しいアラビア文字で書かれた巻き物に引き寄せられた。店の主人は私のうしろに立つと、カウンターの横に立っていた少年に何か早口で言いつけた。その少年が外へかけ出してゆくと、店の主人は一生懸命身振り手振りを使って、店の奥でお茶を飲まないかと私を誘った。

私たちはテーブルをはさんで向かい合ってすわり、甘いはっか茶を小さい茶碗（ちゃわん）で飲んだ。すると先ほどの少年が一人の年配の男を連れて戻って来た。その男は喜んで私たちのために通訳をしますよ、と言った。本屋の主人がまず知りたがったのは、私があの巻き物を選んだ理由だった。その文章がどんな意味かわかっていますかと、彼は聞いた。

私がいやわからない、と言うと、通訳の年配の男が、その言葉を私のために訳し始めた。それはコーランの最初の一節であり、世界中のすべてのイスラム教徒の日々の祈りの言葉だった。「神の名において、最も慈悲深き者、そして最も心やさしき者……」部屋の中は一瞬、静まった。それから、ほほえみと身振りと手振りとで、本屋はその巻き物を贈り物として差しあげたいと、私に言った。

かなり長い間話しているうちに、本屋は立ちあがると私にもう一つの部屋を指し示した。丸い大きな顔をした老人が暗闇の中から進み出た。「この方は本物のダルウィーシュです」と通訳が言うと、三人の男たちはしばらくトルコ語で話していた。やがて、老人は私の方を向くと片手をあげて、前の晩にシャイフが行なったのと同じように、私の頭ごしに「ヒューッ」という音をさせて息を吐いた。

私たちが新しいお茶を前に再び腰を下ろすと、私は自分がしなければならない仕事を説明して、このあたりで洋服屋で働いているシャイフを知りはしないかとたずねた。しかし、彼は首を振るだけだった。「でもどうやってその人を見つけ出せばいいのでしょうか？」と私は泣きごとを言った。「歩きに歩いているのに、洋服屋のある通りさえ見つかりません。それに私はトルコ語が話せないのです」彼は私の声にこめられた絶望感にうれしそうに笑いながら、立ちあがった。そして、もう別れる時が来たと合図した。通訳も本屋の言葉を通訳しながら笑っていた。「預言者マホメッドの言葉に次のようなものがあります。『アッラーを信じなさい。しかし、まず、あなたのラクダをつなぎなさい』おそらく、あなたはまだ、自分で十分に働いていないのでしょう。もし働いていれば、アッラーは必ずその人物のもとへあなたを導くはずですから」私が二人の男に礼を言って立ち去ろうとした時、店の主人が私に呼びかけた。「平和があなたと共にありますように（サラーム・アレイクム）」

その日一日、私は市場のまわりをとぼとぼと歩きまわって、英語やフランス語でたずね、トルコ語日常会話集を使っては、洋服屋の集まっている通りを探し続けた。次第にすべてが夢のように感じられてきた。まるでこの探索は今実際に起こっているのではないように現実感がなく、遠い世界のことのように感じられた。午後遅くなって、太陽がブルーモスクのうしろに隠れ、最後の祈りを告げる声が町中のミナレットから鳴りひびき始めた時、私はあきらめることにした。もし、その時が来ているのであれば、おそらく私はその人物を見つけられるはずなのだ。その日、自分ができる限り努力をしたことはわかっていた。そして、もし、その人物に会うのが本当に私にとって重要であるならば、再びそのチャンスが与えられるだろうと感じた。

ホテルに戻った時、私は疲れ切っていた。ベッドに倒れこむ前に、顔を洗って短い瞑想をするエネルギーさえも、残っていなかった。私の次の目的地であるアンカラ行きのバスは、次の朝六時にターミナルを出ることになっていた。

第三章

愛の物語は、愛そのものによって
語られなければならない。
なぜなら、愛は鏡と同じように
寡黙かつ表情豊かだから。

メブラーナ・ジャラールッディーン・ルーミー

喜びには秘密がある。そしてその秘密はこうだ。
静止し、そして、耳をすます。
考えるのをやめ、動くのをやめる。
ほとんど息をするのも止める。
そして、心の内に静寂を作りだす。
すると、空き家に巣くうねずみのように、
毎日の生活には役に立たない気まぐれで捕らえにくい能力と気づきが、
かすかに浮かびあがってくるのだ。

アラン・マグラスハム

トルコのバスの中では、車掌が通路をコロンのびんを持って、それを乗客の手にふりかけながら歩いてゆく。こんなバスは世界でここだけだろう。私はバスの後部の座席にすわって、コロンの香りを楽しみながら、他の乗客のにぎやかな議論や噂話を聞き流していた。私はアンカラに行きたいだけだった。そこで、非常に偉大な人物に敬意を払いにゆくことになっていた。ハミッドによれば、彼は実は聖人だとのことであった。数ヶ月前イギリスでハミッドは私に、この人物が語った次の言葉をよく学ぶようにと命じていた。「この相対世界には、いかなる創造もない。ただ宇宙存在となることがあるのみである」

「この文章の中に」とハミッドは言った。「偉大な秘密の一つが含まれている。いつかインシャッラー、つまり神のおぼしめしがあれば、君はその存在に至るであろう。君は大洋を作る一滴の水となろう。そのあと、そしてやっとその時、君は何でも〝行う〟ことができるようになる。君が神の全能を理解するまで、君は常に、自分こそがものごとを起こしていると考えているだろう。自分で選択できるなどと考えてはならない。君は私の生徒になろうと自分で選択したとでも思っているのかね。何かが私たちを引き合わせたのだ。それが何であるか、誰であるか知りなさい。そうすれば君は〝道〟を進み始めることができるだろう」

バスがアンカラに到着すると、私は荷物を駅に預けた。そして、タクシーをつかまえると、教えられた住所に連れていってくれるようにと頼んだ。無駄にする時間はなかった。その人物の家で、できる限り長い時間、過ごしたかった。もちろん、彼が私を中に招き入れてくれると仮定してのことだ。ハミッドは絶えず、注意深くしかも礼をつくさなければならない、もしかりに、会ってもらえなくてもがっかりすることはないと、私に言い続けていた。「ある教師は、ある一部の生徒のためにいる。そして他の教師が他の一部の生徒のためにいる。だからもし、会いに行くようにいわれた人に会えずに道を進んで行っても、決して責められることはない。大切なことは、正しい意図を持って行く、ということだ。彼らには君がどれほどの誠意を持っているか、わかるのだ」

私の乗ったタクシーは旧市街の裏道を通りぬけ、丘を登ったところにある広場に着いた。そのあたりは駐車中の車と、宗教の本や祈りに使う数珠などを売る店で混みあっていた。人々はモスクの中へと急ぎ足で入って行った。男たちは小さなお皿のような帽子を頭にかぶって、門のそばの泉で体を浄めていた。祈りの刻を告げる声がすでに鳴り始めていた。最後の信者がモスクの中に入ると、皮製のカーテンが戸口に下げられた。

運転手はモスクの庭園のわきに車を停め、代金を受け取った。そして、訪ねる家がどこなのか聞くひまも私に与えずに、行ってしまった。そして、広場をスピードをあげて横切ると、今来た道を戻って行った。私は冬の日ざしの中にしばらく立っていた。そして、町を見渡して、自分がどこにいるのか知ろうとした。

私は広場を横切って店の方へと歩いて行った。最初の店では店主が入口にしいた絨毯(じゅうたん)の上でお祈りをしていた。次の店でも主人は入口にひざまずいていたが、三軒目の主人は私に英語で話しかけた。「あなたはアメリカ人です」それはまったく質問とは言えず、むしろ宣言だった。イギリス人ですよ、と言ったところで仕方ないように思えた。「私の友だちは、カリフォルニアのバークレーで勉強している息子がいます。彼は物理を学んでいますが、私の友人はとても不幸せです。なぜならば、彼の息子がイスラム教徒ではないアメリカ人と結婚すると、手紙に書いてきたからです。そして、彼女は、祈る前に体を浄めなければならないことさえ知らないと、彼は言ってきました」

彼は独り語りをまだ続けていた。「西洋人の問題は、あなた方は祈りの前の浄めの儀式がどんな意味を持っているのか、わかっていないことです。彼らがキリスト教徒であるか、イスラム教徒であるかは問題ではありません。もし、神を信じる者であれば、彼らはなぜ体の浄め方を知らずに、祈りを学ぶことができるのですか?」

「すみませんが……」と私は口をはさんだ。「ハジ・バイラム・ワリという方を御存知ではありませんか?」彼はタクシーの運転手と同じような目で私を見た。彼はまじめな顔になった。

「あそこに、ハジ・バイラム・ワリはおられます。神の御加護がありますように」彼はモスクを指さして言った。「ハジは何回もメッカ巡礼に行きました。私もいつか行きたいと願っています」

そう言うと、彼は私を抱擁した。「カリフォルニアのバークレーから来たアメリカ人が、偉大なる聖人のことを知っているとは、まったくすばらしいことです」

私は、師に言われてここまでハジ・バイラム・ワリに敬意を表しにやってきたこと、その師に会いに今、トルコ南部へ行く途中であること、そして、ここに来るまでよく考えるようにと、ある文章を与えられたということを話した。

その文章を暗誦すると、彼は興奮して店から飛び出して、ちょうどその時モスクから出てきた友だちを呼びに行った。十人以上の男たちが「ムッセルマン、ムッセルマン」と口々に叫びながら集まって来た。それから彼らは私を店からかつぐようにして連れ出すと、広場を横切ってモスクへと連れて行った。やっと彼らのシャイフに会えるのだ！ 私の期待感と興奮はこの男たちの熱狂と同じくらいに高まっていた。

モスクのすみに門があり、その門の横に泉があった。そこで人々は足をとめると、手と足と顔を洗い浄め、私にも洗うようにとうながした。それから、店の主人が、低い入口のドアの横に立っていた人物と話をつけると、私たちは部屋の中へと入った。光に目が慣れてくると、一面に細かいアラビア文字で埋めつくされた壁が目に入った。

「ハジ・バイラム・ワリ」と私の友が告げた。自分が墓の内部にいるのだと気がつくまでに、しばらく時間がかかった。ハジ・バイラム・ワリの言葉は、私にとって、あまりにも真実であり、しかも、今日的なものであったために、彼がもう何百年も前に亡くなっているとは、私には思いもよらなかったのだった。

なぜか自分がどうすべきかは、はっきりとわかった。イスラムでは「祈る時は両手で祈れ」と言われている。私は両手を広げ、横に立っている人々と同じように、手の平を上に向けた。この祈りが何を意味しているのか、まったく想像もつかなかったが、もし完全に心を開くことができれば、理解できるようになるかもしれないと感じていた。それと共に、私は喉が緊張し、胸の中心に激しい熱を感じた。

私は泣き始めた。そして、涙が頰を伝い落ちるにまかせた。そして、言葉を越えた言葉を通して、時空を超えた世界に行った存在によって受け入れられるとはどのようなことであるのか、私は悟ったのだった。その人が生きているか死んでいるかは問題ではなかった。この種の祈りの中では、人はまったく異次元へと運ばれていくのだ。私はモスクの中に、長い間ずっとたたずんでいた。

外の光の中に出てきた時、私はもう一歩先に進むことを許されたということがわかった。そして、この風変わりな旅のために、ハミッドが適切な地図を書いてくれたことにも、気がついたのだった。

その晩、私は再びバスに乗って、アンタリアに向かった。そこはハミッドに再会する前に立ち寄らなくてはならない最後の場所だった。間もなく着くと、私は彼に電報を打っておいた。目的地に近づくにつれて、私の興奮は徐々に高まっていった。

バスは正午を少し過ぎた頃、アンタリアに着いた。バスの駅の向かい側に旅行会社があった。私はそこで、シデに行く次のバスは何時か聞くことにした。荷物を持って通りをわたると、私はフランス語を話せる旅行社の主人に自分の要望を伝えた。トルコでは何事も迅速に進むということはない。私たちは何分かおしゃべりをし、それから私は彼に、シデにいる友だちをこれから訪ねて行き、シデにしばらく滞在するつもりだ、と言った。「その方はイギリス人ですか？」と彼が聞いた。「いいえ」と私は言った。「トルコ人です。イスタンブールの人ですが、彼は長いことロンドンに住んでいました」「ああ」と男は言い、それから黙ってしまった。そのあとしばらくして、「あなたはイギリス人ですか？」と聞いた。「ええ」と私は答え、「ああ」とまた彼は言った。再び沈黙。「シデに行くには、車かジープを雇わなければなりません。つまり、明日までバスを待ちたくなければ、ということですが」「それなら、私は今晩ここに泊まります。ホテルの部屋をとってくれますか？」

「ああ、でも、太陽が沈めばもう明日です。そして明日は月の最後の水曜日です。だから、今晩、今、太陽が沈む前に行った方がいいですよ。悪い日に何かを始めるのは良いことではありません。でも、おそらく、あなたはこうしたことを信じてはいないでしょうね？」これは質問だった。

月の最後の水曜だなんて！　イスラム諸国では、西洋式の太陽暦ではなく、月による陰暦を使っているとハミッドは説明していた。そして、いくつかの日、特に月の最後の水曜日と月齢の十三日目は、伝統的に新しい仕事を始めるには最も良くない日だと考えられている、と話していた。正しい時期に着くことが必要であれば、私は今日中にシデに着くか、または木曜日まで待たなければならないのだ。

カウンターのうしろの男は、考え込んでいる私に話しかけてきた。「あなたの友だちは背がとても高くて大柄な人ですか？　眼鏡をかけていますか？　そして口ひげがありますか？」「ええ、ええ、そ、そのとおりです」と私は驚いてどもりながら答えた。「彼を知っているのですか？」「いいえ」と彼は答えた。「でも、あなたが来る十分ほど前に、口ひげをつけて眼鏡をかけた大きなトルコ人が入って来て、赤いひげのあるイギリス人を見なかったかと私にたずねましたよ」興奮した私をにこにこ顔で見ながら、彼は助手に私の荷物を見張っているようにと命じると、私を連れて通りに出た。「その人はあちらの方へ行きました」と言って、彼は海辺の方向を指差した。「早く行った方がいいですよ。きっと見つかりますよ」

私は通りをかけ出して、店の中を見たり、横道を注意してさがした。私は海辺に出た。そして冷たい風の中に立った。そこには、二、三人の老人が散歩しているだけだった。野良犬が食べ物を探して建物の近くをうろついていた。おそらく遅すぎたのだろう。もう午後も半ばだった。他の通りをかけ出しながら、私はほとんどパニックに陥っていた。何も見つからなかった。一度か二度、彼の姿を見たような気がしたが、そのたびに彼はちょうど道を曲がってしまい、私がそこに着いた時には、彼はもういなかった。

ついに、心臓が破れそうになり、胸が痛くなって、私はまた旅行社に戻った。店の主人が私を迎えに出てきた。「ああ」と彼はまた言った。「あなたが通りをあちらの方へかけて行ったちょうどその時」と彼は私が行った方を指差した。「あなたの友だちが向こうの方から歩いて来ました」そう言って、彼は反対の方向を指で差した。「彼は今、通りの向こう側にあるコーヒーショップで、お茶を飲んでいます。一緒に行きましょう」そして、私の荷物を持つと、私がアンタリアで最初に着いた場所へと戻って行った。

カフェに入った時、ハミッドは見えなかった。しかしその時、彼は足早に私のところにやって来た。私たちはしっかりと抱き合った。その余りのやさしさと彼にやっと会えた安心感から、私はその場で泣きだしてしまった。「よかった」と彼は言った。「君はちょうど間に合った。トルコによく来たね。車が待っている。今すぐ出発しよう。シデに太陽が沈む前に着かなければならない」

シデに向かって走る車が店の前を通りすぎた時、旅行社の主人が私たちにさよならの手を振っていた。

オリーブとオレンジの畑の間を通り抜けてドライブしてゆく間、午後の太陽がエーゲ海のまっ青な海に反射してキラキラと輝いていた。ちょうど、農民たちが家族そろって畑から家路をたどっていた。男たちは驢馬(ろば)にまたがり、女と子供たちはその脇(わき)を歩いていた。かごやほし草を山のように積まれて、大きな荷物の下から足だけしか見えない驢馬もいた。犬が駆けまわり、互いの足にかみついて遊んでいた。女たちの何人かはベールで顔をすっぽり隠し、黒い服の長いすそを風になびかせていた。それは千五百年の間、変わることのなかった風景だった。それは自然そのものであり、土地それ自体と流れるように調和した平和そのものの姿だった。

日が沈む直前に私たちは村のはずれに着いた。「あそこの崖（がけ）の上から見る風景はすばらしいよ。美しい日没に挨拶してゆくことにしよう」ハミッドはそう言うと窓の外を指差した。「あの崖のふちに、あの丘に隠れて、古代ギリシャの円形劇場がある。そのうち、ゆっくり探険することにしよう。でも今、君は疲れているし、明日は月の最後の水曜日だ」

私たちは岩を登って行った。海から吹きつける風が寒さを運んできた。崖のてっぺんまで行くと、自分たちが、実は円形劇場の巨大な壁の遺跡の一部に立っていることがわかった。下を見ると、舞台が真下に見えた。まるで時間が逆行したかのようだった。あらゆるものが、はるか昔の地震によって崩された姿のまま、そこにあった。巨大な円柱が、倒木のように幾重にも互いにぶつかり合って倒れていた。見た限りでは、まったく発掘されていなかった。自分たちが、この遺跡が見捨てられてから、この情景を見た最初の人間であるかのような気がした。私たちが腰を下ろした地面には、大理石の柱頭のかけらや、壊れた柱の一部などがちらばっていた。巨大な溶岩台地が海岸につき出していて、沈みゆく日の光に赤やオレンジ色に光っていた。海を背景にして、ハミッドは膝（ひざ）をたて、手を膝にまわして、すわっていた。彼はじっともの思いに沈んでいるようだっていた。そのくちびるがかすかに動き、いまだかつて見せたことのないほど真剣な表情をした。

突然、ハミッドが体を動かした。「暗くなる前に君を家まで連れていかなくてはならない」と彼は言った。私たちは冷たい風を背に受けながら、無言で車に戻った。「長い旅だったから、すっかり疲れただろうね。明日はゆっくりと休みなさい。そして明日の夜、水曜日が終わったら、また会おう。そして、町でおいしいものを食べることにしよう」

ハミッドがイスタンブールに住む友人から借りている家までは、ほんの少しの道のりだった。その二階家は、それぞれの部屋が、中庭に三方から面するように建てられていた。中庭の四番目の側は高い壁になっていて、完全なプライバシーが保てるようになっていた。中庭の中央には美しい木があり、その枝は柳のように地面に向かって垂れ下がっていた。そして、その木のまわりは花壇になっていた。私たちが中庭に入ってきた入口のつきあたりの部分は、日本の様式を取り入れており、建物の他の部分より天井までの高さが低く、松材が使われていた。そこには二つのまったく同じ形の部屋が一階と二階にあった。そして二階に通ずる階段が外側についていた。下の部屋の窓にはカーテンが引かれていた。窓に人影があり、ろうそくをつけるためにマッチの火がともされたのが見えた。

「あれが君の部屋だ。二階の部屋だ」とハミッドが指差した。「さあ来たまえ、君の荷物を一緒に上に運ぼう」

部屋は完全だった。質素だが清潔で、片すみにシャワーがすえつけてあった。引き出しだんすの上には水さしが置かれ、ベッドの脇に一つと、窓ぎわのテーブルの上に一つ、ランプがあった。テーブルの上には花とコーランの英語版が置かれていた。「明かりをつけっ放しにしないように。それと、ドアを開けっ放しにしないように」と彼は言った。

「ここの蚊は食欲旺盛（おうせい）だからね。私は慣れているけれど、君は色が白いし。蚊どもは特にヨーロッパ人の肌を好むからね。ではおやすみ」そういうと、彼は私を置いて、中庭を横切り、もう一つの家の台所の上にある彼の部屋へと戻って行った。

私はベッドに横になるとすぐに眠ってしまった。自分が感じている以上に疲れていたらしく、十二時間もぐっすりと眠った。翌朝、顔を洗ってから、ハミッドが私のために用意してくれたパンとチーズと果物の朝食をとった。その日は、自分の部屋の中で休んだり、庭の中を散歩したりして静かにすごした。まるで夢の中にいるような一日だった。私は子供のように場所から場所へと歩きまわり、家や垣根や積み重ねられた石などを見てまわるだけで満足していた。時間のたつことさえ気がつかなかった。一度だけ、台所の上の彼の部屋の窓に、ハミッドの姿をちらっと見かけたが、彼の方は私を見もしないようだった。日が沈むと、彼はにこにこして現れた。「シャワーを浴びなさい」と彼は言った。「今晩は水が出るから。そのあと食事を一緒にしよう」

私たちはすぐ近くの広場にある小さなレストランに歩いて行った。それはシデで唯一のレストランだった。村人たちは、この村に外人が滞在しにくるということをすでに知らされている様子だった。地中海を見下ろす場所にテーブルがしつらえられ、特別のメニューが用意されていた。レストランの主人がやって来て、私たちのテーブルにすわった。そしてすぐにハミッドの友人が数人仲間に加わった。シデでハミッドとすごす最初の晩は、二人だけで、これまでの旅で体験したことについて彼に話すことになると、私は期待していたのだと思う。しかし、ハミッドが私をみんなに紹介したあとは、彼と友人たちはトルコ語でお互いに話をし始めた。まるで私などそこにいないかのようだった。

料理とトルコの素朴な味わいのワインの入ったカラフェが次から次へと運ばれてきた。一、二度、私の名前が聞こえたので、私も仲間入りさせてもらえるのかと期待したが、会話はそのまま続いているだけだった。その間、私はキラキラと光る水面をながめ、与えられた料理を食べ、次に何が始まるのだろうかと考えていた。おそらく、私はやはり、良くない日にやって来たということなのだろう。もちろん、私はみんなの話をじゃまするような無作法なまねはしなかった。いつかはみんなの話が、私が議論したいと思っている話題になるだろうと確信していた。私は忍耐強く待つことにした。私の心は、きのうシデに着いた時のこと、私にあてがわれた部屋のこと、私の部屋の下の部屋、そして窓辺にともされたろうそくの明かりのことに舞いもどった。

しかし、次第に失望と孤独の感覚が強くなっていった。その感覚はあまりにも強烈で、私はその場で泣きだしてしまうのではないかと怖れたほどだった。私は何とか自制心を取りもどそうとしたが、ますます強くなってくる苦痛を取り除くことはできなかった。その時、私は広場を横切ってこちらに歩いて来る人影に気がついた。最初、その人影の顔ははっきり見えなかったが、しばらくして、それは背が高くて、褐色の肌をした美しい女性であることがわかった。彼女の黒髪は肩の下までたれていた。白いドレスを着て、素足で、手にはからんで玉のようになった青い毛糸の束を持っていた。その毛糸は彼女の手首にきつく巻きつき、前につき出した彼女の両手と両腕をしばりつけていた。レストランの主人は素早く立ち上がると、彼女のために椅子を持って来た。ハミッドは彼女をテーブルに連れて来て、やさしくその手首から毛糸をほどくと、ワインをついでやった。彼女は非常に美しかった。この世の人とも思われないほど繊細で、精妙な感じだった。私の感じた孤独感は彼女から発せられていることに、私は気がついた。

ハミッドが私を紹介すると、彼女はかすかに頭を下げておじぎをした。彼女は一言もしゃべらずに、再び青い毛糸を手に取ると、それをもてあそびはじめた。彼女の手は、最初、ゆっくりと注意深く動いていた。その指はこんがらがった束の中をまさぐっていた。次第に指の動きが早くなり、夢中になって、青い毛糸の中に指をつっこみ始めた。

ハミッドが私に話しかけたが、彼の目は決してこの若い女性から離れなかった。「彼女は糸のはしを探しているのだ」と彼は言った。私が手伝おうとして手を伸ばすと、彼は私の腕にさわって、彼女を放っておくようにと合図した。それから、彼はテーブルの他の人々におやすみと言うと、私に一緒に来るように合図をして、その女性を連れて、星空の下の広場を歩いて行った。私たちは浜辺にそって、無言のまま、家へと歩いて行った。家に帰り着こうという時、彼女は振り返ると、しばらく立ち止まって海を見つめた。私には、彼女の体の横からたれ下がっている毛糸の輪しか見えなかった。それから、彼女は再び向きを変えて、ドアを入っていった。ハミッドと私は彼女が中庭を横切ってゆき、まもなく、私の部屋の下の部屋の窓に、ろうそくの火がともるのを見ていた。ろうそくの火は蚊帳(かや)ごしに光って、階段の横の木をぼんやりと照らし出した。

ハミッドは私に顔を向けた。「明日の朝、七時に私の部屋に来なさい」と彼は言った。そして、私を抱擁したあと、私の両手に口づけをして、それを自分の頭にあてると、自分の部屋へと戻って行った。

第四章

鉱物であった私は死に、植物となった。
そして植物となった私は死に、動物となった。
動物となった私は死に、人間となった。
次に死ぬ時、この私は翼と羽根をもった天使となるだろう。
そうであるのなら、どうして、
死による消滅を、恐れなければならないのか？
そのあとは、天使よりももっと高く
舞い上がって、
誰も想像ができないようなものに
私はなるだろうに。

メブラーナ・ジャラールッディーン・ルーミー

すべては神の息吹きの中にある。
夜明けの中に、その日一日のすべてが
あるように。

ムイッディン・イブン・アラビー

丘のかなたから夜明けが訪れ、犬を眠りからさまし、新しい一日の始まりを告げた。ミナレットから祈りの刻を告げる声が聞こえてきた。「アラーフ・アクバール、アラーフ・アクバール(神は偉大なり、神は偉大なり)」祈りを呼びかける声は一日に五回、家々の屋根の上に鳴り響き、そのたびに人々に神と向かい合うように命じるのだった。ハミッドがロンドンで教えてくれたとおりに私は体を浄めた。「もし水がなければ、砂で洗いなさい。もし砂もなければ、石で洗いなさい。もし石も手に入らなければ、意思によって自分を浄めて、できる限り過去から自由になって、その瞬間に向きあえるようにしなさい」とハミッドは言った。その朝、私は特に念入りに体を洗い、自分に与えられるものはどんなものでも受け入れるために心を開いておけますように、と祈った。七時きっかりに、私はハミッドの部屋のドアをノックした。彼は部屋の中で私を待っていた。彼は私に自分の真正面の椅子に腰を下ろすように合図すると、何の前置きもなしに話し始めた。

「今朝は、君に呼吸について少し教えよう。呼吸とは命の秘密なのだ。なぜなら、呼吸がなければ何事もないからだ。正しい呼吸によって、君が探究したいと思っている道を選ぶことができるようになる。風を考えてみたまえ。風は地表から持ちあげることができるものなら、どんなものでも運ぶことができる。花の香りを運び、木から落ちる枯れ葉を運び、植物の種子を、新しく根を下ろす場所へと運んでゆく。この中に偉大なメッセージが隠されている。我々はこの世界へ息に乗ってやってきて、息に乗って退出してゆく。普通の人は自分の人生を機械的に生きており、死の瞬間まで呼吸のことはまったく忘れている。死に直面した時、人はこの世界で生命だと思っていたものの残りかすにしがみつく。何とか肺に空気を送りこもうとあえぐ時、やっと呼吸のことを思い出すのだ。

今朝、私が君に伝える練習は、どんな時にもこれから一生の間、毎日行うことができる。簡単に見えるが、一瞬一瞬がみな違うように、毎日毎日が違う。また、時には集中することができない時もあるだろう。しかし、少しずつ、私がこれから話す事柄の重要性を、わかるようになるだろう。

まず、物質的な肉体の概念を放棄して、精妙体を浄化する方法を学ばなければならない。これは、肉体を常に形作り続けている目に見えない源に出会うためだ。自分を浄化する方法がわかると、もっとはっきりとものごとを見ることができるようになる。なぜなら、物をはっきりと見る目と心の声を聞く耳を曇らせている思考とその投影が、消滅し始めるからだ。結局、我々を分離させているものは思考なのだ」

彼は私に、できるだけ椅子を彼に近づけるようにと言った。私が近づくと、彼は右の手の平を上側に向け、左の手の平を下に向けて、二人の両手を合わせた。こうして作られた輪を通って、私たちの間を流れてゆくエネルギーのうずを私は感じることができた。その結果、一瞬のうちに私の気持ちは静まった。

「まず背すじをまっすぐにしなさい。次に呼吸の上がり下がりを観察しなさい。これができるようになるには多くの練習が必要だ。しかし、それだけの努力をする心構えがある者はほとんどいない。自分の呼吸だけに集中し観察できるようになると、自分がいかに思考に支配され、絶え間なくあちこちへと引きずりまわされているか、わかり始めるだろう。そして、その事実を直視したくはないが、自分たちがくるくる変わってばかりいることが、明らかになるのだ。しかし、君は君の感情でもなく、体でもないと同じように、君は君の思考ではない。君は君の思考ではないのに、呼吸をじっと観察して思考に動かされないようにすることがそんなにむずかしいとしたら、何かが間違っているのではないのだろうか？」

彼はこの質問をしながら、私が彼の目を見るまで、私の手に力を加えていった。「よく注意して聞きなさい」と彼は言った。「そしてよくこのことを覚えておきなさい。君が不変の〝自分自身〟を獲得するまで、君には常に迷子になる危険がある。君が意識して呼吸することをマスターした時、君は本当の自分自身である〝内なる〟存在に出会えるのだ」

「私は今日、君に呼吸の三つの側面を紹介しよう。呼吸の科学は一生の学びであるが、この三つの側面は、真剣に受けとめ、実際に行えば、君の人生を変える助けとなるだろう。この三つとは、呼吸のリズム、呼吸の質、そして呼吸の姿勢だ」

「西洋においては最近、インドでプラナヤマと呼ばれている呼吸のリズムについて書かれた本が、多く出版されている。しかし、呼吸法のリズムが違えば、それぞれ違う結果を生むということは、あまり知られていない。車が坂道をスピードをあげて登る時と、坂道をゆるやかに下る時では、エンジンのリズムはまったく違っている。車のスピードは同じでもエンジンのリズムはまったく違うだろう。呼吸の科学も、これと同じことだ。リズムを理解することは極めて重要なのだ」

彼は口をつぐんだ。私は返事をすべきかどうかよくわからなかった。私が何も言わないうちに、彼は再び話し始めた。

「今日、私が君に教えるリズムは〝母の呼吸〟と呼ばれるものだ。どの瞬間にも何かが〝生まれている〟。多くの人々はこのことに気づいてはいない。また、最も自然な呼吸のリズム、すなわち、我々の存在を支配している宇宙の法則と最も調和しているリズムを見つけだせば、我々は自然に、この地球の平和の実現に貢献するということも、人々は知らない。

だから、最も基本的な呼吸のリズムを意識して練習するのが、第一のレッスンである。生命の気が上下に流れやすいように、背骨がまっすぐになっているかどうか確かめなさい。次に七つ数えながら息を吸い込み、一つ数える間息を止め、また七つ数えながら息を吐き出しなさい。そして次の呼吸を始める前に、また一つ教える間だけ休みなさい。

つまり、七―一―七―一―七という非常に単純なリズムなのだ。真剣に練習すれば、すぐにこのリズムは身につくだろう。ではこのリズムを私と一緒にやってみよう」

リラックスしてから、このリズムに身をまかせ始めると、私は非常に軽く感じ始めた。ハミッドはまだ私の手をとっていた。息をするたびに、彼のお腹が上がったり下がったりするのが見えた。このリズムは普段の呼吸とは違っていたので、最初はやりにくかったが、私の内部で何かがゆっくりと目を覚まし始めた。それは、リズムそれ自体とは別のもので、起こっているすべてを見守っている観察者だった。

「上出来だ」とハミッドが言った。「ではもっと信頼し、リラックスして目を閉じなさい。そして呼吸するにまかせなさい。あらゆる考えを手放しなさい――すべての生命の中を流れ、息づいているリズムに身をゆだねなさい。このリズムは七つの法則と呼ばれている。この法則に従うことによって、生命原理の一部としての君自身を確立するのだ。その生命原理は自らの中から完全なものを生むことだけを望んでいる。

では次の段階に進もう。これは君の呼吸する空気の質に関するものだ。七―一―七のリズムをそのまま続けていなさい。

風は、軽いものであれば何でもその翼に乗せて運ぶことができるように、もし、我々がリズムを理解し、正しく集中することができれば、多くのものを呼吸に乗せて運ぶことができる。たとえば、スペクトラムの中から一つの色を選んでその色を自分の体の中に吸い込み、一つひとつの細胞に注ぎ込むこともできる。このやり方は、ある種のヒーリングに使われている。また、ピアノの低音のような強力なバイブレーションを吸い込むこともできれば、音の範囲を越えた想像できる限りの細かいバイブレーションを吸い込むこともできる。君はどんなものでも選ぶことができるのだ。火、土、空気、水という元素を吸い込むこともできる。花の香りを吸い込むのと同じやり方で、特定の花やハーブの精を吸い込んで、両者の違いを知ることもできる。呼吸の科学は広大な領域を占めており、これまではごくわずかな者にしか知られていなかった。しかし、今は世界中の人々が理解し始めている。正しいリズムを学び、私が教える知恵を習得すれば、すばらしいことが起こってくるだろう。

しかし、こうしたことは道を進む上での一つのヒントにすぎない。基本リズムを十分に練習できたら、次はもっと詳しい話をすることにしよう。

今日、私が触れたいと思っている第二の側面は、呼吸の配置ということである。風が種子を一つの場所から他の場所へと運んでゆくように、呼吸は体の一部分から他の部分へと、特別の目的をもった意思を運んでゆくことができる。呼吸を正しく配置することによって、体にバランスをもたらす方法を学べるのだ。そうすることによって、変成の術、すなわち錬金術を学び始める。我々はこの地上において、奉仕の人生に献身する意識的人間となって、本来の責任を遂行し始めることができるのだ。

では私と一緒に呼吸して、さきほど教えたリズムを感じなさい。そして想像できる最も上質の空気を吸い込みなさい。この空気に浄化され、すべての痛みを洗い流そう。一緒に呼吸して、エネルギーが頭の上から下の方へ広がりながら、体を伝って降りてゆくのを感じなさい」

ハミッドが言うとおりに、まず体中をリラックスさせて、自分の体が自然に呼吸するのにまかせていると、私は安らぎと、それまでに体験したことのない自由な感覚を感じた。同時に、集中力と意識を失わないように努力しなければならなかった。ハミッドが私の手をさらに強く握った。

「では何回か深い呼吸をしなさい。息を吸いこむたびに、意識して、自分自身をバランスの取れた状態にもってゆき、それと同時に、自分の体に責任を持ちなさい。君はこれまで、自分だと思っていた多くのものを手放し、自分の中にある真実を発見しつつある。これは、我々が観察者と呼んでいるものだ。君はこの観察者を毎日少しずつ成長させてゆかなければならない。ここまではるばるやって来たのは、自分に与えられた乗り物に責任を持つことを学ぶためなのだ。この世の中では誇り高く雄々しくあれ。しかし、次の世界では頭を低くたれなさい」

私はゆっくりと深い呼吸を続けた。するとすぐにハミッドは目をあけるようにと言った。目を開けると、部屋の様子がまったく違って見えた。まるでこの部屋を初めて見たかのようだった。そこは完璧（かんぺき）に平和で、やすらぎに満たされていた。すべてがあるべき秩序におさまっていた。部屋の中にあるそれぞれのものの間に完全な流れがあり、しかもその流れはそれぞれの物の内部にもあった。そこには一体感と互いに認め合う気持ちがあった。椅子もテーブルもベッドも、すべてがお互いを知っていた。それらはもはや生命のない物質ではなく、生きとし生けるものの一部だった。あらゆるものが意識を持ち、無言の言葉を語っていた。あらゆるものはその真髄において完璧だった。

ハミッドは私の手を放すと、静かに立ち上がった。そして私のうしろ側にまわって、手を私の頭の上に置いた。それから、その手を私の体の両側に沿って、衣服から五センチほど離して、ゆっくりと下におろしていった。今度は私の横に立つと、私の体の前後にそって、同じ動きをくり返した。そして最後にもう一度私のうしろに立つと、今度は私の肩に両手を置いて、じっとしているようにと言った。強力な熱の波動が彼の手から伝わり、私の全身はびりびりと震えた。それはほんの二、三秒のことだった。彼は再び腰を下ろすと、「これでよし」と言った。「現実の世界のことについて話し始めれば、君ももっと理解しやすくなるだろう。しかし、まずコーヒーを飲んでから朝食としよう。君はトルココーヒーのいれ方を知っているかい？　できない？」彼はちょっと悲しそうに首をふった。「では、いれ方を習わなくてはね。毎朝一緒に瞑想をしたあと、コーヒーを作るのを君の仕事としよう。コーヒーと朝食がすんだらまた話そう。今から君は浜辺に散歩に行くとよい。帰った時には私が君にコーヒーを用意しておこう」

そう言うと、彼は部屋を出て行った。私の体はなぜか力が抜けてしまって、椅子から立ち上がるのが難儀なほどだった。二、三分休んでから、朝の漁から戻ってくる漁船を見に、海へと続く道を歩いて行った。

浜辺を歩きながら、私はハミッドの変わり様について思いをめぐらせた。今朝の彼は、ロンドンで私たちが一緒に過ごした時の様子とはまったく違っていた。彼の中に厳しさと、威厳と、どんな妥協をも許さない厳格さが感じられた。以前は日常的な話をしたり、笑ったり、夕食の席で議論するなどの時間が必ずあった。しかし今は、切迫感のようなものが漂っているように思えた。また、私たちがこれまでやってきたことを越えて、私がさらに自分を広げるよう期待されているのを感じた。確かに、私は未知なるものに向かって旅を始めていた。しかし、今になってやっと、もはや後もどりはできないことに気がついたのだった。この男の手に自分をゆだねたのだ。芝居は始まり幕が上がったのだ。しかし、私はその筋書きさえ知らなかった。

浜辺から戻った時、ハミッドは中庭に二人分の朝食を準備して待っていた。私たちは無言で食事をし、後片づけをしたあと、ハミッドは私に先に家の中に入るように合図をした。それぞれの椅子に腰を下ろすと、彼は中休みがなかったかのようにすぐに話し始めた。

「君がここにいる間、我々は毎朝、勉強の時間を設けよう。これは君にとって新しい体験になるだろう。西洋人は勉強というのは、情報を集めたり、知識を得ることだと思っているようだ。しかし、知識は得ることはできない。このことをよく覚えておきなさい。知識は自らが得るものではなく、与えられるものなのだ。それは君に与えられるべき時に与えられるが、実はそれはすべてすでに君の中にあるものなのだ。教育、つまりエジュケーションという言葉は、ラテン語のエジュケアという言葉に由来している。エジュケアとは、生じる、あるいは産む、という意味なのだ。つまり、外側の情報源から、外部の情報を頭につめこむという意味ではないのだ。私が言う勉強とは、君の中にあって生まれるのを待っているものを解放してやるために、愛と意識の基本的な真理を学ぶということなのだ。君が熱心に学べば、理解は自ずと深まってゆくだろう。しかし、この道で学ぶためには、君はまず、準備を整えなければならない。それでまず練習をするのだ。君は三つの世界、すなわち思考の世界、感覚の世界、肉体の世界のバランスをとることを学ばなければならない。勉強とは頭の中であれこれと考えることではない。もし、頭だけで勉強したら、概念だけにとらえられてしまう。もし感覚の世界だけで学んだら、あらゆることを感じるが、方向性を失い、ふわふわした状態になってうろつくことになろう。もし体を鍛えるために肉体的訓練ばかりしていたら、地上的な感覚しかなくなって、高い精神を保つことができないだろう。大切なのはそのバランスなのだ」

私は彼の話をさえぎって質問した。「知識は与えられるものであって、得るものではないというのはどういうことですか？」

「気をつけなさい。その質問は頭の質問だ。本当の質問ではない。もし、私の話をきちんと聞いていれば、こんな質問をすることなどあり得ないはずだ。君はまだ自分が何か行うことができると思っている。君はまだ本当には学んでいないのだ。私の話をよく聞くがよい。私の言ったことを心の中にしみこませろ、こうるさい頭で説明しようとするな、と言ったはずだ。よく聞くことによって学ぶのだ。もし聞きたくなかったらここを出てゆきたまえ。そして用意ができたら、また戻って来るがよい。私には仕事が沢山ある。時間を無駄にしたくないからだ。無駄こそ唯一の罪であり、そこからよくないものすべてが起こってくるのだ。罪とは知識の欠除なのだ。だから、もしわかりたいと思ったら、よく聞かねばならない」

ハミッドの断固とした反応に私はびっくりした。しかし、最初に心に浮かんだ質問をしたのは、彼の話をしばらく止めて、自分の理性的な頭に彼の話に追いつくチャンスを与えるためだった、ということにすぐに気がついた。その質問を本気で考えたわけではなかった。

「すみませんでした」と私は言った。「邪魔する気はありませんでした。ただ理解したかったのです。どうぞ続けて下さい。しっかり聞きます」

「きつい話し方をしてすまない」と彼は言った。「君はまだシデに来て二日目だし、まだ旅の疲れが残っている。しかし、ここはロンドンとは違うということを覚えていて欲しい。ロンドンではお互いに学び合い、お互いをよく観察し合って、次の段階を一緒にやるかどうか、二人とも見極めていたのだ。そして、君はここに来てはどうかと言われ、それを受け入れた。今、君は私の家に来た。そして、一瞬一瞬が大切なのだ。私は君のここでの滞在を、できる限り短くしたいと思っている。だから無駄にする時間はないのだ。私は自分に与えられた知識を君に伝えたいのだ。君が他の人々に教えられるように」こう言って彼はしばらく口をつぐんだ。「神への献身とは、神をあらゆる面から学ぶことであり、神を理解するということは、神について、できる限り知ることであり、神に奉仕するということは、神について自分が知っていることを他の人々に教えることなのだ。今は君は信頼し、学び、勉強するのだ。勉強し、さらに勉強するだけだ」

「何か読んだほうがいい本はありますか？」と私はたずねた。

「もちろんない」と彼は答えた。「何年もずっと本を読んできて、君はどこにたどりついたというのだ？　君の頭は理屈や概念で一杯だ。そして道を学んだ者が味わう体験に君はあこがれている。君の真の本質を理解するためには、まず、君の頭につまっている理屈や概念をすべて捨てねばならないのだ。本などはいらない。唯一の本は自然の描くものであり、人生そのものが学びなのだ。情熱的に生きたまえ。この道は重大でまじめなものだから、楽しんだり、喜んだりしてはならぬと誰が言ったのかね？　この道こそ、あらゆることの中で、最もおもしろい冒険なのだ。そして楽しむべきものだ。神は完全であり、比較を越えたものであることを知る中から、喜びがはじけ出してくる。いつか、私は、なぜ君は菜食主義者なのか聞いたことがあったね。その時私は、神は完全であることを知っているから、私は肉も食べるのだ、と言ったはずだ」彼はにっこりと笑った。

彼の目の中にはいたずらっぽい光があって、私も思わず笑ってしまった。

「君がどんな類いの考えや疑問を持っているか、私にはわかっていた。しかし、私は君に私流の考えに変わりなさいと言ったことはない。私たちは君が正しい食事だと思う食べものを、いつも一緒に食べたものだ。しかし、君もわからなければならない時が来たようだ。あらゆるものを生み出している唯一絶対の存在があり、我々はその唯一の存在から、何ものも切り離せないのだ。この宇宙のすべてのものは完全であり、あるべき秩序を保っている。我々が生きてゆけるように、動物が人間の食べものとして与えられているのは、人生の芝居の一部なのだ。それは救いのプロセスでもある。その救いは人間を通してのみ行われるのだ。このプロセスは錬金術のようなものであり、我々は単に精妙なエネルギーの変換器にすぎない。偉大な教師であるメブラーナ・ジャラールッディーン・ルーミーは次のように言っている。『鉱物であった私は死に、植物となった。そして植物となった私は死に、動物となった。動物となった私は死に、人間となった。次に死ぬ時、この私は翼と羽根をもった天使となるだろう。そうであるのなら、どうして、死による消滅を、恐れなければならないのか?』ここでいう〝私〟とは誰なのだろうか? これは偉大なる私、第一の私ではなかろうか? 今日はこうしたことをずっと考えなさい」

「君の中にはこれまでにあったすべてのもの、これからあるすべてのもの、あらゆる過去の時間、あらゆる異なった王国が存在している。動物の王国は何か違うものだと思うかね? 動物を見なさい。動物は草を食べる。そして草はすでにその中に、地中のミネラルと太陽の光、そして、宇宙のその他のエネルギーを取り込んでいる。だから草を食べることによって、動物は鉱物王国と植物王国を自らの中に吸収しているのだ。あるのは、唯一絶対の存在だけなのだ。このことは、我々は自分の呼吸法に対して、責任を持たなければならないということを意味する。これをしっかりと覚えておきなさい。そして、食べようと食べまいと、息を吸い込むたびに、君は動物王国の中に含まれている元素を吸い込んでいるのだと知りなさい。今、息を吸い込めば、君は私がすでに吐き出した空気の一部を吸い込んでいる。君が菜食主義だった時も、君は私が食べ、私によって形を変えられた肉の要素を吸い込んでいたことになる。そのことに気がついていたかい?

今朝私が言ったように、人生の秘密は呼吸にある。呼吸を正しく使いさえすれば、すべてを変えることができる。そして、意識的に、すべてを変えてゆく者となることは、生まれてきた我々の義務であり、責任なのだ。

このことが、どのようにうまくゆくのか、一つの物語を話そう。

ある時、インドの各地を旅した若い女性が私のところにやってきた。一年間、彼女はオレンジしか食べなかった。これは本当のことだ。オレンジ以外何も食べなかったのだ。この女性は非常に丈夫だった。背に重いリュックをかつぐことができた。理論的には、彼女は完全に衰弱し切っていたはずなのに、実際はこれ以上ないほど健康だった。中近東の何人かの人々に紹介してもらえるかもしれないと聞きつけて、彼女は私に会いにやってきた。私は彼女の食習慣をまったく知らずに、彼女を昼食に招待した。彼女は非常に礼儀正しかったが、出された食べものを見て、恐怖におちいった。十四人の人々がテーブルを囲んでいた。私はオーブンで、キュラソーとグランマニエールを塗ったあひるの丸焼きを作ったのだ。別の男が、上等のボルドーワインを持ってきた。そして食事のしめくくりはシャンパンとレモンスフレだった。彼女はすみません、と言って、自分が特殊な食事をしていることを説明すると、バッグの中からオレンジを取り出して、それをゆっくりと食べた。まことにあっぱれな態度ではあったが、我々の食習慣に怖れをなした彼女は、みんなが話していることが何一つ聞こえなかった。話の中で、私はそのグループの人々に二人の人物の名前と住所を教えた。彼女がそれが知りたくてここに来たことを知っていたからだ。だが、彼女は聞いていなかった。なぜならば、彼女は、スピリチュアルな師はいかにあるべきか、師は何を食べるべきか等々、概念に捕らわれていたからだ。その女性は非常にがっかりし、それ以上に、我々に腹を立てて去った。

この話の秘密はこうだ。彼女にはインドに長年教えを受けていた師がいた。その師は禁欲主義者で、彼女に例の食事の仕方を教えた。しかし、その食事法よりももっと大切だったのは、彼の元で学んだ呼吸法だった。呼吸を正しく使うことによって、彼女は必要とするすべてのものを取り入れることができたのだ。本人は知らなかったのだが、彼女は必要なものをすべて異なる王国から取り入れていた。つまり、『鉱物としての私は死に、植物となった、云々(うんぬん)』ということさ。わかるかね?」

彼は黙って、待った。私はまた質問をしようと口を開きかけたが、彼が次に言ったことにびっくりした。

「今、君がしようとしている質問は、心から発しているのがわかる。だから、その質問には真剣に答えよう」

「私が聞きたいのは、もしオレンジと正しい呼吸だけで必要なすべてのものを取り入れることができるとしたら、あなたはなぜ肉を食べるのですか？」

この質問は彼にとっては、大笑いするほどにおかしいものらしかった。彼はソファの上にひっくり返り、体中をふるわせて笑った。そして、涙が頬（ほお）を流れ落ちるまで笑い続けた。

「なんてこった。君たち西洋人は」と彼は言った。「なぜわからないのかね？　私が肉を食べるのは、肉が好きだからだよ」

授業は終わった。彼は一言も言わずに、別のもっと小さな部屋へと消えた。その部屋は、私たちがいた部屋とは、戸口にたらした絨毯（じゅうたん）によって仕切ってあった。私はしばらくそのまま待っていたが、やがて、中庭を通って自分の部屋へ戻った。午後は浜辺ですごすことにした。日没にハミッドと円形劇場で会う約束になっていたので、休憩し、今朝教えられたことを消化するための時間は、十分にあった。

三日前にここに着いてから、余りに多くのことが起きたために、私は夕食で一緒になった例の美しい女性のことをほとんど忘れかけていた。その彼女が部屋から出てきた。前の晩と同じように、両手を体の前に出し、例の青い毛糸が今もまたその手にからみついていた。彼女の世界に急に侵入した自分に当惑すると共に、ものすごく悲しくなった。彼女は私を直接見ることはせずに、頭を少しかしげ、両手の指で私の胸を指差しながら、こちらに向かって歩いてきた。それはあまりにも一心な様子だったので、私は急に怖しくなって、思わずあとずさりしてしまった。彼女が私に取りつこうとしているのではないかと思ったが、それでも、私の方に向けられた手から目をそらすことができなかった。両方の手は祈りの形に組み合わされ、青い毛糸が彼女の手首にからまっていた。

私から一メートルほどのところまで来ると、彼女は顔を上げて私の目を見た。彼女の目から、目を離さないようにしながら、私は手をのばして、そっと毛糸を彼女の手から取り除いた。からまった毛糸を全部ほどいた時、彼女は自分の手を初めて見たかのように見ながら、にっこりと笑った。毛糸のかたまりが地面に落ちた。私はそれを拾いあげようとしてかがみこんだ。そのとたん、彼女は悲鳴をあげ、いかにもつらそうにしながら、大声をあげ続けた。そして、そこにひざまずくと、自分の手でその毛糸をまたしっかりとつかんだ。

彼女を助けおこそうと手をのばした時、ハミッドが中庭を横切ってかけつけた。彼は私を押しのけると、かがみこんで、手を彼女の手の上にのせた。悲鳴はすぐにやんだ。彼を見上げる彼女は、幼い子供のようだった。ハミッドは彼女の手をとって立ち上がらせると、私に毛糸を拾い集めるように目くばせした。私が立ち上がって毛糸を彼女に渡そうとすると、ハミッドがそれを取った。彼は俯いて毛糸にキスをしてから、彼女に手渡した。そして、彼女の肩を抱いて、家の方へ連れて行った。

私はのろのろと二人のあとをついて中庭を横切ると、自分の部屋に戻った。あの若い女性は誰なのだろう？　彼女がしゃべるのを聞いたことはなかった。おそらく、しゃべれないのだろう。ハミッドが彼女に対する時に見せる同情や、彼女を家へ連れてゆく時の普通でないほどのやさしさから、私は彼女はハミッドの娘なのだろうと思った。しかし、今はまだそのことを聞く時ではなかった。それに、自分に直接関係のないことは質問しない方がよい、ということもわかりかけていた。

シデに来てから、余りにも沢山のことがあったので、教えられたことのほんの一部でさえ、自分がわかっていないことは確かだった。今朝、ハミッドが話した話題について、イギリスで二人で議論した時に彼が何か言ったかどうか、思い出そうとした。ロンドンでのディナー・パーティーの時に、ハミッドが言っていた言葉が私の心にひらめいた。「人間は精妙なエネルギーの変換器です。この地上での我々の仕事である〝業〟とは、この惑星を維持するために、次元を持たない真意をこの次元に移し変えることなのです」

心の中にひらめいた彼の言った言葉が、どんなテーマの中で話されていたのか思い出すことはできなかったが、その晩、私は「次元を持たない真意」とは何なのか、誰が、または、何がその「業」を作り出したのかと考えながら、彼のアパートをあとにしたのだった。

日暮れ近く、私は日没を見るために、ハミッドと会うことになっている場所へと、浜辺を歩いていった。浜辺には網を繕っている三人の漁師がいたが、他には私しかいなかった。昼食前からずっと、ハミッドの姿は見かけていなかった。私の下の部屋からは、物音一つ聞こえなかった。あの女性はまだハミッドと一緒にいるようだった。

私はずっと岩のそばで待っていたが、誰も来なかった。どうなっているのか探るために家に戻る決心をしたのは、もうすっかり暗くなってからだった。家の窓には明かりがともっており、台所からは皿が触れ合う音が聞こえた。私はノックをして中に入った。ハミッドはなぜ来なかったのか、何も説明しなかった。私も聞かなかった。彼は私にそこにすわるように合図すると、黒オリーブと白いチーズとワインを一杯、私の前に置いた。「食べなさい」と彼が言った。「ディナーまでにはまだ少し時間がかかる」私は彼がコンロのそばで野菜を切る様子を見守った。そして、その一つひとつの動きの集中力に気がついた。それはロンドンでも同じだった。食事の仕度をしている間、彼は決して口をきかなかった。料理は非常に神聖な行為であるから、すべてを十分に意識し、尊敬の念を持って行う必要があるからだと、彼は言っていた。「命を与えてくれるすべてのものに対して感謝しなさい」と彼はよく言った。「そして、君自身を神のよき食物にしなさい」

私はオリーブをいくつか食べた。それは今までに食べたことがないほどおいしかった。

彼がどこで手に入れたのか知りたかった。ハミッドが食事の仕度を終えた時、私はそのことをたずねた。「ああ」と彼は言った。「このようなオリーブを作るには、特別のやり方が必要なのだ」彼は腰をおろし、私は彼にワインを注いだ。「オリーブに乾杯しよう」と彼が言った。「これほどおいしくなるまでには、オリーブは沢山の行程を通ってきたのだからね」そう言うと彼は笑い始めた。テーブルがゆれ動くほどの大笑いだった。「君はロンドンにいた時、これと同じオリーブを何回も食べているんだよ」と彼は言った。「その時、なぜ君は気がつかなかったのかね？　でも、もしその時気がついていれば、それを知るために、はるばるアナトリアまで来る必要はなかっただろう。

このオリーブを作るには、まず、最高級のオリーブを見つけて買ってこなくてはならない。それを何回かていねいに水ですすいで、塩分を全部洗い流す。わかるかね？」いつか同じように作るために心に刻みつけながら、私はうなずいた。「次によく洗ったびんを用意する。完全にきれいなものでなければいけない。その中に洗ったオリーブを入れ、オリーブの上から沸騰したお湯を入れる。オリーブがふくらむ。オリーブが十分にふくらむまで湯をそのままにしておく。ただし、長すぎてはいけない。皮がやぶれてしまうからだ。それから水を捨て、レモンの輪切りをいくつかと、生のミントの葉を加える。最後にびんを一番しぼりのオリーブ油、それもできる限り純粋なもので満たす。これはオリーブのエッセンスだ。きつくしっかりとびんのふたを閉め、四十日間、置いておく。こうして完璧（かんぺき）なオリーブができあがる。ついでに言えば、七日目には、もうすばらしくおいしくなっている」

私がけんめいに作り方を覚えようとしているのを見て、彼はまた大きな声で笑った。「さあ、テーブルの仕度をして、食べよう。オリーブのことはこれぐらいにして」と彼は言った。

その晩、私たちは夜遅くまで話しこんだ。ハミッドはその日のできごとについては、何も議論しようとはしなかった。私が何を質問しても、「それはまた別のことだ」とか、「そのことを議論する時期はまだきていない」などと答えるだけだった。彼はトルコやペルシャのダルウィーシュのすばらしい物語を話してくれた。「君はこのうちの何人かに会うかもしれない」と彼は言った。「しかし、君が彼らを探しにゆく必要はない。もし、君の意志がはっきりしていれば、誰かが、向こうから君のところにやって来るだろう。しかし、しっかり目を開いていなさい。さもないと、その瞬間を見過ごしてしまうから」

その晩、彼の部屋を去る前に、お祈りをしなければいけないと、彼が言った。私は彼に、自分には祈りが理解できない、つまり、祈りの意味も目的もわからない、と説明しようとした。「だったら、わかりますように、と祈りなさい」と彼はいらいらして言った。「我々の道では献身が必要なのだ。君の問題は、神を信じていないことだ。自分で信じていると思っているだけだ。もし君が、私が知っていることを知っていれば、君は祈るだろう。しかし、私が今言っている祈りは、形を越えたものだ。それに君の愛や感謝はどこにあるのだ？　一日に何回、忘れずにありがとうと言っているかね？　君は百パーセント神のお蔭で生きているのだよ。そしてすべての感謝は神に対してしなければならない。本当の意味で感謝できるようになるまでは、君は常に神とは切り離されている。君が祈りを忘れているのは、自分が神によって生かされていることを忘れているからだ。そのために、祈りが単なる言葉の空虚なくり返しになってしまうのだ。それは祈りではない。私が言う祈りとは、心の祈りであり、生活のすべてが祈りとなる状態のことなのだ。朝は神をたたえて起きる。夜はその日に与えられたすべてに対して深く感謝して眠りにつく。神は君を覚醒させるために、いばらと共にやってきて、君はその上を歩かなければならないかもしれない。そよ風ややさしい雨としてやって来るかもしれない、どのような形で来ようとも、何をたずさえてこようと、君は常に感謝し、神をほめたたえる必要がある。なぜなら、賛美と感謝は、お祈りの二本の手のようなものだからだ」

彼はしばらくの間、沈黙した。「偉大なスーフィーの師が、かつてこう言った。『神を現実とせよ。されば、神は君を真実とす』今晩、今、この意味を理解し始めるのだ。神と直接出会ってみたいとは思わないかね？」

拒絶された感じと恥ずかしさを同時に感じながら、私は神に対し、静かに感謝の言葉を捧げ始めた。まるで、言葉が解放されるのを待ちのぞんでいたかのようだった。祈りはそれ自身のリズムを取りはじめた。

そして、返答があった。感謝の中から喜びが生まれ、それは緊張や疑いを流し去っていった。その反応があまりにも速かったので、私は一瞬、疑いを抱き、目をあけてしまった。ハミッドが私の真ん前にすわっていた。再び目を閉じると、心の中に再び解放される喜びを感じた。

私たちはしばらく黙ったまま、すわっていた。自分の部屋に帰るためにやっと立ち上がった時、ハミッドは私に向かってほほえんだ。それは、はるかかなたからのように感じられた。その晩、私たちはそれ以上何も言わずに別れたのだった。

第五章

「おお、神よ」と一言祈れば、
「私はここにいる」という言葉が
何千回もこだまする。

メブラーナ・ジャラールッディーン・ルーミー

魂はその知恵を
魂から受けとる。
それは本からでもなく、
他の人々の言葉からでもない。
頭をからっぽにした時、
神秘的な知恵が浮かんだとしたら、
それは心から出た輝きなのだ。

メブラーナ・ジャラールッディーン・ルーミー

次の朝、前の日と同じように、私は七時にハミッドの部屋に行った。しかし、彼はぐっすりと寝こんでいた。実のところ、彼はいびきをかいていて、ふとんの下からグーグーという低い音がもれていた。部屋は本や書類で雑然としていた。夜中、ハミッドは起きていたのだろう。彼のベッドのすぐそばにあった、他のものよりずっと整然と積み重ねられた紙の束が、私の注意を引いた。一番上の紙には、「奉仕と降服の道――十三世紀スーフィー神秘主義者に関する論文」と書かれ、その下に次のような文章が引用されていた。

土も砂も燃えている。
灼熱(しゃくねつ)する砂に顔をうずめよ。
焼けつく、道の土の上に。
愛によって傷ついたすべての人々は、
その顔に痕跡(こんせき)を持ち、傷をもつ。
さあ、心の傷跡を見せよ。
それこそが、愛の道を進む

（平和と祝福が、彼の上にありますように）
預言者マホメッド

男のあかしなのだ。

またしても、私はハミッドが一体何者なのかわからなくなった。ロンドンの彼のアパートで一緒にすごした夕べを除くと、彼の人生はまったく秘密のままだった。時には何かヒントを得ようとして質問してみたが、彼はいつも話題をそらし、彼の人生は彼のものであり、私が聞くべきものではないとつき放した。彼はプライバシーを非常に大切にしていたので、私は彼が一体誰なのか、まったくわからなかった。

ハミッドはダルウィーシュなのだろうか？　と私は思った。彼のベッドの脇(わき)に重ねられている書類は、私にはいかにも魅力的だった。私はかがみこんでそれをもっとよく見ようとした。大きないびきは、まだ、ふとんの下から聞こえていた。彼のプライバシーを侵害していることはわかっていたが、誘惑に打ち勝つことは難しかった。

私がまさに一番上の書類を手に取ろうとしたその時、ハミッドが目を覚ました。一瞬、彼は私がいるのに気がつかなかった。そして、私が書類の上に身をかがめているのに気がつくと、彼はベッドの上に起きあがってまっすぐにすわった。その顔は怒りでゆがんでいた。「ここで何をしているのだ！　君は何も学んでいないではないか。許しもなく、私の部屋に入りこみ、私のものをのぞきこむとは何ごとだ。他に何をした！　他に何を盗み見した！　さあ、言いたまえ！」

私は彼に、部屋にはほんの数秒前に入ってきて、他のものには何も触れていない、と言った。そして、彼を起こしたくなかったのだが、いつもの時間に部屋に来るようにと言われていたので、何をすればいいのか、ここにいるべきか、出てゆくべきかもわからなかったのだと、おどおどと説明した。怖れと恥ずかしさで、私は気分が悪くなった。

「もう沢山だ！」と彼は私の説明をさえぎった。「君はひどい間違いを犯した。普段であれば、私は君をこの家から追い出すところだ。我々の伝統においては、徹底して正直であり、かつ、何よりも人間の尊厳を尊重すべきなのだ。君は若く、訓練も足りず、それにイギリス人だ。そのために、今まで、君はいくつかの間違いを犯すことが許されてきた。しかし、もうそろそろ学ばねばならぬ。これからは、許しを得ずに私の部屋に入ってはならない。また、求められた時以外は質問をしてはならない。君が十分に注意深く、きちんとした行動をとりさえすれば、我々は一緒に続けることができる。もし、そうでなければ、君は誰か他の人を見つけるがよい。わかっているのか、君は少しも重要ではないのだ。君は役に立つ媒体ではあるが、簡単に他の人と代えることもできるのだ。わかったかね。では行って、コーヒーと朝食の仕度をしなさい。そして私が呼ぶまで、私を一人にしてくれたまえ」

「すみませんでした。ハミッド」と私は言った。「どうぞ、何とか許して下さい」

「出てゆけ！」と彼は叫んだ。「ここでは馬鹿げた感傷にひたる暇などない。すべき仕事があるのだ。もし君が学びたいのであれば、やることをきちんとやって、過去のあやまちを引きずってはならぬ。すみませんというのは正しいことだが、憐れみを期待するな」

コーヒーを作っている間に私は気がついた。素直にわびて、その一瞬はすでにすぎたことに気づくかわりに、確かに私は憐れみを求めていたのだった。

三十分後、ハミッドが彼の部屋から叫んでいるのが聞こえた。「来なさい」と彼は命じた。「コーヒーを持って来るんだ」

彼の髪の毛はシャワーのあとでまだ濡れていた。彼は何事もなかったかのように私を迎え入れた。「さてと」と彼は言った。「何を学んだかね?」

その質問が余りにも予想外のものであったので、私はとっさに答えることができなかった。彼は前にも何回も同じことをしたが、そのたびに私はわなにはまっていた。次に何が起こるか大体の予想がつくようになって、やっとその情況に慣れたと思ったとたん、彼は私の理解をぐらつかせてしまうような発言や行動をとるのだった。かつてロンドンで、このことを彼に質問したことがあった。彼は次のように答えた。

「道を極めるためには、時計を壊すことが必要だ。君は君の比較のパターンを壊さねばならないのだ」

私は二、三分、黙っていた。彼を喜ばせる答えをさがそうとしていたのだった。

「どう答えればいいのかわかりません」と私は始めた。「私はまだ着いたばかりです。これまでのところ、何が何だかわからなくて、自分が何を学んだのかわかりません。みんな知らないことばかりです。おそらく、その質問に答えられるようになるほど、物事が納得ゆくようになるまでには、あと、二、三日かかるでしょう」

「馬鹿げている」と彼は言った。「君はただ頑固で怠け者なだけだ。ちゃんと聞いて、信頼さえしていれば、君は私に答えることができたはずだ。君はきっと何かを学んだはずだ」彼は「何か」という言葉に力を入れ、前にかがみこんで、私の目と目の間をじっとにらみつけた。

「それで？」

「自分が本当に何も知ってはいないということがわかりました。そして、今やっと、旅を始めようとしているということもわかりました。今、この瞬間までは、すべては準備にすぎなかったのです」

「すべては、常に準備だ」と彼は言った。「だから、それは答えではない。我々は今、来たるべき世界のために準備している。しかし、それがいつ来るかは、我々の手にあるのではなく、神の手の中にある。我々は常に準備のできた状態にいなければならない。準備とは、目覚めている技のことだ。もし君が目覚めていれば、いつの日か、真の世界を見るかもしれない。寝ぼけたように歩きまわっているならば、その世界に出会うことはできない。ほとんど世界中の人々は眠っているが、彼らはそれを知らない。お前は眠っている、と書いてある本を読んでも、目覚めることはできない。教師にお前は眠っている、と言われても、目覚めることはできない。自分で目覚めたいと思った時にしか、目覚めることはできないのだ。だから、君自身の本質に出会うために、あらゆる下らないがらくたを切り捨てて、自分自身と向き合い始めなさい。また、目覚めとは、何かの超常的体験の問題ではない。自らを霊能者あるいは超能力者と言っていながら、こうしたことを何一つ知らない人々よりも、ずっと深く眠りこんでいる連中に何人も会ったことがある。こうした勘違いしている人々は、何らかの〝ガイド〟に出会いさえすれば、自分自身をみがくことを免除されると思っている。彼らはもう一組の余計な錯覚によって、自らの痛みをおおい隠しているにすぎない。

唯一、なすべきことは、神の全体性を知ることだ。そうすれば、すべてが与えられる。しかし、神の一部、唯一の真実の一つひとつの側面を追求しようとすると、その部分に捕らわれてしまい、全体性を見失ってしまう。旅の途中で、花をめでるために足を止めると、探求の目的を忘れてしまって、そのかわりに、花と一緒にそこにとどまるかもしれない。確かに花は美しい。しかし、君は何を望んでいるのかね？　自分の目標や動機を常に十分に注意して見守りなさい。自分が何をしているか、また、なぜそうしているのか、よく見なさい。自分の自我ではなく、自分の真の本質を絶えず探し求めるのだ。わかったかね？」

私はじっと聞いていた。そして少なくとも、彼の話の一部はわかったように感じた。

達させてしまう。知性を越えたより大いなる何かを求めて自分自身をみがく時にのみ、人は何か有益で建設的なことをしていると言えるのだ。

私は自分の気持ちをハミッドに説明した。彼はうれしそうだった。そして、「ああ」と何度も言った。それから私をさえぎると、「あのオリーブを本当に楽しんだかね？」と言った。

私はまたしても虚をつかれた。「ええっ？ それはもちろんです」とすっかり混乱して私は言った。「オリーブがおいしいと、昨夜言いましたよね。それで、自分でも作りたいと思って、作り方をあなたに聞いたのです」

「でも、君が、それを理解していなかったならば、君は本当にオリーブを楽しんだことにはならないんだ。それを理解したかね？」

それを理解したかって、ハミッドは一体、何を言いたいのだろうか？ それは確かに特上のオリーブだった。でも、どうやって、オリーブを理解することなどできるのだろうか？ 私は必死になって答えをさがそうとした。ハミッドは無表情にコーヒーをすすりながら私をながめていた。ついに怒ったように言い放った。「私がオリーブのことだけを話していると思うほど、君は馬鹿ではないだろうね。あんなに時間をかけて、あんなに詳しく話したのに、私が単にオリーブのことだけを話して時間を無駄にしたなどと、本気で思っているのかね？ 本当に、君には時々、絶望的な気になる。いいか、よく聞きなさい。君はここに学びに来たのだ。だからよく耳を洗い、目を覚ましなさい。私が君にする話は、様々なレベルで理解することができる。もし君が、単においしいオリーブの作り方を聞くというレベルにいれば、それも一つだ。しかし、君はそれより上に行かねばならない。ともかく、君が理解できるとわかっていなかったら、私はあの話はしなかっただろう。さあ、よく聞きなさい。

袋の中にあるオリーブを保存するための塩は、君の人生を条件づけているものだ。これは真の仕事が行われるようになる前に洗い流されなければならない。最上の結果を得るためには、君は最高級の最上のオリーブを選ばねばならない。オリーブは君の様々な面として見ることができる。あるいは、一つひとつのオリーブは、神の仕事にとって、潜在的に役立ちそうな人間だということもできよう。『多くの人々は呼ばれるが、少しの人しか選ばれない』とも言われている。びんは注意深く、あらゆる方法で洗い浄められなければならないが、これは君の体、または君とそのグループによって占有される場所である。水はそれの入っている容器の色に染まる。そして、この水は山の中の清流のように澄み切っていて欲しいのだ。これが、浄めの儀式が大切な理由なのだ。しかし、これはすでに話した。

オリーブは塩を洗い流したあとは非常にもろくなっている。だから、注意深く、愛情をこめて、そしてもちろん、意識してびんに入れなければいけない。次に沸騰した湯を入れる。これは初めての洗礼であり、水による洗礼だ。ある意味では、相対世界に完全に浸り切るということであり、苦痛が伴う。この道は意識的な苦しみを要求するということを君は理解しなければいけない。バラの繁みは正しい剪定（せんてい）によって、初めて完全な花を咲かすことができる。剪定は一時的に植物を傷つけるかもしれない。しかし、もしその植物が剪定の必要性を理解できれば、庭師がハサミを持ってやってくるたびに、それは喜びに満たされることだろう。この道に入ったならば、我々はこの苦しみの必要性を認めねばならない。

水はびんの中に、オリーブがちょうどよい具合にふくれるまで入れておく。オリーブの皮が破れてはいけないからだ。一つのオリーブがだめになると、他のものもだめになってしまうのだ。料理人は、どのくらいの時間、何度のお湯をびんの中に入れたままにしておくか、知っていなければならない。

次にレモンとミントを入れる。すばらしい香りだ。これをラムのローストにも使ってみるとよい。それはおいしいから！　この二つは酸とアルカリ、ポジティブとネガティブ、そして陽と陰の完璧（かんぺき）なブレンドなのだ。オリーブオイルを最後に加えることによって、オリーブはバランスのとれたまろやかな味わいを得る。この最後の部分は第二の洗礼なのだ。これはオリーブそのもののエッセンス、つまり、霊による洗礼だ。これは錬金術であり、偉大なる魔法である。るつぼの中に、料理しているもののエッセンスを、加えなければならないのだ。そのあと、びんのふたをきつく閉め、四十昼夜置いておく。この時間は、創造のプロセスが進行するために必要な長さなのだ。この時間の終わりには、すべてがバランスのとれた状態となり、最もすばらしい具合に混ざり合う。レモンとミントはオリーブオイルと混ざり合い、オリーブの果肉と油の香りは他の材料と混ざり合って、一つとなる。一つの循環が終わり、すべてがその源へと還るのだ」

そして、彼はびっくりしている私を見て、ほほえんだ。「だから、表面的な事柄の向こうを見ることが必要なのだ。世界には実際、何人か本物の料理人がいる。そのような料理人が作った料理を食べることができれば、目覚めていない人間を、宇宙の目でものを見、風の耳で音を聞き、神の手で物に触ることができる人間へと成長させるために必要なすべてを得ることができるのだ」

しばらくの間、二人とも無言だった。波が岩の上に砕け、犬が広場でほえていた。その静寂の中には平和とあこがれがあった。私は今までにも増して、孤立し自己中心的な私の心の中にあるすべてのものを捨てて、もっと純粋なもの、知識あるものになりたいと思った。そして、真実の世界について語るべき何かと、人々の役にたつ何かを得て、日常の生活に戻ってゆきたいと思った。

ハミッドは私をじっと見ていた。私は何も言うことができなかったが、彼はそれで満足したようだった。「よろしい」と彼は言った。「君はやっと、ほんの少し、真理に出会ったのだ。しかし、ほんの少し知っているということは危険なことだ。なぜなら、そのために君は非常につけ入られやすくなっている。簡単に道から放り出されてしまうかもしれない。真の自己を発見する途上で、見えない世界が開かれることがあるものだ。見えない世界は、君が通常の意味で見ている世界よりずっと強力だ。君は原爆は強力だと思っているかもしれない。しかし、四つの要素の力に比べれば、無に等しい。こうしたことは、君がもっと力を得て、完全にわかった時が来るまで、話すことはできない。ともかく、今の君の体は虚弱すぎる。君が多くの疑念を持ち、頑固だからだ。疑いがある時、体は必ずエネルギーを失い弱くなってしまう。真の確信がそなわった時、必要とするすべてのエネルギーが手に入るのだ。君はまだ長い道のりをゆかねばならない。明日から体をもっと鍛練しなさい。長い間、菜食をしていたから、蛋白質の摂取に注意しなければいけない。普通、この修業に入ると、普段より多くの蛋白質を必要とする。なぜならば、君の磁場にやってくるものをみな、焼き尽くす必要があるからだ。

私と一緒にいて、心を開き、一緒に学んでいる間は大丈夫だ。しかし、そうでない時は、君はもっとよく食べ、よく眠り、十分に愛しあわなければならない」

ハミッドは横目で私を見た。私は彼が私の耳には聞こえない何かを語っているように感じた。

「私の部屋に来る時は、心の準備をして、与えられるものは何でも受け入れられるようにしておきなさい。それ以外の時は、外に散歩に出かけて、太陽と新鮮な空気を楽しみなさい。むつかしいことをあれこれ、くよくよと考えてはいけない。ただ、私が君に与える指示に従うだけでよいのだ。

もう一つ話をしよう。ロンドンに非常にすばらしい教師がいる。彼女はレストランを持っていて、ほとんどそこにいる。しかし彼女が何者であるか、彼女が何を知っているのか、知っている人はほとんどいない。ある日、彼女が一人の若者にこう言うのを聞いた。その若者は当時、私の生徒だった。『私の話をよく聞きなさい。ロンドンの交通事情はおそろしくひどい。道路に車が多すぎる。人々はいらいらしていて、お互いに礼儀をわきまえない。車は衝突して、あらゆる種類の傷が生じている。ほんの少しだけ知識を得た今、あなたは自動車の運転の仕方を習わなければならない。私？　私はとても優秀なドライバーよ。自分で自分の車を運転しています。他の人たちが互いに衝突しあっていても、私は誰の車にも衝突しないわ。運転しながら、よく見ているから、正しい行動をとれるの。今、交通状態はとてもひどいということを憶えていてね。全世界中でよ。道路に出たら、よいドライバーであるように勉強しなければだめよ』彼女は単に自動車のことだけを話していたと思うかね？」とハミッドはたずねた。「いや、彼女は、今、増加しつつある見えない世界の交通事情について話していたのだ。それが増加しているのは、見えない世界が認められていないので怒っているからだ。物事の本質を知らない人々は、あちらこちらへ動かされている自分に気づくと、コントロールを取り戻す前に、衝突してしまう。そして、もし傷つかなかったら、それこそ奇跡なのだ。私の言うことをよく聞きなさい。そしてわかりますようにと祈りなさい。そのあと、自分は何をわかったのか覚えておくのだ」

そう言うと、彼は立ちあがり、のびをし、驚いたことに大きなげっぷをした。授業は終わった。

「そろそろ、昼だ。君もリラックスしてよろしい。ラクを飲んでから、浜辺で昼寝をするとしよう。ラクを飲んだことはあるかね？」

「いいえ」と私は答えた。「どんなものかも知りません」

「ではきっとびっくりするだろう」いたずらっぽく目を光らせて、彼はカーペットの上でダンスを踊った。両腕を横にまっすぐに伸ばし、指をインドの寺院の舞踊家のように優美に動かしながら、グルグルと回転するダンスだった。

「ここでは男性だけしか踊らない」と彼は言った。「いつか、君と私と一緒に踊ろう。しかし、君はイギリス人だから、変な誤解をしてしまうかもしれないな」と言って、彼は大声で笑った。それから、まだ笑いながら私を抱擁した。「心配しなくてもいい」と彼は言った。「君はまだ、いろいろ学ばなければならぬ。ダンスは君にとって、とてもためになるだろう。隣り村のロマの人を予約して招くことにしよう。彼らの音楽は本当にすばらしいからね。そして、取りたての魚を焼いて食べよう。私の友人のムスタファを紹介しよう。彼は恋をしている。恋をしている時、彼は天使のように歌うんだよ。本当に。パーティーを開いて、地球が回転しているように、我々も回転するのだ。そして、君は男であることと、男として振る舞うにはどうしたらいいか学ぶのだ」

「一つ、どうしても聞きたいのですが」質問をする前に、私はためらいがちに言った。「お願いです。私の部屋の下にいる女性は誰なのですか？」

彼はきっとして振り返ると、私と向きあった。「言っただろう！」と彼はどなりつけた。「その時が来なければ、そして許しを与えられなければ、質問をしてはいけないと言ったはずだ。その時が来れば、君が知らなければならないことは与えられる。これが最後の警告だ。君と関係のないことについて質問してはならない。それに、それ以上にお前は馬鹿だ！」

私は彼のあとを広場の茶店までついて行った。彼は足早に歩き、右も左も見ようとはしなかった。私は彼と一緒に行ってよいものかどうかもわからなかった。私は彼の六歩か七歩、うしろを急ぎ足でついていった。茶店に着くと、店の主人が挨拶しに飛び出して来たが、ハミッドは彼を脇に押しのけた。漁船を見おろすテーブルに着くと、彼はラクを一びん持ってくるようにとどなった。私は戸外のテーブルが置かれている片すみで、彼がグラスをもう一つ注文して、私に彼の前にすわるように合図するまでじっと待っていた。彼は無色の液体を二つのグラスに注ぎ、次に水をグラスのふちまで満たした。その液体はアブサンのようなミルク色に変わった。何も言わずに、彼はグラスを持ちあげ、私のグラスに触れると、一息にその液体を飲み干して、私にも同じようにしろ、と合図した。私はぐっと飲んだ。ひどい味だった。喉はヒリヒリし、首のうしろにふるえが上へ下へと走り、舌は巻き上がった。にっこりしようとしたが、私の顎はたった今歯医者から出てきたばかりのようにこわばっていた。ハミッドはすでに私のグラスを満たしていた。「飲め」と彼は命令した。「今度は一息で飲むんだ」

これは何という霊的な教えなのだろうか？　身震いしながら、私は一息でグラスの中身を飲み干した。

やっと息ができるようになった時、私はテーブル越しに彼を見た。彼はすでに二杯目を飲み干して、トルコ語でウェイターと話をしていた。私の方を見ようともせずに、彼は私のグラスにまた酒を入れ、ふちまで満たし、またウェイターと話し続けた。私は少しずつ味わいながらすすった。いかにも楽しんでいる様子のハミッドを怒らせたくはなかった。その液体は、私に、奇妙な効果をもたらした。目に見える世界はまるで二次元のように平面的になっていった。私はやっと、自分がひどく酔っているに違いないと悟った。

「どうしたんだ？」と彼はぶっきらぼうに言った。「酒も飲めないのか？　それでもイギリス人か？　適度であれば、アルコールは少しも悪いことではない。しかし、君はすきっ腹に、沢山飲みすぎたのだ。馬鹿なことをしたものだ」

「でも、あなたがついでくれたんですよ」

「それがどうだと言うのだ。それを飲むか飲まぬかはお前の勝手じゃないか。君は選択できたのだ。それにもかかわらず、断りもしないで自分が慣れないものを飲み、すっかり酔っぱらってしまったのだ。あまりにも馬鹿げている。君は自分で判断し、必要であれば従わないということを学ばなければならないのだ。では、キッチンに行って食べたいものを選んできなさい。私の分はもう注文したから」

私は急に怒りがこみあげてきた。これは単なるごまかしではないか。私を逃げようのない場所に追いつめた揚句に、私を馬鹿だとののしったのだ。一体この男は何をふざけているのだ！　ロンドンでは夕食に飲む少量のワインぐらいしか飲んではいけないと言った。そしてここでは、このまずい液体を自分は飲みまくって、私にはそうすべきではなかったと言うのだ。しかも、私にそうしろと言ったのは彼なのに……。

アルコールのせいで私はふらふらし、その上、それまでに気がつかなかった怒りがつぎつぎにわきあがってきた。キッチンに、火にかけられた湯気のたっている鍋から、欲しいものを注文しに行くと、私はノートに何か書きこんでいるウェイターに向かって、大声でどなり散らし始めた。彼に向かって、何をどう注文すればいいかちっともわからない、何だってかまうもんか、もっと洗練されているロンドンに帰りたい、と私は英語で叫んでいた。

私が何を言っているのかわからずに、そのウェイターは辛抱強く私にほほえみかけていた。やっと私がいくつか料理を指差すと、彼はそれを全部書き取って、私をテーブルまで連れて行った。

「さて、それで？」とハミッドは再び始めた。「これから君は何を学んだかね？　多分、もう一杯飲めば、もう少しはっきりとわかるだろう」

彼はもう一杯グラスに注ぐと私に差し出した。今度は文句を言わずに私は飲み干した。

どっちみち、味なんかわからなかった。そして、ほとんど完全に自制心を失って、ハミッドやウェイターやレストランに向かって、思いきりどなり散らしそうになった。あらゆるものがぐるぐると回り始め、急に踊る時が来たと感じた。

「踊ろう」と私はハミッドに言うと、よろよろと立ち上がった。「どうしても踊りたいんだ。トルコの踊りを教えてくれ」

私は広場の中央に行った。ハミッドは筋肉一つ動かさなかった。そこにすわって料理を食べていた。

「来いよ」と私は叫んだ。「みんな踊ろうぜ」私は近づいて来たウェイターの腕の中にかじりついた。時代遅れのワルツのステップで、彼をゆすぶりながら、私はレストランの中をハミッドのいるテーブルの方へと、くるくる回りながら近づいた。そして、空いた方の手で、ハミッドを捕らえようとした。

「みんな一緒に踊るんだ。生きているって、何てすばらしいことだろう!」

その時、最後のターンで、私はテーブルにつまずき、ハミッドの足元に倒れこんだ。ウェイターは大の字になって、私の横に倒れていた。

そのショックで、私は少し正気に戻った。ウェイターは笑いながら、服からほこりを払った。しかし、ハミッドは不気味におし黙ったままだった。

彼は立ち上がった。そして、床の上にはらばいになってなんとかまわりに焦点を合わせようと懸命になっている私を、冷たく見おろした。

「こんなにみっともない振る舞いは今まで見たこともない。飲んではいけないと言ったではないか。すぐに家に帰って寝なさい！」

何とか家にたどりつくと、私はベッドの上に倒れこんだ。ラク酒は半分夢で半分幻覚のような奇妙な状態に私を陥れた。私は怖れと罪悪感にさいなまれていた。レストランで自分がどれほどひどく振る舞ったのか、それとも、それはすべてが幻にすぎなかったのか、私にははっきりとわからなかった。いずれにしろ、喪失感と絶望感に打ちひしがれて、私はもう一度、ここまで来た目的を疑問に思わないわけにはいかなかった。

信じられないことだったが、シデに来て、まだ三日目だった。私は時間の感覚をすっかり失っていた。ハミッドと過ごす一日を時間で計ることはできなかった。時間の観念はもはや通用しなかった。ショックで、通常の生活のサイクルが破られてしまったのだ。満足することも、自分と議論することも、自分の混乱を正当化することも、決して許されなかった。次から次へと目まぐるしいほどに、混乱が続いて起こり、直線的で合理的な考え方に慣れた私の頭は、あっという間に、どうしていいかわからなくなってしまった。その時急に、私はハミッドの言葉を思い出した。「神の導きは、人間を、混乱の極みに連れてゆくものだ」

しかし、混乱と共に、自分の頭がおかしくなってしまうのではないかという巨大な恐れがあった。理性と意識を越えたところにあるものに直面して、私は大丈夫なのだろうか？　現実を見えなくしているこの恐怖はいつかは消えるだろうと絶対的に信じることが、唯一（ゆいいつ）の望みのように思えた。この恐怖から自由になれたならば、はっきりとものを見、聞くことができるようになって、この尋常ではない旅のかなたにあるものを理解し始めるのかもしれなかった。でもどうやって自由になればいいのだろうか？　知恵を追求する道においては、最も疑い深い者が、しばしば最もすぐれた神秘主義者になるものだ、とハミッドは言っていた。信頼すると同時に疑うこと——未知の中に自らを投げ出すと同時に、一瞬一瞬、問い続け、動機を常に明らかにしておくこと——こうしたことは、どうすれば可能なのだろうか？

　ラク酒に酔った半醒半睡（はんせいはんすい）の状態でベッドに横たわっているうちに、自分が今、味わっているものは、今まで何度も体験したことのある拒絶に対する恐怖ではなく、未知のものに対する恐怖であることに気がついた。霊的な道に入る人はみな、ある種の拒否されたという感覚ゆえにこの道に入る。さもなければ、いかなる探究もあり得ないのだ。もし、その人が完全に受け入れられていると感じていたら、他に何を探すことがあるだろうか。一方、未知への恐怖は、遅かれ早かれ誰もが取り組まなければならないものだ。そして、私はこの恐怖にがんじがらめになっていた。おそらく、これがハミッドが私を酔っ払うように仕向けた理由だったのだろう。この問題に直面できるようにするために、私の自制心をすっかり失わせたのだ。そう気づくと、私はすぐに少し元気になった。でも再び、またしても自分が言いわけをしていることに気がついた。これもまた、自分自身より大きな何者かに降服することを拒否するための、それとないやり方だった。私は酔いをさますために浜辺に散歩に出かけ、そのあと、できるだけ早くハミッドに会いにゆこうと決心した。

浜辺には誰もいなかった。冷たい風が海から吹いていた。浜辺のはしまで私は走ってゆき、それから円形劇場のてっぺんに登った。廃墟となった舞台を見下ろしていると、ギリシャ人やローマ人がこの小アジアに住んでいた時代や、この円形劇場で行われたゲームの中には、人間を飢えた動物のえさとして使うものもあったことなどが、自然と心に浮かんできた。この二千年の間に、どれほどの変化があったのだろうか？ この質問はまだ答えのないままである。そして、おそらく、答えなどないのだろう。

私の左の方で何かが動き、私は物思いからさめた。急に自分が侵略者であるかのような当惑を感じて、こわれた柱を調べているふりをした。「メルハバ」という声がした。こんにちは、という意味だった。振り向くと、私のすぐうしろの椅子に、年とった男がいた。彼はほほえんでいた。そして布で半分おおった玉子の入っているかごを持っていた。「メルハバ」と思わずトルコ語で私は返事をした。申しわけないというように、私はほほえむと、簡易トルコ語帳で憶えたトルコ語で、「私はあなたの言うことがわかりません」と答えた。彼はきまじめな表情になり、「ああ」と何回かくり返した。それから私をじろじろ見ながら、「イスラム教徒？」とたずねた。教えられたことを思い出しながら、私は頭をちょっと下げ、右手を胸にあてて、「アルハムドリッラー（神に栄光を！〕」と言った。

するとに、彼は下におりて来ると私のとなりにすわり、私の手を熱をこめて握った。私はとても驚いたが、あまりとまどっているように見えないように努力した。彼がたえ間なくしゃべりまくる間、私はただ彼の顔を見て、うなずいて見せるしかなかった。「アッラー」と彼は言った。「ムハンマドラスールッラー」そして、手を自分の胸にあてると、「ダルウィーシュ、ダルウィーシュ」と言った。

私はその老人を見つめ、ついに自分が本物のダルウィーシュを発見した、というよりは、彼によって発見されたことに気がついた。「ダルウィーシュ」と彼は三回くり返し言ってから、トルコ語でとうとうとしゃべり始めた。その言葉の放出の中で、唯一、聞いたことのある言葉は「メブラーナ」という言葉だけだった。その言葉を口にするたびに、彼は一瞬、間を置き、問いかけるように私を見つめた。私は熱心にうなずき、にっこりした。しかし、彼が何を言っているのかはまったくわからなかった。すると彼は私の手をとり、その手にキスをした。石の椅子の上で私のそばにもっと近よると、彼は私の右手を彼の左手でにぎり、歌を歌いはじめた。彼の上半身は前後にゆれ、頭はリズミカルに左右にゆれた。「フー・アッラー」と彼は歌っていた。不思議なことに、彼の声はまるで非常に遠くからやって来るように細く長く響いた。彼は歌いおわると、何かを期待するかのように私を見つめた。そして右手を私の胸にあてると「フーッ」と音をたて、「アッラー」と歌った。彼はその手を私の右肩にあげた。少しふるえながら、私は彼と一緒に歌い始めた。

「フー・アッラー、フー・アッラー」私の体がそのリズムに合わせて揺れるにつれて、一つひとつの音が、それ自体の存在を持ち始めたように思えた。それはまるで、音と私が一つになって、より偉大な力を放出する通路になったかのようだった。「フー」という音は私の喉に、まるで貝殻の中に捉えられた大洋の一部のように感じられた。「アッラー」という音は、私の心の奥底に力強くこだましていた。私はその音を耳でとらえながら、同時に体全体で聞いていた。その音は、楽々と私の口から発せられていた。それはまるで、別の次元に常に存在しているものが、その瞬間、私を通して流れ出したように思われた。

この思いがけない出会いに、私は今までに味わったことのないほどの喜びを感じていた。それは深い内なる愛と、知性を越えた何かが本当に存在するという確信だった。神が存在するのだ。すべての生命の源が存在するという、ゆるぎなき確信だった。私の怖れは完全に消え去り、その瞬間と私のかたわらにいる老人に対する全面的な信頼があった。

老人は「アッラー」という言葉だけを唱え始めた。それがあまりにも熱が入っていたので、私はほとんど石の座席から落とされてしまいそうだった。私の体の中の空気が、胃のあたりに圧縮されてゆき、それが徐々に胸の方に移行し、アッラーのラーという音につれて、私の胸から世界中へと爆発するように広がった。現象的な世界のすべて、私の体、円形劇場と浜辺、私のすべての過去さえもが、消えて、神の名の中へとのみこまれていった。そして、そこには未来もなく、ただこの瞬間だけがあった。

汗が私の体を流れ落ち、老人も私も震えていた。私は光と音の世界へと運ばれていた。そこではすべての痛み、すべての疑いと苦しみと恐れが消えていた。突然、彼の手が私の手をにぎりしめるのを感じ、彼がすでに歌いおわっているのに気がついた。私が聞いているのは自分の声だけだった。目を開けようとしたが、それができなかった。老人が風のように柔らかな長い叫び声をあげているのが聞こえた。彼は私の手を離すと私の首のうしろをなでた。目を開けると、その老人は私の真ん前にすわっていた。彼の目からは、ほとんど私が見ていられないほどの大きくて豊かな愛が注がれていた。「フー」ともう一度言いながら、彼は身をかがめて額を地面につけ、私にも同じようにしなさいと合図した。そのあと、私の両手をとると、キスをしてからそれを彼の顔へと持っていった。イスタンブールでシャイフが行ったやり方と同じだった。私たちはしばらく黙ってすわっていた。やがて彼は立ちあがると、私を助け起こそうとして身をかがめた。「ノー、ノー」と言って私はさからったが、彼は私の腕をしっかりとつかみ、私の服についたほこりを払ってから、私を連れて下の砂浜へ下りて行った。そこで彼は腰から上を深くかがめて一礼した。そして別れの言葉と共に、砂浜を歩み去って行った。私は反対の方向へと向きを変えると、ハミッドに会うために家に戻った。

家に戻った時にはすでに日は沈んでいた。ハミッドに聞きたいと思っていた質問のことは、すでに私の頭にはなかった。そして、家に入った私は、言うべきことが何もなかった。ハミッドは問いかけるように私を見て、コーヒーを差し出した。「寝ていたのかね？」と彼がたずねた。私は首を振って、その日の午後に起きたことを話そうとしたが、弁解がましくほほえんで、コーヒーを飲むことしかできなかった。急ぐ必要もなかった。私たちはずっと長い時間、そのまますわっていた。そのあとやっと、私は午後のできごとを説明することができた。

ハミッドは真剣に聞いていた。そして時々、細かいことを私に質問した。私が話し終わると、彼はたずねた。「これが何を意味しているのか、君はわかっているかね？」

「ほんの少しは」と私は答えた。「アッラーとは神のことであること。フーとは神を意味していることを知っています。フーは宇宙に現れた最初の音だと聞いたことがあります。でも、こうしたことをロンドンにいた時、あなたに質問しても、何一つ答えてくれませんでしたね」

「その時はまだ時期が来ていなかったのだ。しかし、今、君がそのような体験を許されたからには、我々はしばらく、そのことについて話をしよう。今晩は聞きたいことを何でも聞いてよろしい」

しかし、私の質問を待たずに、ハミッドは話し続けた。「君が学ばなくてはならない第一の、そして最も重要なことは、〝ジクル〟という言葉の意味だ。これはアラビア語で文字どおり訳せば記憶という意味なのだが、この道を探求する者であれば誰でも毎日、これを修業している。ジクルを行う方法は沢山ある。そして、今、君が教えられたもの、『フー・アッラー』という音は、多くのダルウィーシュ派の人々によって使われている。君の話から推測すると、今日の午後、君が出会った老人は、メブラーナ派のダルウィーシュ、すなわちコンヤを中心とした、メブラーナ・ジャラールッディーン・ルーミーに従っている人だと思う。ということは、近いうちに、君はメブラーナに敬意を表するために、コンヤに行かなければならない」

このコンヤへの旅について、私に質問する暇も与えずに彼は話し続けた。「ジクルを行うことがなぜ大切なのか、君は不思議に思うかもしれない。特に君は本当のイスラム教徒ではないからだ。その答えを与えるのは簡単ではない。まず、ジクルの意味を多くのレベルで知る必要がある。そのあとで、君は自分で答えを見つけ出すことだろう。すべてのイスラム教徒が唱えるジクルは、『ラー・イラーハ・イッラッラー』という言葉だ。この言葉の意味は、『神（アッラー）の他に神はなし』ということだ。しかし、ダルウィーシュたちは、『ラー・イラーハ・イッラッラー・フー』と言う。これは、『神（アッラー）である彼以外の神はなし』という意味だ。これは我々が自己の存在を無にし、神の永遠の存在を確信した時、そこにはさらに、我々の手の届かない世界、かなたのかなたがある、ということを語っている。

我々は宗教にも形にも関わりがない。我々は内的な意味、あらゆる宗教の根底に存在する真理の内的な流れに関わっているのだ。我々の道は、形を越えたかなたに行くことのできる人々のための道なのだ。そして、この道は、まっすぐに本質へ行きたいと願っている人々のためのものでもある。ジクルを行う時、伝統派は『アッラー・フー（神・彼）』という。しかし、ダルウィーシュは『フー・アッラー』と唱える。

ジクルを行う方法は沢山ある。そして、教師は適正なジクルを与えるために、その生徒のレベルを見極めなければならない。もし、まだ生徒が形を必要としていれば、形を取りあげてしまってはならない。生徒がまだ形のかなたに行く準備ができていない時は、彼に実習を与えればいいのだ」彼は椅子の背によりかかって笑った。

「だがしかし、君はまずジクルを学ばなければならない」と彼は続けた。「なぜならば、持続的に思い出している状態、つまり、常に覚醒した状態にあって初めて、真実を知ることが可能だからだ。私は自分の体験からしか教えることができない。だからジクルによって神を思い出す方法を君に教えよう。他の伝統では、もちろん、別の方法が行われている。たとえば、キリスト教ではイエスの祈り、『主、イエスよ、あわれみたまえ』とずっとくり返し続ける。しかし、それぞれの方法を比較したり、一方のやり方が他方より勝れているなどと思ってはならない。なぜなら、こうした判断は分離と不調和を引き起こすだけだからだ。大切なことは、思い出す時の態度だ。もし、それがただ頭からくるのであれば、何も起こりはしない。ジクルが心からくり返された時にのみ、君の祈りは答えられるだろう。

私がなぜ君のような西洋人にアラビア語のジクルを教えるのか、不思議に思うかもしれない。答えは音と関係している。アラビア語は、現代でも使われている言葉の中で、古代アラム語、つまりヘブライ語とアラビア語の元となっている言葉に、最も近い言語なのだ。そして、音自体が、他の言葉には翻訳できない特性を持っている。

しばらくの間は、今日教えてもらった特別の形のジクルを続けなさい。毎日、この言葉の意味を真剣に考えなければいけない。『ラー・イラーハ・イッラッラー・フー』という言葉全体の意味は、『いいえ、神である彼以外の神はなし』となる。まず否定で始まる。ただ彼だけが残るように、あらゆるものを否定する。これは、より偉大なる意志、つまり、神の意志のためには、自分のちっぽけな意志は断念するという意味だ。そうしてから次に、アッラーと叫ぶことによって彼の名を確認し、もし、君が非常に静まって完全に空っぽになっていれば、神の答え、つまり、『フー』が聞こえるだろう。『フー』とは『私は私である者である』ということだ。これは、かなたのかなたからの返答であり、いかなる属性も超越した神聖なる本質があふれ出した音なのだ。

明日の朝から始めなさい。まず、言葉の意味を考え、それから正規のジクル『ラー・イラーハ・イッラッラー・フー』を三十三回唱えなさい。そして次に老人が教えてくれたように、『フー・アッラー』のジクルを心を一にしてできるだけ長く続けなさい」

毎朝ジクルの練習を始めると約束したあと、私はハミッドに、その老人が誰で、どこからやって来たか知っているかどうかたずねた。「そんなことが大切なのかね?」と彼は反論した。「なぜ君は、いつもそんなに知りたがるのかね？　事実は、彼はそこにいた。そして君もそこにいた。二人とも同時に同じ場所にいて出会ったということだけだ。彼が誰かがなぜ重要なのか、私には理解できない。その瞬間は今はもう過ぎたのだ。そして、もしかしたら、その老人はまったく存在せず、ただ君の想像の中にいただけなのかもしれないのだ」

「でも、私は彼を見ました。そしてその人は私にジクルを教えてくれたのです」と私は言いはった。

「なるほど、でも、すべては君の内にあるのではないかね？」

長い沈黙が続いた。「まあいい」とついに彼が言った。「これは少し難しかったね。しかし、いつか君にも、内面で体験したことが自分の姿を鏡の中ではっきり見るために、外側の世界、つまり鏡の中に現象化するということがわかるだろう。私はその老人が誰かは知らない。多分、通りがかりの人なのだろう。時々、そうしたことをあの人たちはやるから。あるいは、彼は玉子のかごを家族の所へ持ってゆくところだったのだろう。もしそうであれば、また彼に出会うだろう。もし、そうでなければ、二度と彼に会うことはないだろう。君は常に、唯一（ゆいいつ）絶対の存在だけしかいない、ということを覚えておかねばならない。実際、君はその同じ存在の一つの現れに出会っているだけなのだよ。まだわからないかね？　どの一瞬も同じであることはない。これこそが人生の奇跡だ。唯一の存在は奇跡ではない。奇跡であるのは唯一なるものの多様性なのだ。神は御自身を二度と同じ方法で現されることはなく、それぞれの瞬間は、完全なる創造の行為であるということは、実に不思議ですばらしいことではないか。私がいつか、時間は神の永遠の特質であると言ったことを覚えているかね？」

またしても私はショックを受け、時間がゆがんでいるように感じた。ハミッドの質問に、時間の観念がわからなくなり、私の頭は衝撃を受けていた。

「ハミッド、わからないのは、どのようにして、そしてなぜ、こうしたすべてのことが僕に起きたのかということです。あらゆることがとても不思議で、論理的な説明がまったくつかないのです。いろいろなことが起こり続けています。今日、ダルウィーシュが浜辺に現れたように。それなのにあなたはまるで何事も起こらなかったように振る舞っている」

「だが、何事も起こっていないのだ」と彼は口をはさんだ。「どうすれば、事が起きうるのかね？〝起きる〟という言葉で、君は何を意味しているのかね？」

「それはこうした事柄がすべて、次から次へと、または同時に発生し、僕は何がどうなっているのかも、自分が誰を、または何を探しているのかも、誰が、または何が見ているのかも知らない、ということです」

「それはすばらしい」ハミッドはとても喜んでいる様子だった。「君は何も知らない。そして、自分が何も知らないということを知っているというところにたどり着いた時、君はこの道を始めることができるのだ。私にできるのは、君がその点まで来るための状況を作る手伝いをすることだけなのだ。現実には、もちろん、私は何もしていない。なぜなら、神しかいないからだ。我々は、神が自分自身を御覧になるためにお作りになった舞台の上の俳優なのだ。日々の黙想の中に、預言者のハディース（言行録）の中の『私は隠された宝であり、知ってもらいたかった。私は私を知ってもらうために世界を創造した』という一文を思い出しなさい」

私は彼の言うことについてゆこうとしたが、懸命に努力すればするほど疲れてしまった。そして、やっと、私の頭はもはや彼が語ってくれることについてゆけない、ということに気がついた。もっとコーヒーがないだろうか、と私はたずねた。

「しかし、太陽が沈んだから、今はラクを飲みたくはないかね？」彼はそう言って笑うと、ラクのびんを取りに行った。

「飲みたくありません」と私は言った。「今朝と同じことをくり返したくありませんから」

「しかし、君は自分をコントロールすることを学ばねばならない。今飲まなければ、自分をコントロールできるかどうか、どうやって知るのかね？　前にも君に言ったように、適量であればアルコールはまったく悪くないのだ。飲みたまえ」彼はグラスに酒を注いだ。抵抗してみても意味がないようだった。「では一杯だけですよ」と私は言った。私たちはしばらく無言でラクを飲んだ。その間に、私はずっと心の中から離れない質問を、もう一度たずねる勇気を奮い起こしていた。

「今晩は質問をしてもよいと言いましたよね。もう一つ質問していいですか？　私の部屋の下にいる女性は誰なのですか？」

「質問してよいと私は言った」と彼は答えた。「しかし、私が答える、とは言っていない。彼女について話すには、今はまだ早い。しかし、彼女は重い病気にかかっていて、私が彼女の世話をしている、ということは話しておこう。自己を知る道では、幻想がはぎとられ、自分自身の本質的な性格が明らかになるにつれて、数多くの危険な落とし穴に出会うものだ。自分が何をしているか知らない教師や、必要な体験や知識を持たずに、何かの能力を発達させてしまった者は、時期が来ていないのに、生徒から幕をはぎ取ってしまうことがある。すると、生徒にはつかまるものが何もなくなってしまう。あの女性はそうした例の一人なのだ。しかし、それだけではない。彼女は認められるのを待っているのだ。私が話していることがわかるかね？」

「彼女は女性として認められたいと思っているということですか？」

「彼女は女性全体として認められるのを待っている、と言っているのだ。毛糸玉は彼女の世界の源の青なのだ。彼女は、すべてが始まったところへと自分を連れ戻してくれる糸を探している。同じような目にあっている人々が世界中にどれぐらいいるだろうかと私は思うよ」彼は横目で私を見た。その様子から、私はこの質問を様々な次元で学ばねばならないことに気がついた。彼が目的なしに何かを言うことは絶対になかった。彼が期待している答えを出そうと考えながら、私は黙っていた。

「すべての女性が同じ立場にいるということを、君はまだわからないのかね？　男はあまりにも多くのことを忘れてしまった。しかし、女性を認めた時、男性は自分自身をも解放できる。男は完全になるのだ。女性、そして母なる地球は、ずっと忍耐強く待ち続けている。しかし、その忍耐も限界にきている。

あの女性は、我々の助けを受けるために、ここに送られてきたが、同時に、それは警告の意味、また一つの例としての役割も果たしている。彼女にやさしく、そして親切にしてやりなさい。彼女はこわれやすい。しかし、いつか、彼女が毛糸玉の糸のはしを見つける可能性はあるのだ。

今夜は私は一人ですごしたい。君は好きなように楽しみたまえ。明日、我々は旅に出る」

「でも、今晩はパーティーがあるとばかり思っていました」

「そういうことになっていた。しかし、それはその時のことだ。さあ、私を一人にしてくれ。もし、あの女性に会って、彼女がまだ食事をすませていなかったら、レストランに連れていってあげなさい。明日の朝、また会おう」

その晩、私は彼女を見かけなかった。中庭に出てこないかと期待していたのだが、彼女の部屋のブラインドは下がったままで、あたりがすっかり暗くなっても、窓から光がもれさえもしなかった。彼女はどこかに出かけているにちがいなかった。私はレストランで一人で食事をしながら、その日のことを考え、ハミッドが言ったことをいくつか書きとめておいた。その晩、眠りはすぐにやってきた。

第六章

アッラーを信頼せよ。しかしまず、お前のラクダを木につなげ。

格言

もし、汝（なんじ）が注意深く、意識を明晰（めいせき）にしていれば、
瞬時瞬時、己れの行動に対する答えを知るだろう。
素直な心を持つ者は、注意深くあれ。
なぜなら、汝の行動の一つひとつの結果として、何かが汝に生まれるからだ。

メブラーナ・ジャラールッディーン・ルーミー

次の朝、ハミッドはいつものトルココーヒーと果物とパンをテーブルに並べて、私を待っていた。二人が無言で食事を終えると、彼が言った。「今日、我々は北東に向かって自動車で山越えをする。私はアポロに捧げた神殿の遺跡を訪ねたいのだ。それに君も連れてゆく。長いドライブになるから、すぐに出発しなければならない。そして今晩遅くここに戻ってくるか、どこかに一晩泊まって、明日の朝戻ってくるかどちらかになるだろう。どのようになるか今はわからない。大変だったこの二日間のあとで、今日はリラックスして楽しむための一日だ。さあ仕度をしてきなさい」

中庭を横切って自分の部屋に戻る途中、下の部屋の窓のブラインドが開き、例の若い女性の顔が見えた。彼女はにっこり笑ってドアを開けた。彼女は髪を腰のあたりまでたらし、薄いブルーのパジャマを着ていた。「おはよう」と私は彼女に挨拶した。

彼女は私が言った言葉を聞きはしなかったようだった。その顔には何の反応も見られなかった。彼女が口をきくことができるのかどうか、私はハミッドに聞き忘れていたので、彼女に直接、私の言葉が聞こえたかどうか質問した。今度は彼女はうなずいて、また、恥ずかしそうな笑みが彼女のくちびるのはしに浮かんだ。

「今日は僕たち一日出かけます」と私は言った。「何か手伝うことはありますか？　何かあれば、出かける前にしますよ」彼女は入口に立ったまま、扉の取っ手にさわりながら、私を見つめていた。すぐに、私はとても居心地が悪くなった。「では、また、明日」と言うと、私は自分の部屋に足早に登ってゆき、小さなかばんに、必要なものを二つ三つ放りこんだ。

私たちが自動車で出発したのは、もう十二時になろうとする頃だった。あらゆることに想像したよりもずっと時間がかかった。ハミッドは例の絨毯で仕切った脇の小部屋に、二時間ほどこもったままだった。私は古いメルセデスベンツに、旅の間の何食分かの食料を積み込んだ。何もない荒れた地方を通ってゆくからだ。

自動車は恐しく古かった。エンジンは十分によく動いたが、ブレーキはかかりづらく、タイヤはつるつるだった。出かける時、私は旅の長さと、この車の状態について、自分の感じている不安を口にした。ハミッドはいらいらしていた。「信頼、信頼すればいいんだ」と彼は言った。「神を信頼し、心配してはいけない。この自動車で、今まで何でもやってきたのだ。それ以上、何を期待するというのだ？」

途中、小さな町の一つで、戸外にある茶店に立ち寄って、私たちはコーヒーを飲んだ。私たちの横に、二十代前半の若い男がすわっていた。その男はハミッドと話を始めた。二人はトルコ語で話していたが、私たちの旅が話題になっていることは私にもわかった。その男は身振り手振りをまじえて、テーブルクロスの上にフォークで地図らしきものを書きながら、何かを説明していた。そのあと、彼は私たちと握手をし、何回もおじぎをしながら茶店を出て行った。「何を話していたのですか？」と私はたずねた。

「つい先週、新しい道が開通して、その道を行けば、少なくとも二時間は早くゆけると教えてくれたのだ。旧道は谷間に下ってゆくが、その道は山を越えるらしい。とても良い道で頂上のあたりは少し急だが、この車で簡単に登れるだろうと彼は言っていた。その道で行かないと、今晩どこかに泊まらなければならない。今朝、出発するのが遅かったからね。それに、私は今夜どうしても向こうに着きたいのだ」

その新しい道に向かって走り出すと、ハミッドはとても陽気になった。こんなに幸せそうで完全にリラックスした彼を、私は今までに見たことがなかった。彼の趣味の一つは庭園の設計だったが、走っている間中ずっと、道路沿いの様々な灌木や植物を指差しては、その性質や薬草としての効用などについて説明した。新しい道に入ってすぐ、彼は車を小さな茶店の前で止めるように私に命じた。彼はそこにすわっている人々に向かって大声で叫ぶと、彼らの足元の地面や道路脇の壁などを指差しながら、激怒している振りをした。人々がびっくりしてこちらを見ると、彼は車の横を手でたたきながら、自分の言いたいことをもっとはっきりと言い、それから私に運転を続けるようにと言った。

「何をしていたのですか？」と私はたずねた。

「このあたりの人々を苦しめている寄生虫がいるのだが、その虫を殺す珍しい植物がまわり中にあるのに、彼らは気がついていないのだ。だから、お前たちは何もわかっていない愚か者だと言ってやったんだよ」

彼はしばらく笑っていたが、その時、大きな爆音が聞こえた。私たちのうしろから、古いオートバイが近づいて来た。それには前後に一人ずつ三人の男が乗っていた。三人とも大声で叫びながら、薬草の束を持った手を振りまわしていた。彼らが私たちの車と並べるように、私はスピードを落とし、さらに、二台とも道路脇にとまった。ハミッドは彼らの話を聞いたあと、何回も車の横を手でたたきながら、再び彼らに向かってどなり始めた。三人は、いかにも恥じ入った様子でバイクにまたがると行ってしまった。

「今度は何だったのですか？」

「バカ者めが！　彼らは違う草を持ってきたのだ。もしあの草をせんじて飲んだら、一週間はトイレの中ですごすはめになるだろうよ」

この日はこんな調子の一日だった。これまでのところは、すべては軽やかに順調にいっていた。そして自動車さえもが旅を楽しんで幸せそうだった。エンジンの発する不気味なカタカタという音も止んでいた。そして、セカンドギアで運転しなければならないほど、坂は急になってはいたが、すべてはうまくいっているように思えた。しかし、少しずつ、道路の状態は悪くなってゆき、ついに道路と呼べるものではなくなっていることに私は気がついた。その道は最初はかなり平らな未舗装の道だったのに、今では荷車がやっと通れるほどの細い道でしかなかった。たとえ、引き返す決心をしたとしても、Uターンのできるようなチャンスはまったく無かった。それに、自動車を無理に止めたとしても、この急な上り坂ではブレーキがきくかどうかは疑わしかった。私はものすごく怖くなってきた。そして、まがり角をまがるたびに、状況はますますひどくなっていった。左側には岩壁がそそり立っていた。そして右側は垂直に三百メートルもの断崖絶壁だった。ハミッドは完全に平静だった。彼は私の隣りで鼻歌を歌っていた。怖がってはいけないとわかっていたので、私は彼に話しかける勇気はなかった。しかし、私は怖かった。怖くて体がこわばっていた。それは車の状態や道の状況だけではなかった。それは責任の問題だった。私は道の師である人を乗せて車を運転しているのだ。そして、この状況では、どんな事故でも一度起こせば致命的であることは確実だった。私は必死で悪い想像を止めようとしたが、無駄だった。

道はどこまでも続いていた。そして、ローギアで一時間十五キロという速度では、一つの角をゆくのに一年はかかるように思えた。この頃になると、荷車のつけた轍は非常に深くなっていて、轍の上を走ると車の底をする怖れがあった。そこで、片側の二つのすり減ったタイヤで崖のふちを、そして反対側の二つのタイヤで轍の間の土の盛りあがった部分を走るしかなかった。私は震えていた。その上悪いことに、エンジンからこげくさい臭いがし始めた。オーバーヒートに違いなかった。つまり、車を止めなければならないということであったが、私は水を持っていなかった。

もう一つカーブをまがると、狭い道が左の方から私たちの道に合流していた。何かがこちらに走ってくるのがちらっと見え、私はあわててブレーキを踏んだ。若いラクダが私たちの方にまっすぐに駆けてくると、自動車の前に斜めにぶつかった。そして一瞬とまどったあと、私たちが今来た道をかけ下って行った。私は汗でぐっしょりだった。そして、体がガタガタと震えていた。私は完全におじけづいていた。「なぜ止まった？」とハミッドがきびしい口調で言った。「走り続けるんだ。遅くなってきた。それに車のライトは非常に暗いのだ」

私はただ動けなかった。両足をブレーキの上に乗せ、両手でハンドブレーキのかわりをしているワイヤーの切れはしにしがみついていた。フードの下のエンジンからは湯気が立ちのぼっていた。これほど絶望的になったことは私の人生に一度もなかった。ラクダがこの山の中で一体何をしていたのだろうか？　それに一体、どこからやって来たのだろう？「偶然などというものはないということが、君にはまだわからないのか？」とハミッドがするどい口調で言った。「ラクダはこんな上の方には住んではいない。さっきの動物は我々をめがけて突進してきた。もし君が素早く行動しなかったならば、奴は我々を崖からつき落としていただろう。頼むからそんなにぶるぶる震えずに運転を続けなさい。この山には他の動物はいるかもしれないが、あれはラクダなんかではなかったのだ」

「でもあれはラクダでした」と私は抗議した。「あなただって見たではありませんか」

「どうしてわかるのかね。君は馬鹿か？　君はラクダを見たと言うが、あんな風に行動するとはまったくもって変なラクダだとは思わないか？」

「どういう意味ですか？　ハミッド？」

私はもう不安と恐怖で泣き出さんばかりだった。そして、万一、車が坂道をうしろへさがり始めたとしても、自分の体の位置を変えることすらできなかったことだろう。

「あれはラクダであり、ラクダではなかったということだ。さあ頼むから、しっかりして、この山を登ってくれないか。そうでないと、私は本気で怒りだすぞ」

私はもう一度、力を振りしぼり、ついに何とか車を発進させることができた。道は行けども行けども続いているように思えた。ハミッドはまた鼻歌を歌い始めたが、私はすんでのところで難をのがれたことで、まだ震えがとまらなかった。

山の頂上に着いた時、ちょうど、太陽が沈んでいった。アナトリアの平原を望むそこからの風景はすばらしかった。しかし、暗くなり始めていたので、休む暇はなかった。そこからは長い下り坂だった。そして道はこれまでと同じだった。その道が私たちをどこに導いてゆくのかは、神のみが知っていた。あの茶店にいた男は、私たちにこのルートを教えた時、明らかに、自分が何を言っているのか知らなかったのだ。おそらく、自動車の横で今晩は寝ることになるだろうという思いが、私の心を横切った。そして、夜になるにつれ、非常に寒くなってきた。その時ハミッドが車を止めろ、と私に命じた。

「でも、先に行った方がいいですよ」と私は言った。「暗くなってきましたから」

「止まる必要があるのだ」と彼は言った。「生理的要求だ」

彼は木かげに消えた。しばらくしてから、何事もなく、すべてはなるべきようになっているとでもいうかのように、平然と鼻歌まじりで姿を現した。そして自動車に乗り込むと、「先に進め」と言った。

山を下ってゆくうちに、彼の気分が変わり始めた。彼は歌うのをやめると、何も言わなくなった。私が話しかけ、ラクダのことをもっと聞こうとしても、返事もしなかった。そして、目の前の道をじっと見つめるだけだった。驢馬の通うような道が、再び道路らしきものになり始めた時、私たちは山のふもとにたどりついた。私たちの前には、長いまっすぐな舗装した道が続いていた。道路標識から、その日の朝、私たちが目ざしてきた目的地から、あとたった十四キロのところにいることがわかった。

「やったぞ！」と私は叫んだ。そのとたん、自動車の下で、大きなバリバリッという音がして、車がギーッと大きな音をたてて止まった。ハミッドは動かなかった。彼は無表情で、すわったまま、まっすぐ前を見ていた。外に出て、私は車の下をのぞいた。道に油がこぼれ、オイルタンクからは油が流れ出していた。「どうも石に当たって、オイルタンクにひびが入ったみたいです」と私は言った。「どうしましょうか？」

「他の車がやって来るまで待って、一番近い町にこの車を運んでもらうように手配しなさい。道に石などなかった」

「でも、あったに違いありません。車が何かに当たった音がしましたから」

「ではその石はどこにある？　もし見つかったら、私に見せなさい」

自動車のまわりをくまなく探してみても、岩や石のかけらさえ見つけることはできなかった。道は完全に平らで、道端には細かい砂利がしいてあった。

「どうした？」と彼は車の中から言った。「それで君は何と説明するのかね？」

「おそらく、エンジンに何か起こったのでしょう」と私は言ってみた。

「エンジンには何も起きていない。石もなかった。君は完全に失敗したのだ。そして今、我々は夜が来るというのに、ここで動けなくなってしまった。君は何も思い出すことができないのか？」彼は何も、というところでこちらを向くと、私をにらみつけた。私は何も言えなかった。それ以上に、彼が何を言っているのか理解できなかった。道に石があったに違いなかった。自分がどこで失敗したのか、考えようとした。

「君はこのアナトリアまではるばるやって来た。イギリスで、君は私に助けてくれないかと頼んだ。そして私は、これは危険な道であり、もし君が信頼しなければ、我々二人ともつまずくであろうと言った。信頼、そして信頼なのだ。君がここに来てから常に、私は君に信頼するように言ったはずだ。そして君は何をした？　最初に君は勇気を試すテストに完全に失敗し、山の上でめそめそと泣いて、まるで育ちすぎの小学生のように振る舞った。次に、自分が失敗したということに気づいていなかったかのように、山のふもとに着いた時、自分は成功したと宣言した。あたかも、君が何かに成功することができたかのように。君はとるに足らないものなのだ。そして、そのことに早く気づけば気づくほど、早い時期に君はこの道が一体何なのか、何らかの理解を得ることができたはずだ。あの茶店にいた男を、君は誰だと思っているのだ？　あれはただの偶然の出会いだとか、彼が間違って我々を迷い道に連れこんだとでも思っているのか？　偶然などというものはない、と言っただろう。ラクダがそうであるように、あの男も、我々の目に映ったものとは別のものなのだ。あの男は普通の男ではない。君は深い眠りの中にいて、そのことに気がつきさえしなかったのだ」

「それでは、あなたには、ずっとわかっていたと言うのですか？」

「もちろん、そうだとも。しかし、私はこの短期間だけは君のガイドであり、教師としての役割を果たしている。だから、テストとして君に与えられたものを、受け入れなければならなかった。何が起きるのか正確に知っていたわけではないが、やってくるものは何でも受け入れなければならない。君は見てのとおり、どこからどこまで、すべて失敗した。いつになったら、神を信頼するということを学ぶのだ？　君は私に自分は真理を望んでいると言った。しかし、君が現に望んでいるのは愛のない真理なのだ。神は愛であり、愛がなければ、何ものもあり得ない。もし、神を信じていないなら、君は真理にたどり着くことはできないだろう。神をよけて、自分一人で真理に到達できると思うのは間違いだ。それこそ、最悪の傲慢な態度なのだ。我々が一緒にやってゆくためには、君はまず、謙虚さを学ばなければならない。私は君を過大評価していたに違いない。そしてもし、これが君のやり方なのであれば、私もまた私の役割に失敗したということなのだ。さあ、外に出て、自動車を見つけてきなさい」

私はちぢみあがった。肉体的な暴行を受けたかのように感じていた。そして道路の反対側へ渡ると、自動車の方を振り返った。ハミッドは微動だにせず、まっすぐに前を向いて目を閉じていた。車もトラックも何も通らなかった。私は怒りとひどい寒さに震えていた。ハミッドは彼が誤りを犯したと言った。そして私は自分が誤りを犯したと確信していた。このように振る舞う先生を絶対に選ぶべきではなかったのだ。それにハミッドが何と言おうと、道の上に石があったに違いなかった。もうすべてが嫌になってしまった。そして、この旅に出なければ良かったと悔やんでいた。こんな男の後を追って、はるばるトルコまでだまされに来るとは、何という大馬鹿者だったのだろう。一体、この男は何者なのだ？　それに、この私に何を望んでいるのだ？　今はどうにも動きがとれないけれど、このけしからぬ状態からできるだけ早く抜け出して、この国を出て、ロンドンへまっすぐ帰ってしまおう。

エンジンの音がして、私の恨みつらみの思いが途切れた。それは自動車ともトラックともちがう音だったが、確かにこちらに向かって近づいていた。すでに真っ暗になっていたので、私は道の真ん中に立った。道をまがって、古いトラクターがやってきた。私は手を振ってトラクターをとめると、運転していた男に、私たちの自動車を指差して、身振り手振りで、自動車がこわれてしまったので、できれば一番近い町まで、引っ張って行ってもらえないかと頼みこんだ。真剣なおももちで私を見ていたその男は、トラクターを降りると、ゆっくりと、私たちの自動車のまわりを歩いた。ハミッドは目を閉じて、まっすぐにすわったままだった。「ハミッド」と私は呼びかけた。「トラクターが来ました。この人と話してくれませんか？」

「君が自分で話しなさい」というのが彼の答えだった。

私の言いたいことを相手にわからせるのは、至難の業だった。トラクターの運転手は相変わらず、自動車のまわりをぐるぐると歩きまわっていた。それはまるで他の星からやってきたものを眺めている、という感じだった。彼は車の外側を見て、中を見、次にタイヤとバンパーを調べ、それからフードを持ち上げた。「ヨック」と彼は言った。「ノー」と言う意味のトルコ語だった。「何がノーなのですか?」と私はたずねた。「自動車ヨック」と彼はきっぱりと言った。「ヨックなのはわかっています」と私が言った。「だから、引っ張っていって欲しいのです」そして、私は自動車の前で思いつく限りのジェスチャーを試みた。肩の上にロープを持って、自動車を引っ張るまねをして見せた。それでも彼は何も感じないらしく、「ヨック」とさらに数回くり返した。それから私に触れるほど近づいて、にんにく臭い息で熱心に、「リラ・チョク・リラ」と言った。ものすごくお金がかかるよ、という意味だったが、自動車の修理代は高いよ、と言っているのか、私たちを引いてゆくなら、沢山、金をよこせと言っているのか、そのどちらか、私にはわからなかった。いくらかかるのか、とたずねると、彼は道にこぼれた油の中に、指先で考えられないほど高い金額を書いてみせた。私はもう一度、ハミッドの方を向いた。

「その金額を払わなければならない」と彼は言った。「値切っても仕方がない。我々の運命は彼の手の内に握られているのだから」

「しかし、私が今、持っているお金全部みたいなものですよ」

「払いなさい。それだけでなく、君は自動車の修理代も払うのだ。この事故が起こったのはお前のせいだからだ。私は疲れて、腹がすいている。それにものすごく怒っている。その男の要求する金を払って、急いでくれ」

数時間後、自動車は村の小さな工場の外に置かれていた。そして、私たちは、狭苦しくて汚い空気の通わない部屋を一つ、いなかの宿屋に見つけた。自動車の修理代も理不尽なほど高かった。そして、自動車に積んできた食料でわびしい食事を用意する間、ハミッドは一言も私に口をきこうとはしなかった。部屋には大きなダブルベッドが一つあって、そこに服を着たまま、彼と私は横になった。やっとうとうとしかけた時、ハミッドが荒々しく私の肩をゆすった。「いいか」と彼は言った。「あそこに石はなかった。もしお前が、あの馬鹿げた声で、『やった！』と叫ばなければ、我々はまだ順調に旅を続けていただろう。眠りに入る前に、お前の傲慢さと不注意に対する許しを乞うために祈りなさい。さもなければ、我々の旅はここで終わりだ」そう言うと、彼は体の向きを変えて、あっという間にいびきをかき始めた。その振動でベッド全体がゆれるほどだった。

次の日の朝、工場の修理工は、車の修理には少なくとも丸一日かかると言った。修理を始める前に、他の町にある部品を見つけなければならず、しかも、部品を取りにゆくための車は、悪いことに、別の村の結婚式に行ってしまっているからだった。結婚式に参列した人々は前の日に帰って来る予定だったが、しかしまだ誰も戻って来ないところをみると、すばらしい結婚式だったようだ、と彼は言った。私はそこにすわって、修理工場の前に集まり始めた人々に向かってハミッドが演説する様子をながめていた。彼らが何を議論しているのかわからなかったが、私は次第にハミッドのやり方に慣れてきていた。もし、誰かが心の耳で聞く準備さえできていれば、彼が何を言うかは、実のところ、大切ではなかった。彼の言葉は、表面的に見えるよりも、ずっと深い意味を持っていた。彼がコーランやスーフィーのマスターたちの書物の一節について話すと、聞いている人々は、それぞれ、自分にちょうどわかることだけを吸収していた。時々、彼はある一つの文章について、長々と議論し続けることがあった。その様な時には、きちんと理解して話を聞いている特定の一人に向かって、彼のエネルギーのすべてが向けられていることに、私は気がつくのだった。

私はといえば、まだ前の日の体験に動揺していた。苦々しい思いと怒りで一杯だったが、同時に、この段階で諦めるのは無意味であり、忍耐力の著しい不足を示すことになるだろうと感じていた。いつかずっと以前に、ハミッドが私に言ったことがあった。

「この道を行くには二本の足が必要だ。一本は君の生まれつきの質、すなわち、君の中に隠れている可能性という足であり、もう一本は忍耐という足だ。他の一方を伴わなければ、どちらも役にたたない」

もし先へ進むのであれば、今まで、自分が何年もかかって得てきたと思っていた「知識」をすべて捨て去る必要がある、ということが、私にははっきりとわかってきた。この三日間で、自分も教える身として持っていた私の自負心はすべて、完全に打ちこわされてしまった。そして自分がまったく何も知らないということに、私は気づいたのだった。ロンドンで出会って間もない頃、ハミッドは、この道に本気で身を投じるならば、必要なものを、まさに必要な時期に与えられると言ったことがあった。でも、こんな短い期間に体験したすべての事柄を、私は本当に必要としていたのだろうか？ あんな山の中を運転させるということではない別のやり方で、私の勇気を証明することもできたはずだ。あの道の上に石は落ちていなかったと思うことは、私にはどうしてもできなかった。そしてまた、こんなにずっと一緒に過ごしてきたのに、まだハミッドが謎のままであることも気になっていた。彼のことを何一つ、私は知らないのだ。ずっと前からあらゆる状況に対して私は完全に無力となり、起こってくることはすべて避けることができないかのようだった。私はまだその考え方に抵抗していた。物事の必然性を感じることと、起こっていることに身をまかせることとは別のことだった。師のもとに行くためには、両手を空にしてゆく必要がある、ということを頭で理解することは簡単だった。しかし、実際に判断を停止することはとても難しかった。

午前の時間がすぎてゆくにつれ、私の気分も静まってゆき、もっと信頼するよう努力してみようという気になった。何もすることがなかったので、私は村の背後にある丘の上に散歩に行った。すべてが静かでおだやかな真昼時だった。祈りを呼びかける声はすでに鳴りやんで、村にはほとんど人影がなかった。見下ろすと、修理工場の前にある広場と、道ばたに停めてあるあの古い車が見えた。宿屋は通りの角をまがった所、他のいくつかの建物のうしろにあった。この静かなほこりっぽい町を上から眺めているうちに、ハミッドが空間を逆にするという話をした時のことを思い出した。

彼の説明によると、平均的な人間は、自分が何かの原因であり、従って、あらゆることはエゴの中心から始まって、それが外側の人生というスクリーンに写し出されると考えている。このエゴ中心の空間に住んでいる限り、見かけの変化はあり得ても、真の変化は起こり得ない。真の変化とは何を意味しているのか理解するのは、私には難しかった。それは意識の拡大の問題ではなく、むしろ、意識を打ちこわすことなのだと彼は言った。意識を打ちこわすためには、まず自分の真のアイデンティティ（特別性）を発見しなければならない。これは自分が何者であるかということに関するあらゆる概念、考え、思いを脱ぎ捨てることである。自分だと思っているものを捨て去って、真の自分であるものに生まれ変わらなければならない。これこそが真の魂の財産なのである。

ハミッドはまた、人生をかえりみる別の方法についても話してくれた。それは自分自身に、見られることを許す、というやり方だった。彼は中心へと向かうらせん状の動きを描いた。「君であるものとは」と彼は言った。「時の一瞬の複合的な現れである。このらせんは常に中心に向かって動いており、絶えず君を作り変えているのだ。しかし、君が自分こそ何かの原因であると考えているために、このらせんの動きが妨げられている。

神は人間を必要としている。しかし、自分が神を必要としていることを人間が本当に悟った時、初めて、神は人間を御自分のもとへと連れてくることができるのだ」

そして彼は私に、「空間を逆にする」演習を教えてくれた。これは、じっと静かにすわって、胸の中心にすべての意識を集中し、少しずつ、次のことに身をゆだね、気づいてゆくという練習だった。見るかわりに、見られているということ、聞くかわりに聞かれているということ、触れるかわりに、触れられているということ、味わうかわりに、自分は神のための食物であり、味わわれていること。「だから、自分をおいしくしなさい」と彼は言った。「最後に自分が呼吸されることを許しなさい。信頼と、神、すなわちすべての源の前では、自分は無力であるという悟りに、完全に君自身をゆだねなさい」

私は丘の上にすわって、この二、三日間をふりかえっていた。そして、自分が探しまわるのを止めて、答えに耳を傾け始めたことに気がついた。突然、求めることと問うことがいかに必要であるか、理解したのだった。答えを追い求めて、かえって答えを遠ざけてしまうのではなく、問いかけると同時に、答えはすでに問いの中に含まれていることを信じて、じっと耳をすまさなければいけないのだ。その瞬間、自分が見られていること、自分が聞かれていること、そして、自分が分解して、宇宙で起こっている偉大なる変容のプロセスの食物となっていることがわかった。私はもはや、すべてが「小さな私」で始まる場所にはいなかった。真の「私」が自分の中に形作られつつあった。私は死ぬと同時に生まれていた。そして、かつて私が、それで見、聞き、味わい、触れていた感覚は、人知を越えた偉大なる存在の感覚となった。私は自然の秩序の何かが生まれてくるための道具にすぎなかった。問うことも、疑う必要もなかった。なぜならば、この瞬間の中に、信頼することさえも超越した何かが存在していたからだった。どのくらいの時間、丘の上にすわっていたのか、私は覚えていない。村に戻った時、私はとても静かでおだやかだった。ハミッドは明らかに、私に何が起こっているのかわかっていた。そして、「明日の朝には、自動車はなおっている。先へ行こう」と言っただけだった。彼の怒りも消えたようだった。そして彼は修理工やまわりに集まっている人々と、しきりと話をしていた。その外国語の響きは強い力を持っていたが、意味はわからなかった。私の心は、青い毛糸玉を持ったあの女性に戻っていった。シデの部屋で、窓辺にすわって待っている彼女を想像した時、私は初めて彼女をはっきり見ることができたように感じた。そして、すべての女性の痛み、地球の痛み、自由になるために認められるのを待っている人々の苦しみを、少しずつ理解し始めたのだった。もはや、私は彼女を、道をゆく途中で傷ついたあわれな人とは見ていなかった。彼女は自由を求めて苦しんでいる女性、そして内なる女性性に対する私たちの責任を、みんなに気づかせるための殉教者なのだった。また、私自身の中の女性的な部分を映し出す鏡でもあった。私がその存在をずっと忘れていたために、いかにその部分を傷つけてきたか、気づかせてくれたのだった。

ハミッドが私の思いを邪魔した。私は彼に自分が気づいたことを話し始めた。しかし、彼は話をさえぎり、私の腕をとった。「今、君は少しだけ見えてきた。そしてこれから起こることを少し味わう許しを得たのだ。いつか、君はなぜ彼女が青い毛糸を持っているのかわかる。そしてその時、炎の最も熱い部分、つまり青い部分は炎の中心にあることがわかるだろう。

明日、我々は旅を続ける。計画は変わった。エフェソスへ行き、マリアを訪ねよう。朝早く出かければ、その日のうちに着けるだろう。そして、マリアの教会に行く前に、準備を整える時間もあると思う」

翌日の朝には、すでに自動車の修理はすんでいた。私たちは再びバルコニーにすわって、パンとコーヒーの朝食をとった。

「今日、旅の第二段階を始める。イエスが十字架にかけられたあと、聖母マリアが暮らした場所へ行くのだ。そこには小さなチャペルがある。普通、私のところへ学びにくる人には、私のところへ来る途中で、マリアを訪ねるように言っている。しかし、君の場合は別だ。君のために次のステップを計画する前に、イスタンブールとアンカラで君が訪ねた人々に、君が受け入れられるかどうか、見なければならなかったのだ」彼は私を問いかけるようにして見た。「こうした話は難しいかね?」

彼の質問に私はまた不意をつかれた。私は一瞬、考えた。「難しいかどうかもわかりません」と私は答えた。「旅という考え方は私にとって、とても新しい考え方です。イギリスではもう誰も巡礼には出かけません。ルルドに行く人はいますが、これはまた別です。それに墓をたずねることもしません。そうしたことは迷信だと思われています。実際、あなたに出会うまで、神という考え方そのものが私にとって、余り意味を持っていませんでした」

「でも、君はキリストは信じているのではないのかね？」

「実のところ、わかりません。その昔、イエス・キリストと呼ばれた偉大なマスターがいたことは信じています。でも、キリストの聖霊は失われてしまったように思います。私はその聖霊にずっと憧(あこが)れています。この旅に出たのも、そのためなのかもしれません」

「そうならば、なぜ、そんなにダルウィーシュを追い求めているのかね？」ハミッドは笑いながら、眼鏡ごしに、上目遣いに私を見た。「もし君が、聖霊、つまり、キリストを求めていたのならば、トルコのダルウィーシュを見つけようとして、地球を半周もさせてしまったものは何なのだろうか？」

「それはですね。ダルウィーシュは私のためになる、何か隠された知恵を持っているのではないかと思ったのです……」だが、そう言いながら、これはまったく事実ではない、ということに私は気がついた。そして、今まで一度も、なぜ自分がこうした人々を追い求めているのか、真剣に考えたこともなかったことに、はっと思いあたった。それは避けられないように思えたものだったが、ハミッドに質問されてみると、そもそも彼らを見つける必要があるのかどうかさえわからなくなったのだった。私が本当に求めているものは何なのだろうか？

「チャペルに行く前に、聖母マリアの隠された意味について話しておこう」ハミッドは私に何か気づかせようと決心したようだった。

「まず最初にこのことを理解しておかねばならない。私が歴史的な出来事を話しているように見えるかもしれない。しかし、私が話すすべてのことは君の中にあり、今、この瞬間に起こっているということだ。それ以外はない。この世で二千年前に起こったことは、この瞬間に起こっていることの一部なのだ。昔のことではなく、まさにこの瞬間のことなのだ。二千年前を振り返ることでもなければ、想像の中で、その瞬間をよびさますということでもない。君は目覚めていさえすればいいのだ。自分の中で、この瞬間に目覚めていなさい。そうすれば、それがどういうことか自分でわかるだろう。我々の住むこの世界では、物事が起こるには時間がかかる。しかし、真理と、そしてその真理の顕現は常にそこにあるのだ」

彼は口をつぐんだ。そして、沈黙があまりにも永く続いたので、私の心は集中力を失い、ただよい始めた。朝食の残りのことや、エフェソスへの旅のこと、自動車の修理の状態などが頭に浮かんだ。やがて、彼は椅子の上で身を前に乗り出すと、私を探るような目で見つめた。「私の言うことをよく注意して聞いて欲しい」と彼は言った。「心を静かにして、ただ聞きなさい。

君の体は聖母マリアだ。聖霊はキリストであり、永遠のメッセンジャーである大天使ガブリエルによって伝えられた言葉でもある。息は神の慈悲の息であり、魂に活力を与えるのはその息だ。聖霊によって活力を与えられるまでは、魂は羽のない鳥のようなものだ。

神へ到達する道は数限りなくある。しかしマリアの道は甘美で、しかも最もおだやかな道なのだ。もし君がマリアと一体になることができれば、すなわち、すべての源、生命の基、聖なる母と一つになることができれば、君はキリストに生まれ変わり、キリストが君の中に生まれる。そして神の慈悲の息をあびて、君は生まれ、神を知る。なぜなら、生命を授けるのは神の慈悲の息だからだ。あらゆる瞬間に、神は生きた形の中に顕現している。しかし、同じ瞬間に二度、御自身を現すことはない。

マリアがイエスをこの世へ送り出したのは、彼女がこの仕事を行う者として選ばれたからだ。そして彼女は子を生む知恵を学んだ。メッセンジャーであるガブリエルは男の姿をしてマリアの前に現れたと言われている。彼女はその男が、女としての自分を欲しているのだと思って、一瞬、凍りつき、神に助けを求めた。もし、彼女が神を信じ、心の平安を得なければ、生まれてくる子供は生きのびることができなかっただろう。君の体は聖母マリアであり、聖霊はキリストであり、息は神の慈悲の息である。君の魂は、聖霊によって力を与えられるまでは眠っている。我々の人生のあらゆる瞬間に幼子がどこかで生まれている。生まれた子供は神の意識を宿した人であるかもしれない。あるいはその反対に、一生戦い続ける頑(かたく)な人間であるかもしれない。これらのことを知ることは、非常に大切だ。もし、私が今、話していることをよく聞くならば、君はいつか理解し始める。君は聖霊によって充たされているので、いつかわかり始めるのだ。しかし、それは君の人生を容易にしたり、軽やかなものにしたりするわけではない。人生をもっと重いものにするかもしれない。しかし、その重さは、意味と目的ゆえの重さなのだ。

マリアは聖なる母である。マリアは青い炎の中におり、この我々の住む世界のあらゆる形の中にひそむ、聖なる可能性の源である。マリアが人々に認められることが必要なのだ。君の全存在をかけて、君のすべての部分、心で、知性で、魂で、神を愛することを学びなさい。そうすれば、我々はみな、処女による誕生の意味を理解することを許されるだろう。祈りを学びなさい。そうすれば、君の祈りに、その子供を為した源から答えが戻ってくることだろう。

スーフィーは〝瞬間の息子〟と呼ばれている。人がマリアにとけ込む時、何かが解放され、子供が生まれる。そして、生まれたものが〝瞬間の息子〟なのだ。その子供は、神を体現する者となり、したがって、スーフィーと呼ばれるようになるかもしれない。あるいは、その子は、何も気づかずに眠ったまま、まだ人間とならずに、神や神の不思議さを意識もせずに、自分自身についての知識も持たず、愛とは何かを理解もせずに、ただ地上を歩きまわるだけかもしれない。君の体は聖母マリアだ。このことを一生、一時も忘れてはならない。これは我々が知恵そのものになった時、存在そのものになった時に、果たさなければならない責任なのだ。

マリアがイエスを生むように選ばれたのは、彼女が純潔をしっかりと守っておられたからである。素朴な人々はこれを彼女の〝処女性〟と呼んでいる。しかし、知る者は、純潔である、ということは、完全な順応性があることであり、時と共に流れてゆくことであり、生命そのものの泉から流れ出ている清流のようなものである、ということを理解している。純潔であるということは、喜びを広めることであり、喜びとは、神の完全性をより深く知ることである。君がずっと探しもとめてきた〝神の仕事〟とは〝神の聖霊〟であり、〝神の聖霊〟とは世界を救うためにやってくるキリストのことである。永遠のメッセンジャーは常に自己の内にあって、〝神の言葉〟によって、その時が始まるのを待っているのだ。そしていつか、マリアが再び認められた時、キリストが再現するだろう。マリアが誰か覚えていなさい。そしていつか、君に準備ができた時、すなわち、神がそう意図された時、君は私がこうして話したことを理解するだろう」

その日一日、私たちはほとんど黙ったまま旅を続けた。その朝、ハミッドが私に話してくれた言葉は覚えていたし、またノートにすでに書き記していた。しかし、その真の内容を理解するまでには、まだ何年もかかることを、私は知っていた。またしても、ハミッドが教えてくれることを過小評価していた自分が恥ずかしく、申しわけなく思った。ダルウィーシュを探し求めることは今では無意味に思えてきた。事実、私の探究の大部分は時間の無駄だったような気がした。この旅の背後にあるものが何かを知り、これまでの道程にあった踏石をすべて理解したいという思いが、私の中にふつふつと高まっていた。

「今はエフェソスの町に寄らないことにする」とハミッドが言った。「もう遅くなってしまった。マリアの家には日没前に行かなければならないからだ。今夜は泊まって、明日、町を見物することにしよう。マリアの家に行くには、六キロの道を歩いて登ってゆくのが一番いいのだが、今、私は疲れている。次に来る時には、君は歩かなければいけない」

山に登る道はヘヤピンカーブの連続の急な坂道だったが、田舎（いなか）のすばらしい風景を眺めることができた。舗装した道ができたことと、何台ものバスでやってくる観光客の姿以外は、イエスの時代からほとんど何も変わっていなかった。歴史が始まった時からずっと、羊飼いや山羊飼いたちは、羊や山羊の群れを連れて丘の上を歩き、灰色がかった緑色のオリーブの木の段々畑は、実をならせてきた。そして、畑で働く男や女の着ている服は、昔と同じだった。私たちは終末の時までそのままの姿で残っている聖書の一場面に、入りこんでしまったかのようだった。

丘の頂上に車を停めると、私たちはチャペルの方へ歩いて行った。観光客向けのレストランやみやげもの屋が、最初、その場の雰囲気を多少損なっているような気がしたが、しばらくすると、観光客のうるさい声も静まってきた。そして角を曲がると、ミサが野外で行われていた。祭壇が用意され、およそ百人ほどの人々が地面にひざまずいていた。褐色の肌をした東部からやってきたトルコ人や、粗末な黒い服を着た女性、そして、イスタンブールやヨーロッパからの巡礼者たちだった。深いやすらぎと静けさがあたりをおおっていた。私も他の人々と一緒に、そこにひざまずきたいと思った。「来なさい」とハミッドが言った。「マリアのところが先だ」

マリアのチャペルはとても小さい石造りの建物で、大きな木々に囲まれていた。チャペルの内部はひんやりとしてうす暗く、何百本というろうそくの炎で照らし出されていた。その一本一本が愛の捧げものだった。私たちは入口でろうそくを買って火をともしてから、壁に並んでいるくぼみに注意深く置いた。

ハミッドは祭壇の前に立って祈った。彼のあとについて、私はこの未知の旅の目的を理解できますようにと願い、真理へお導き下さいと祈りを捧げた。

チャペルの中にはそれほど永くはいなかった。私たちはコーヒーを飲みに近くの茶店へと歩いて行った。「イスラムの信仰の中で育ったのに、私がなぜマリアを通して神に祈ることができるのか、君はきっと不思議に思っただろうね」腰をおろすとすぐ、ハミッドが言った。「どのモスクにもマリアのためのお祈りの場所があるのを知っているかね？　しかし、我々は宗教の形式とは関係がない。すべての宗教の中に物言わず存在し、明らかにされるのを待っている真理に、関心があるのだ。一度それを知ると、神に対する愛によって、神のメッセンジャーすべてに敬意を表するのだ。人々に知られているメッセンジャーもいれば、決して人々に知られることのないメッセンジャーもいる。

今日は君にとって、新しい人生の始まる日だ。つまり、もし君が十分に謙虚であり、すべてを打ち捨てて、両手を差し出してやって来たならばの話だが。マリアは全身全霊をもってやって来た人々だけを受け入れる。それは君たちがよく話している針の目の話と同じなのだ。針の目を通るためには、君は自分の意見を失くし、自分が何も知らないということに気がつかなければならない。マリアに受け入れられるためには、君は溶けなければならない。

イスラムの伝統では、すべては唯一の神を受け入れることから始まる。すなわち、唯一の絶対的な存在があり、すべてはそこから発し、その中にすべてが存在するということだ。私は処女懐胎を信じていると言える。私はさっき、我々が話していたことを理解しているからだ。私は言葉の隠された意味を見ているのであって、形の世界に捕らわれてはいない。

しかし、今のところはこれで十分だろう。遅くなったから、今晩は泊まることにして、私の知りあいのおいしいレストランで食事をしよう。そして明日の朝、旅を続けよう」

その晩、私はエフェソスのホテルの自分の部屋で、ベッドのすみに腰をおろし、その日に聞いたことを考えていた。ハミッドはマリアを訪ねたあとは一人でいたいと言って、すでに自分の部屋に戻っていた。私も同じように感じていた。そして、一人きりで静かにすわっている時間を持てたことに感謝した。

しばらくすると、私の部屋の真上にあるハミッドの部屋の中で、彼があちこち歩きまわる足音がして、私の瞑想を破った。部屋に行く前、彼はとても神経質になっていた。そして今、彼があちこち歩きまわっている足音が聞こえたのだ。何かおかしなことが起こったのだろうか？　急に何かがぶつかる音と、瀬戸ものが壊れる音が上でした。それはまるで、彼が部屋の中で何かを投げつけて、何枚も重ねた皿やグラスを壊したような音だった。私は急いで、三段ずつ階段をかけ登って、上に行った。そして、彼の部屋の戸をたたいた。すぐには返事がなかったが、やがて、「入れ」というハミッドの声が聞こえた。彼は部屋の真ん中に立っていた。窓のそばのテーブルの上には、壊れたガラスの花びんがあった。彼のスーツケースは床の上に口を開いていて、衣類がそこら中に飛び散っていた。

「何かぶつかったような音がしましたが」と私は言った。「大丈夫ですか？」

「いや、大丈夫ではない。何かがおかしい。すぐにシデに戻らなければならない。荷物をまとめなさい。できるだけすぐに出発しよう」

「でも、ハミッド」と私は抵抗した。「自動車のライトはほとんど使いものになりません。それにもう暗いし、帰り着くには一晩中かかりますよ」

「それがどうしたというのだ？　一体、何回、信頼しろと言ったらいいのだ？　何かおかしいのだ。何なのかはまだわからないが、今、すぐに戻らなければならない」

「でも、どうして、そうわかるのですか？」困惑して私はたずねた。

「もういい！　荷物を持って来なさい。そして勘定を払ってきなさい」そう言って、彼は衣類を全部一束にまとめると、スーツケースに押しこんで、足早に下へおりて行った。

私はできるかぎり急いで、荷物をとりまとめると車の中にいた彼に追いついた。もうすっかり暗くなり、空は星でいっぱいだった。半月がかかっているのに私は気がついた。

夜中ずっと、私たちは運転を続けた。ハミッドは一言もしゃべらなかった。彼は車のまっすぐ前を見つめてすわっているか、うしろにそり返って、大きないびきをかいて眠っているかのどちらかだった。自動車のライトはとても暗く、道からはずれないようにするためには、すべての集中力を必要とした。旅行シーズンではなかったので、車はほとんど通らず、夜が明ける頃にはアンタリアへ百キロほどの所まで来た。

「シデにまっすぐ行きなさい」とハミッドが言った。「ガソリンは足りるかね？」

「足りそうにありません。あと少ししかありません」

「気にするな。信頼しなければ……。時間を無駄にできないのだ」

針がゼロの所を指しているのに、私は最後の二十キロを運転した。しかし、ガソリン切れにはならなかった。そして村が目覚め始めるころ、家の前に着いた。自動車を駐車するのも待てずに、ハミッドは入口の前で車を止めるように命じた。彼はあわてて車をおりようとして、ドアの横に頭をぶつけ、眼鏡を落とした。私は駆けよって眼鏡を拾いあげ、彼に渡した。「眼鏡などどうでもいい」と彼は言った。「早く来なさい」

私たちは家の中へ入った。私は何がおかしいのかわからなかった。すべて元通りに見えた。ハミッドは家の中を駆けまわり、次に中庭を横切って、私の部屋の下にある例の女性の部屋に向かった。ドアをノックしても返事がなかった。「君の部屋に行って、見てきなさい」と彼が命じた。

「何をですか？」と私はたずねた。

「何かがあるはずだ。早く行って見てくるのだ！」

私は二階に駆け上り、自分の部屋に入った。彼女がベッドの横にすわっていた。青い毛糸がいたるところに散らばっていた。ベッドの上、ベッドのまわり、そして床の上に広がっていた。彼女の髪は乱れ、目は激しい怒りで光っていた。彼女は私を見ると、両手で床の上にある封筒を指し示した。取り上げてみると、ハミッド気付で来た私に宛てたものだった。ハミッドを上から呼ぶと、彼は急いで上にあがってきた。「開けなさい」挨拶しようと立ち上がった娘の方を見ようともせずに彼は言った。

それは私のビジネスパートナーからの短い要点だけを記した電報だった。「すぐ帰れ」という言葉でそれは始まっていた。「ビジネスの売却に関し、緊急に戻られたし……」

「馬鹿者めが！」とハミッドが怒鳴った。「お前は両手を空にして、何も残さずに来ると言ったではないか。やっと、なぜ、すべてがこんなに大変だったのかわかったぞ。出て行け！帰って、やるべきことをやって来るんだ！」

そう言うと、彼は部屋を出て行った。娘はそこにすわって、大きな眼で私をじっと見つめていた。彼女はハミッドの言ったことをまったく理解できなかったのだ。「さあ」と私は彼女に言った。「一緒にあなたの部屋に戻ろうね」私は毛糸のたばを大切そうに手に持った彼女を、下に連れて行った。そして片手でドアをあけ、もう一方の手で彼女の手をとって、机の脇（わき）の椅子のところまで行った。彼女は声をたてずに泣いていた。大きな涙の粒がその頰（ほお）を流れ落ちた。

「僕はイギリスに戻らなければなりません」と私は言った。「やらなければならないことがあるからです。でも、できるだけ早く帰って来ます。その時にまた話そうね」彼女は何も答えなかった。私は二階の私の部屋に駆け戻ると、荷物をまとめ始めた。

第七章

あなたが求めているものは、
あなたを見ているものである。

アシジの聖フランシスコ

私は言った。「あなたは本当にきびしい方です」と、
彼は答えた。「私がきびしいのは、良きことのためであって、悪意や恨みからでは
ないことを知りなさい。
『これが私です』と言って、入って来る者を誰であれ、私は崖っぷちで強打する。
なぜなら、ここは愛の神殿だからだ。
愚か者よ、ここは羊小屋ではないと知れ。
目をこすって、心の思いをとくと見つめよ」

メブラーナ・ジャラールッディーン・ルーミー

「でも、ハミッド、私はどうしても帰らなければならなかったのです。時々はこうしたことは起こるし、計画を変えなくてはならないこともありますよ。でも、もうすべて片づきました。ここでの勉強の邪魔になるようなことは何もありません。全部弁護士に委任して、私は無期限にイギリスを出る、と言っておきました。弁護士は私の代理人として、書類に署名したり、その他一切のことを行う権限を持っています」

私がシデに再びもどってきてから、ハミッドはずっと、ほとんど口もきいてはくれなかった。私は一週間たらず、ここを留守にしただけだった。できるだけ早く帰ってきたし、仕事の問題は片づいたのですぐに戻ると、ロンドンから電報を打っていた。そして三日間の沈黙のあと、彼は私の哀願と説明にやっと反応を示した。

「君はあとに何も残していないと誓った。君が両手を空にしてやってこなければ、我々はこの旅を一緒に続けることはできないと言っておいたはずだ。まだ時が早すぎたようだ。君はイギリスに戻って、普通の仕事につき、一年たって、もっと準備ができた時に、私に頼んでくる方がいいと思う」

「お願いです。ハミッド」と私は哀願した。「本当にもう大丈夫なのです。もう絶対にあんなことは起こりませんから。今ほど大切なものは何もありません。それはわかっているのです」

「よく私の言うことを聞きなさい」ハミッドは椅子の上で背を正し、こぶしでテーブルを叩いた。「君は今まで私が会った中で、一番頑固でしつこい奴だ。自分に言われていることを聞こうともしない。これまでの君の探究とやらのあとでさえ、まだ自分自身を見つめるという真の仕事の大切さをまったく無視している。それに、自分は意見を言う権利があるとでも思っているようだ。君は自分は知っていると思う権利さえ持ってはいないのだ。もしこの道を理解したいと思ったら、君は犠牲を払わなくてはならない。しかし、君はそうしているか？　本当に何かを犠牲にする気があるのか？　まあ、ほんの少し生活水準とか、イギリス的な考え方を諦めたかもしれない。しかし、真の理解に到達するためには、あらゆるものを犠牲にしなければならないのだ。もし、本当にそうしたのであれば、まったく必要のない馬鹿げたビジネスの話のために、ロンドンへ呼び戻されたりはしなかったはずだ。『人は神と富の両方に仕えることはできない』これは君が言ったことではないのか？」

「なぜそんなに怒っているのですか？　ハミッド？」と私はたずねた。「なぜたった一週間がそんなに大事なのですか？　まるで私がすぐに帰って来なかったみたいな言い方ではありませんか？　もしあの時、ロンドンに帰らなかったら、きっと、あとでもっと永く、ロンドンに呼び戻されることになったでしょうよ」

「どうしてわかる？」と彼はどなった。「お前に何がわかると言うのだ？　お前は私が言っていることをまだ聞こうとしない。信頼、信頼、信頼、それだけなのだ。もしお前が両手を空にしてきて、神を信頼していたならば、こんなことが起こり得るとでも思っているのか？　偶然などはないということは知っているだろうな。もし知っているのであれば、よく聞くのだ。お前がイギリスに呼び戻された本当の理由を教えよう。
一度この道に足を踏み入れた瞬間から、もう後戻りはできない。しかし、ここに着いてから、お前は自己満足に陥った。私はお前を観察していたのだ。思いあがりと傲慢さから、自分は何かを達成したとお前は思い込んだ。達成することなどは何もない。あるのは奉仕の生活への献身だけだ。しかし、お前は自分のエゴに霊的な意味を与え続け、しかも常に、自分の意見や思い込みに縛られていた。この旅の目的地は、お前に想像できるどんなものをもずっと越えたところにあるのだ。

お前は自分がロンドンへ呼び戻されたのは、単なる偶然だとか、またはビジネスパートナーが馬鹿だからと考えていると思う。しかし、そうではない。完全にすべてを捨て、神を信頼するかわりに、お前はロンドンに戻ったら、また人並みの生活を送れるようにと、ほんの少し残しておいた。そうではないかね？」

その瞬間、私は何よりも、この旅を始めなければよかったと思った。恥ずかしかった。彼の言ったことが事実であることを、私は知っていた。一種の保険として、何事もなかったかのように、元通りの生活にまた戻れるようにと、私はいくらか残して来たのだった。そう取りはからったあとで、私は完全にそのことを自分の心から追い出していた。

しかし、骨董品店を売る際の問題を処理するために私を呼び戻した時、私のパートナーは、私の不信心を暴露するために、一つの役割を演じたにすぎなかったのだった。

「よく聞け。私はお前の自己憐憫に興味はない。それに、まだ話は終わっていない。お前がイギリスに帰った時、私があれほど怒った理由はもう一つある。私たちをエフェソスのマリアの所に導いて行った、非常に重要な一連の出来事の件だ。あの時、お前は霊的な道を歩み始める許しを与えられた。それは、私がお前に伝えようとしているものの基礎なのだ。そして、一度この道に導かれたならば、神秘の次の段階へと進むために、それまでの二倍も真剣に自分自身に働きかけることが必要なのだ。それが展開し始めたとたんに、お前はイギリスに逃げ帰って、我々二人の仕事の連続性を完全に壊してしまったのだ。それも、お前が自分の安全を犠牲にしたくないばかりに、帰国してしまったからだ。これこそ、お前があとに何も残してはならない理由だった。なぜなら、未解決の仕事は、この道に専念するための次のステップに進むさまたげになるからだ。今、お前は戻ってきた。もし、私と一緒に続けたいのであれば、全身全霊で立ち向かうことを、再確認しなければならない」

彼は少しの間、黙っていた。どのように先に進むべきか考えているようだった。「もしお前が本気で、神の意志に対して、『私はそうします』と言うならば、私はお前を憐れむだろう。なぜなら、神との一体化の知恵を授けられるために、お前がなさなければならない犠牲がどんなものか、この私は知っているからだ。

もし、その真理に出会いたいのであれば、お前は一呼吸ごとに、自らを神に捧げ、一歩ごとに神へと向かうことを学ばなければならない。毎朝、目が覚めた時、見返りを何一つ求めずに、奉仕させていただけますようにと、祈らなければいけない。

これからもまた、自らを無条件に地上における神の仕事に捧げる準備が本当にできているかどうか、今、お前は決めなければいけないのだ」

私は今までよりもずっとハミッドを身近に感じ、信頼することができた。「はい」と私は言った。「そうします」

ハミッドは立ち上がると、まるで自分の息子のように私を抱擁した。「君が戻ってきてくれて嬉しい」と彼は言った。「君がいなくてとても淋しかった」

私たちは二人とも泣いていた。そして私たちの間に流れる愛が、過去のすべてを洗い流していった。

「ありがとう」と私は言った。「私を連れ戻してくれてありがとう。そして私を辛抱強く待っていてくれたことに、感謝します」

「すべてがわかれば」と彼はにっこりして言った。「君はあらゆる瞬間に、ありがとうと言うようになるだろう。真の姿においては、どの一瞬も完璧だからだ。神のやり方は実に美しい。時々、君にひどく当たって申し訳ない。しかし、困難なやり方で学ばなければならない人もいるのだ。

では、あとは休んで、明日の朝、いつものように私の所へ来なさい。次に何をすべきかわかるだろう。

また、あの娘は、君がイギリスへ発った翌日、姿を消してしまったということも話しておこう。もっと早くこのことを言わなかったのは、君をもう一度受け入れるか否か、私が決めるまでは、それは君と何の関係もないことだったからだ。彼女はアンタリアまで誰かに乗せて行ってもらったようだが、誰も彼女を見た者はいないらしい。ホテルも旅行社も全部当たってみたが、これまでのところ、彼女の行方はわからない。彼女は前にも同じことをしたことがある。祈る時、彼女のことを思い出して欲しい。彼女は本当に助けを必要としているのだ」

次の日の朝、彼の部屋で授業を受けるかわりに、私たちは浜辺に散歩に出かけた。そして黙ったまま、円形劇場に向かって歩いて行った。ロンドンに発つ直前、私はハミッドが混乱状態と呼ぶもの、すなわち、私たちがついに神へ向き直り、自尊心やうぬぼれはすべて幻想であることを発見する時点に、到達しかけていた。自分がまったく何も知らないこと、自分の中に必要な変化をもたらすための行動すらできないことを悟った時、私は絶望感におそわれたものだった。しかし、ハミッドは、自分が無能であると悟ったその瞬間が、まさに知恵の道の入口に引き寄せられた時なのだと、教えてくれたのだった。

私たちは海に向かって、岩の上に腰をおろした。ハミッドは依然として無言だったが、例によって、その沈黙は彼の言葉よりももっと強烈なものをはらんでいた。すべての瞬間が彼にとっては大切だった。そして彼の感情の深さは、私たちが共有する体験や行動のすべてに、もう一つの重要性を与えていた。二人で一緒にすごせばすごすほど、私にとって時間は意味を失っていった。そして空間は、ロンドンとイスタンブールを往復する旅の中に消えてなくなった。距離を私達に実感させてくれる目に見えない時間の構造は、分解しつつあった。執着するものが減ってゆき、大切にしていた幻想を生かし続けるための仕掛けが少なくなってゆくのに気がついて、大きな恐怖を感じることが私には何回もあった。

ハミッドはすわっていた岩の上に立ちあがると、片手をあげて、湾の大きく湾曲した海岸線を指し示した。その朝は完璧な朝だった。冷たい風はおさまり、太陽は明るく輝き、海は陽の光にキラキラと光っていた。とても静かだった。岬の先の岩の近くを行く漁船の、櫓のきしむ音だけが聞こえていた。

「美しくはないかね?」と彼は私に聞いた。「愛の唯一の目的は美だ。生きるということは愛の行為であるべきだ。君のまわりのすべての人々を、その自由な精神で満たしなさい。情熱によって支配されてはならないが、情熱を持って生きるのだ。なぜなら、完全に愛するようになるまでは、決して愛を知ることはできないからだ。

でも今は、私と会ってから、これまで君は何を学んだか、話しなさい。頭ではなく心で学んだことだ」

この質問を私はずっと怖れていた。自分の古い考え方を手放すだけで十分に難しかったが、自分が本当にわかったと言えるような気づきを言葉にするのは、もっと難しかった。

「一番大切なことは」と私は始めた。「以前、教えられたことから私が理解したと思っていたことは、本物ではなかったということです。一瞬わかったと思ったり、ひらめいたりすることはありました。しかし、ほとんどの場合、私はただ情報を沢山集めていただけです。それも、今となっては役に立ちそうにない情報です」

彼はにっこりした。「そんなに悪いことではないだろう？」と彼はたずねた。

「わかりません。昨日の夜、私はほとんど絶望していました。あなたが、実は達成すべきことは何もない、と言った時、私の過去のすべてが意味のない、時間のひどい無駄にすぎなかったように思えたのです。私はもう、幸福だと感じていません。自分がどう感じているかもわからないのです」

「理由は簡単だ」と彼が答えた。「君の思い込みが消えると同時に、君の習慣のパターンも消え失せて、あらゆるものが否定的に見える時期がやってきたのだ。心配することはない。もし君がそうした体験をしなかったら、それは、君が頭で一番大切にしているものを、まだ諦めていないということだ。

幻想を手放すと、必ず喪失感があるものだ。しかし、それは一時的な現象で、いつかすぎてしまう。そのままゆきなさい。他には何かあるかね？」

「ええ、ロンドンに帰った時、ほとんど誰とも、一番古くからの友達とさえ、話ができないことに気がつきました。彼らはとても懐疑的で、私が自分に起こっていることを話そうとすればするほど、それがひどくなったのです。私たちがここで行っていることを人々に伝えることができなかったのです。私にはひどいショックでした。そして、ある意味で、私はその人たちを見捨てたような気がしました。彼らはいつも私と同じことをやりたがっていたからです」

「ああ」とハミッドは言った。「でも言っておくが、君の仕事は新しい言葉を創り出すことなのだ。君はまだそのことを理解していない。君の心が最終的に開いた時、君は心から話すことができるようになる。そして、彼らは君の言うことを理解するようになるだろう。しかし、覚えておきなさい。我々はそれぞれに、自分のやり方で理解しているのであって、それは必ずしも、君が伝えようとした形と同じものではないのだ」

「どうすればそうなったとわかるのですか？　本当に心から話している時は、どのような話し方をするのでしょうか？」

「それに答えることは難しい。君の心が開いたならば、君はわかるからだ。しかし、こう言うことはできる。もし君がこの新しい言葉で話していれば、相手の人々の中に、本当の変化が生まれるのがわかる。言葉は息とともに、聖霊をこの相対世界に運びこみ、人々に変化をもたらすのだ。求道者にとっても、彼が接する人々にとっても、真の変化なしに、自由はあり得ないのだ。

君も知っているように、心は魂の宿る場所だ。心から話す時、君は他の人々の心の中に火をつけることができる。相手の魂を認めることによって、君は眠っている魂を目覚めさせ始める。そして、その火は広がってゆく。愛ほどに伝染力の強いものは他にないのだ。

しかし、真の人間として生き、そうすることによって他の人々に愛をもたらしたいと願うならば、君はまず、愛の中に死ななければならない。『死ぬ前に死ね』とイスラムで言うのはそのことだ。我々は一瞬一瞬に死ぬことを学ばねばならない。そして、愛に死ぬ時、我々は愛の中に再び生まれるのだ。

一瞬一瞬に死ぬには、大きな勇気がいる。しかし、本当の意味で完全に降服するまでは、君は〝サリク〟つまり、この道の旅人にはなれない。サリクとは、自分自身を発見した者のことだ。そして、人は自分自身を知った時、真理を知り、なすべきことを知る。彼は知恵そのものの高みからものを見て、必要な変化のために貢献する。そして、進化が進むために、神は人間の献身と降服を必要としていることを理解している。

我々は、伝統的な形やものの多くが崩壊しつつある時代に生きている。人々は狂ったように、西洋式の宗教、政治、経済体制を何とかして支えようとしている。政治家や経済学者は、体制を安定させるために、次から次へといろいろ試しているが、何一つうまくゆかない。真の変化は起こっていないのだ。そして君たち霊性を追い求める人々は、世界中をわたり歩いて自分の苦痛や混乱に答えを見つけようとしている。インドのグルやスワミ、占星術師や精神分析者のところへ行っては、その人々のやり方をしばらくの間試してみる。そして今、君がダルウィーシュを試しているようにだ」彼はわかっているよ、というように、私にうなずいた。

「しかし、本当の変化は起こっているだろうか？」と彼は続けた。「どんな真の変化を君は見たかね？　依然として同じ混乱と古い秩序の崩壊が続いている。みんな、質問に対する答えを見つけようとしているが、自分がどんなに独断的で自説に固執しているか、気にもしない。彼らには変化に直面する勇気がないので、何一つ、起こり得ないのだ。自分のひとりよがりを満足させる方法や、現象を説明する計測可能なものが欲しいのだ。つまり、真の変化以外のものがね。だが、よく聞きなさい。今、この時期に、人々がサリクにならず、真の変化がもたらされなければ、地球が原始の混沌状態へと逆戻りする大きな危険があるのだ。今すぐ、最も高いレベルで十分な作業が行われなければ、我々が生きているうちに、文明の終焉を見ることさえあり得るだろう。すでに状況は非常に悪化していて、どこまでやることができるか、疑問なほどだ」

ハミッドの言葉の真剣さは恐ろしいほどだった。彼が何か非常に大切なこと、まだ私には直視する勇気のないことを言おうとしているのが感じられた。私の理性は彼の言っていることを聞こうとしなかった。

「あなたはつまり」と私はやっと言った。「世界の、つまりこの惑星の未来は、私たちと私たちが作り出す真の変化にかかっていると言うのですか？」

「まさにそのとおりだ」とハミッドが答えた。「我々は今、来たるべき世界のために準備しているのだ。しかし、それがいつ来るかは神の時間であって、我々の時間ではない。今君にできることは、自分自身にますます一生懸命に働きかけ、寸暇を惜しんで、理解がもたらされるように祈ることだけなのだ。そうすればその時が来た時、君にとって、事はずっとやさしくなるだろう。しかし、それは、君が過去の慣習から解き放たれ、無駄な心配をしなくなった時に、やっとやってくるのだ。我々がこれまでに触れてきた向こうにさらに多くの階梯（かいてい）がある。しかし、君にいつ、その階梯の話を聞く準備ができるかはわからない。一週間以内に始められるかもしれない。一ヶ月かもしれない。何年もかかるかもしれない。それは君次第だ。

　これは世界についても同じだ。世界は概念や思考であふれている。だが今、世界が必要としているのは、悟りだ。そうなれば、愛がすべての苦しみと状況を溶かし去り、この世に新しい生き方を作り出すために、人と見えない世界が協力できるのだ。ほとんどの場合、君は私が君のことだけを話していると思っている。それは君が完全に自己中心的で、正しく聞いていないせいだ。どういうことかわからないかね？　もし君が真に自分自身を捨てていれば、私が言うことは、聞く耳を持つすべての人々に向かって語られている。しかも、そうなるためには、我々がこの岩を離れる必要さえないのだ。奉仕に生きることができるように、徹底的に変わりなさい。そうすれば、私が語る言葉を、準備のできている世界中の人々が聞くだろう」

そのあと、午前中ずっと、ハミッドはとても楽しそうだった。そして何時間も、トランプでペイシェンス(がまん較べ)のゲームをやり続けた。朝の話を再び続けようとしても、彼は私が質問し終わりもしないうちに口をはさんで、質問をやめさせた。ペイシェンスにすっかりあきてしまったので、私は何か他のゲームをしてはどうかと彼に言った。

「なぜ他のことがしたいのかね?」と彼が言った。「ペイシェンスは君が学ばなければならない資質を訓練するには、ぴったりのゲームだ。忍耐はとても大切だ。忍耐が足りないと、君は急いで行動しすぎて、計画をだめにしてしまうからだ。種子は播かれたら、時が来てそれが芽を出すまで、君は待たなくてはならない。種がまだ準備ができていないのに、そのまわりの土を掘り起こしたりすれば、植えたものをだめにしてしまうだろう。忍耐はこの道に入ったら、誰にとっても、最も大切な資質の一つなのだ。君は忍耐がまったく足りない。だから私は君とペイシェンスをずっとやっているのだ」

「でも、私はこのゲームにもううんざりです。あなたは一つのことから別のことへ、どんどん飛躍します。そしてやっと、どこかに辿り着きそうだと思って、思考の糸を辿ってゆこうとすると、また他の方向へ移ってしまって、私は自分がどこにいるのか、わからなくなってしまうのです」

「それはまさしく私が意図していることだ」と彼は嬉しそうに言った。「さあ、カードを切りたまえ」

その日の午後、私たちは例のレストランで遅い昼食をとった。とれたばかりの魚が並べられていた。私たちは野生のタイムと茴香で香りをつけ、コックが炭火の上で焼いた様々な魚を盛り合わせた大きな皿を注文した。ハミッドはよくしゃべった。彼がトルコ語で話していると、いつものように人々が彼のまわりに集まってきた。一週間前であれば、私は彼が私に注意を向けてくれないと怒ったことだろう。しかし、今、私は一人で静かに食べながら、海辺に引き上げられた漁船のそばで、網をつくろっている男たちを心楽しく見ているだけで、すっかり満足していた。何かがその朝起こったのだった。私はもはや理解しようと努力していなかった。そして、水の音に心をいやし、顔の上に午後の太陽を感じるだけで、他に何もする必要はなかった。

ゆっくりした昼食のあと、私たちは浜辺で昼寝をした。目が覚めた時、ハミッドは急に、次の日、一人で旅に出るようにと、私に言った。穏やかな午後のあと、これはまさに青天の霹靂だった。それに、例の若い女性がまだ姿を現していなかったので、彼女がシデを出てどこへ行ったのか、探してみようと思っていたところだった。

「文句を言ってはいけない」とハミッドが警告した。「君はまだ物事の大きな目的がわかっていない。明日、君はコンヤに三人の聖人を訪ねに行くのだ。今日中に必要な手配をすませなさい。レストランのムスタファに頼めば、彼がバスの切符を買って、バスターミナルに行くための車を手配してくれるだろう」

「でも、あなたは何をするのですか？」と私はたずねた。

「私も明日旅に出る。友人がイスタンブールまで、車で連れて行ってくれるのだ。そこで私はボスフォラスにあるいとこの家に泊まるつもりだ。住所を渡すからそこで落ち合おう」

「でも、私はコンヤにどれぐらいいればよいのですか？」

「それは君のやり方次第だ。大切なことは、君が完全に心を広く持ってそこに行くということだ。イギリスで君に、トルコの私のところへ来てもいいと言った時、君に渡した絵はがきを覚えているかね？」

忘れるはずがなかった。トルコまで持ってきていたのだ。私はハミッドに、その絵はがきならば、私のスーツケースの中にあり、いつも見ている、と答えた。

「あの絵はがきは、メブラーナ・ジャラールッディーン・ルーミーの墓の写真なのだ。彼はこれから君が敬意を表しに行かなければならない聖人の一人だ。メブラーナとは、我々の師という意味で、我々の伝統では、彼は愛の極みとして知られている。君が正しいやり方でそこに行き、受け入れられれば、彼から沢山のことを学ぶことができるだろう」

「いつの時代の人ですか？」と私はたずねた。

「メブラーナは十三世紀の人だ。彼の人生や教えについて話したいが、今はこのまま、君は一人で行った方がいいと思う。おそらく、イスタンブールで会った時、彼のことをもう少し話せるだろう。

コンヤでは三ヶ所に行きなさい。それも正しい順番で行くのだ。最初は、シャムセ・タブリーズの墓だ。タブリーズの太陽と呼ばれる聖人だ。彼は放浪のダルウィーシュで、メブラーナを神の道に導いた人物だ。次に、サドルディン・コネビの墓を訪ねなさい。彼はメブラーナの最初の、そして最も偉大な師だった。彼は愛の極みと呼ばれたメブラーナと、知恵の極みと呼ばれるアクバルの指導者、ムイッディン・イブン・アラビーを結びつけた人物だ。最後にメブラーナの墓と博物館に行きなさい。彼もまた、すべての人が踊ることを望んでいた」確かとは言えなかったが、ハミッドが私にウインクしたように思えた。

「十二月に君が私と一緒でなかったのは残念だった。十二月に私はコンヤにいた。毎年行われる彼の死を記念する大きな祭りを見るためだ。人々は彼の死の夜を彼の結婚の夜とも呼んでいる。彼が完全に神と一体になったからだ。

しかし、今はこれで十分だろう。さあ、すぐに必要な手配をしなさい。そして明日の朝、出かける前に、私の所にさよならを言いに来なさい。バスはアンタリアを朝の六時頃出るはずだ。だから君は、朝早く起きなければならない」

第八章

速やかに自我から自由となれ。
鍛えあげられた剣の如くなれ。
悔恨のさびをすべてそぎ落として、
鋼鉄の鏡の如くなれ。

メブラーナ・ジャラールッディーン・ルーミー

私はあなたゆえに存在し、
あなたは私を通して現れる。
しかし、もし私が現れなかったならば、
あなたはいなかっただろう。

ムイッディン・イブン・アラビー

コンヤへの長いバスの旅は、南の地方で過ごしたあとの私には、ひどく寒かった。アナトリアの草原は凍りついた荒れ野だった。そして、バスの中は幾分暖かかったものの、バスが休憩のためにとまるたびに、冷たい風がバスの中に吹き込み、私たちは暖かいスープとコーヒーを求めてレストランに駆けこんだ。人々は羊の皮のコートをきっちりと着こみ、女の人たちは肩掛けを首のまわりにしっかりと巻きつけていた。男の人の多くは、寒風を防ぐために耳あてのついた大きな毛皮の帽子をかぶっていた。彼らはバスの駅の中に立って、強いトルコのタバコをくゆらしていた。寒さは人々の性格にも影響を与えていた。南部トルコではごく普通だった人々の絶え間ないおしゃべりは、この地方では見られなかった。乗客はバスの警笛が鳴るのを待って、ただ黙ってすわっているだけだった。警笛が鳴ると、私たちはバスに戻り、再び停車する時間が来るまで、次の数時間のために席に身を沈めるのだった。私の隣りにすわった老人でさえ、旅の初めにすわった時に一度、私にあいさつしただけだった。「メルハバ」と言って、ただそれだけだった。これは私のそれまでの旅とはまったく違っていた。それまでは誰もかれもが、私のまわりに集まってきては、なぜ私がトルコに来たのか、どこへ行くのか、何をしにゆくのか、知りたがったものだった。

なぜか、私はコンヤをとても小さな町だと思いこんでいた。近代的なバスターミナルとそこで待っている沢山のタクシーを見た時には、びっくりした。私たちの乗ったバスは日が暮れかけた頃にコンヤの郊外から町へと入ったのだった。

すでに街灯がともり、自動車のヘッドライトが道路脇の氷に反射していた。乗客は全員バスを降り、すべての荷物がバスの横に並べられた。旅の平安は、長旅をしてきた友人や親類を出迎えに来た人々の興奮の渦の中に呑みこまれた。再び中近東そのものに舞い戻ったのだ。それはトルコのどの町にもある市場や通りの騒音と、あわただしさと興奮にみちあふれていた。

「だんなさん、タクシーはどう？　安いよ」

「いくらだ？」

「とっても安いよ。だんな。乗ればホテルへ行くよ。イエス？」

「でもいくらだ？」

「たったの二十五リラ。決まっている値段だよ」

「わかった」と私は言った。「君の自動車でゆこう。だが二十五リラではだめだ。十リラだ」

「それだめ。だんな。値段は決まっているんだよ」

「では歩くことにする」と言って、私はスーツケースを持って歩き出した。

「だんなは難しい人だね。では特別にまけましょう。二十リラ」タクシーの運転手は私を追いかけて、スーツケースを私の手から奪い取ろうとした。

「十五リラだ」しっかり荷物をつかんだまま、足を早めながら私は言った。

「いいでしょう。だんな。十五リラとタバコね」

「タバコは吸わない」と言いながら、私は戦いに勝ったようないい気分でタクシーに乗りこんだ。車が走り出すと、もう値段の交渉をしたことなど、なかったかのようだった。ホテルに着くまで運転手はずっと、自分の家族のことを話したり、外国人に対するきまりきった質問、つまり、トルコが好きかどうか、コンヤにどれぐらいいるつもりか、自分の義兄の車を借りる気はないかなどと、私に質問した。

ハミッドは、町の中心部のメブラーナ・ジャラールッディーン・ルーミーの墓に近いホテルの住所を、教えてくれていた。ホテルの主人は私を出迎えると、この時期はコンヤに観光客は来ないので、部屋は沢山あると言った。「どこかへ行く途中なのですか？」と彼はたずねた。私はどれぐらいここに滞在するか、今はわからないと答えた。彼は私の荷物を持って、ラウンジの真上の二階の小さな部屋に案内した。そして鍵を渡すと、部屋を出て行った。私は一人きりになった。

次の日の朝、バスの長旅にすっかり疲れ切った私は、遅くまで寝ていた。町に出かける仕度ができたのは、もうお昼近くになってからだった。シャムセ・タブリーズの墓に行きたいと言うと、ホテルの主人は親切に教えてくれた。「今、お墓が開いているようない時もあります。でも、もしあなたがそこに行く気持ちがあれば、アッラーはそこのドアを開ける鍵をさずけて下さるでしょう」

墓が閉まっていることがあるなどとは、一度も思ったことがなかった。ハミッドがシャムセ・タブリーズから始めて順番に墓参りをするようにと私に言ったからだった。鉄の扉が閉じられていて、墓の前の広場に人影がないのを見た時、私はひどくショックを受けた。鳩が二、三羽、噴水から水を飲んでいた。それ以外は何事もなかった。扉には鍵とかんぬきがかかっていた。そして窓から内側をのぞくこともできなかった。その日は寒かった。そして、氷のように冷たい風が町の中に吹き渡っていた。私はすっかり悲しくなってしまった。その瞬間まで、すべての扉は私に対して開かれていた。イスタンブールで、シャイフを見つけられなかった時でさえ、拒否されたという感じはなかった。今度はまったく違った。そして私は急に孤独感で一杯になった。筋はとおらないのだが、この体験と戦おうとすればするほど、みじめな気持ちになっていった。私は広場のすみにすわると、自分の考えをまとめようとした。しかし、どうやっても私の気分は変わりそうになかった。その鍵のかかった扉は、これまでの一生で拒絶されたすべての体験を代表していた。今度は、私は両手を空にして、ちゃんとやって来たのに。

私はバスの旅を思い返して、この状況をもたらすようなことを何かしたかどうか、調べてみようとした。この頃にはすでに、何事も偶然に起こりはしないと、心から納得していた。だから、墓が閉まっていたということは、何かを私に教えようとしているからだ。でも、私の心を安心させるようなことは、何一つ見つけられなかった。さて、今から何をすればいいのだろうか？　たずねようにも、誰もいなかった。そして、墓がいつ開くのか、扉には何の案内も記されていなかった。

三十分ほど、私はどん底に沈んだ気分と戦いながらすわっていた。そして突然、何がいけなかったのか、わかった。私は傲慢にも、墓は開いている、自分は受け入れられると思いこんでいたのだった。コンヤに心を開いてやって来たつもりだったが、実は私はまったく謙遜の心を忘れてしまっていた。そう、これだったのだ。またしても、私は正しい態度をとるのを忘れたばかりに、受け入れられなかったのだ。その時やっと、謙遜なくしては、あるのは痛みと分離した感覚だけだということに、気がついたのだった。

私はどこかで、今日、あくまで墓の参拝に固執しても、あまり意味がないと感じていた。もし、一定の順番で墓を次々に訪ねることが必要であるならば、翌日まで待って、参拝できるかどうか見てみる方がいいと思った。しかし一方、他に何もすることがないのだから、時間をこれ以上無駄にせず、言われたとおりに、サドルディン・コネビの墓を探してみようと決心した。

歩き出してすぐ、私が買った地図には、狭くて曲がりくねった道が全部、書かれているわけではないことがわかった。そして、二、三分たつかたたないうちに、すっかり道に迷ってしまった。地図では、メブラーナの墓はコネビの墓よりずっと近く、ずっと簡単に行けそうだった。そこで私はまっすぐにメブラーナの墓へ行くことにした。迷路のような細い道を探しながら歩いてゆくと、道のつき当たりにメブラーナの巨大な墓と博物館が現れた。その時やっと、私はすでに太陽がかなり低くなっていることに気がついた。一日中、この巡礼に費やした揚句、私はほとんど偶然に、最終目的地に着いたのだった。きっとメブラーナを最初に訪ねろということなのだろう。私は広場を急いで横切って門の前に行った。ちょうどその時、警備員が門を閉めに外に出てきた。「残念ですが、今日はもう終わりです。明日また開きます。神の御加護を」

ホテルに戻ると、私はベッドに横になって、天井をじっと見つめていた。苦々しい思いを止めることはできなかった。そのうちに、私は眠ってしまった。そして、目が覚めた時、外はもう暗かった。外の通りには街灯がともっていた。何とか夕食の時間まで、ずっと眠ることができたのだった。

そして、自分がハミッドの夢を見ていたことに気がついた。彼は鏡のようにピカピカにみがかれていたので、その瞬間に起きていることを知って、その瞬間そのものの本質を発見するためには、その鏡をのぞいて見ればいいだけだった。旅が展開するにつれて、彼は私を用心深く、真理の追求が探究者を破壊し始める場所へと導いて行った。そして私はもはや自分が誰であるか、この旅を始めたのは誰だったのかわからなくなっていた。それはあたかも、私がゆっくりと裏返しになってゆくかのようだった。私が探し求めていたものは、私を見ているものだった！

私たちが真理を知るということは、神の心からの熱望である。私達を探求の道へ誘うものは真理であり、そして、その真理とは神以外の何者でもないということが、私にははっきりしてきた。火は目には見えないが到る処に燃えさかっている。しかし、神へ戻りたいという自分のあこがれにマッチをすって火をつけるのは、私たち次第なのである。

次の朝、私はもう一度、シャムセ・タブリーズの墓に参拝しようと試みた。天気はすっかり変わって、氷が半分とけ、汚い通りはぬかるみになっていた。女たちは長いスカートを足首の上まで持ち上げて、水たまりをよけながら歩いていた。時折、みぞれが降った。私はロンドンの典型的な冬の日を思い出した。

広場の角に来た時、誰かが私のあとをつけて来るのに気がついた。危ない、と私は感じた。それでも歩みを遅くすることも、速くすることもできなかった。誰かわからないその足音は、すぐに、私のほんの一歩うしろまで迫ってきた。緊張がどんどん高まってゆき、何者かの手が私の肩を摑んだ瞬間、一挙に破れた。ぐるっと体をまわしながら、私は襲われたと思い込んでいた。もう少しで相手になぐりかかろうとした時、私はやっと手を止めた。前に見たことのある男だった。私に襲いかかるかわりに、その見知らぬ男は両腕を私の体にまわすと、まるで旧知の友であるかのように私を抱きしめた。彼の抱擁が余りに強く、また、彼のオーバーコートに私の顔が半分埋まっていたために、私は相手の顔を見ることができなかった。その男は早口のトルコ語で私に話しかけていたが、私に理解できたのは、ペルシャ語で友達という意味の「ドゥースト」という言葉だけだった。彼はやっと私を離すと、手を自分の胸にあてて言った。「イスタンブール、イスタンブール」それはイスタンブールでシャイフを探していた時に会った本屋だった。まったく、驚くべき出会いだった。一体こんな時間に、コンヤの裏道で彼は何をしているのだろうか？　言葉の壁があって、二人はうまく伝え合うことができなかった。しかし、そんなことは、彼には少しも気にならない様子だった。彼は私の腕をとり、トルコ語で話しかけていた。そして何が起こったのかわからないうちに、二人はシャムセ・タブリーズの墓の前の広場に着いていた。彼は急いで、鉄の門のそばに私を連れて行った。そして私の腕を放すと、自分の手を胸にあてて、深くおじぎをした。私も同じようにした。それから彼は私を墓の入口へと連れて行った。今度もまた、門には鍵がかかっていた。彼は不思議そうな様子だった。そして注意深く鍵を調べた。次に建物の裏へまわって行った。誰かと話す彼の声が聞こえ、彼はすぐに戻って来た。私のトルコ語会話の本や辞書をしばらくの間、ひっくり返したあと、墓の鍵を持っている男が病気で、その日は開いていない、ということがわかった。

今度は私は落ちこまずにすんだ。本屋が現れただけで十分意味があった。それに、建物の中に入れなかったことを、彼は自分のことのように悲しんでくれているようだった。彼はあらゆる種類のわび言を言って、私のトルコ・英語辞典の「明日」という言葉を指さした。とかくするうちに、彼は私に一緒についてくるようにと合図をした。それは誘いというよりは命令のようだったので、私は素直に、急ぎ足で歩いてゆく男のあとについて行った。そぼ降る雨の中を私たちは長いこと歩き、アパートの立ち並ぶ一角にたどり着いた。ついて来るように合図をすると、彼は三階に上がっていった。ドアの外には靴が沢山並んでいた。そして彼は私の靴を指さしてから、自分の靴を脱いだ。私が同じようにすると、彼はドアをノックした。ドアがほんの少し開いて、女の人の顔が私たちの方をのぞいた。「ああ」とその女性は言った。くさりがはずされて、ドアが開いた。

何も考える暇もないうちに、すべてが、あっという間に起こってしまった。しかし、その部屋に四十人ぐらいの男たちがぎゅうぎゅうづめに集まっているのを見ても、私はなぜか少しも驚かなかった。男たちの年齢は十代後半から、おそらく九十歳は越えていると思われる、ほとんど二つ折りになるほど腰の曲がった老人まで、様々だった。本屋が私を手招きすると、ソファに私のための場所が作られた。部屋中を指で差しながら、彼はにこにこして、「ダルウィーシュ、ダルウィーシュ」と言った。そして彼は部屋の一方の端に一脚だけ置かれた大きな椅子の方へと、歩いて行った。彼がその椅子にすわると、部屋の中にいる人々は床に顔をすりつけておじぎをした。彼は祈りの言葉を唱え始めた。その声は妙に鼻にかかって、か細かった。それは部屋中の男たちが唱和する大きな声と、不思議なコントラストを見せていた。彼が唱えている言葉はまったくわからなかったが、各節の最後に、男たちは、「フー・アッラー、フー・アッラー」と全員で唱和していた。間もなく、非常に大きなタンバリンが持ち出され、何人かのダルウィーシュが体を音楽に合わせてゆらしながら、リズムに合わせて手をたたき始めた。私の両側の男が私の手をとった。どうなっているのかたずねる暇もなかった。私はリズムに我を忘れ、すぐにみんなと一緒に唱和している自分に気がついた。リズムは次第に強く早くなってゆき、この頃にはダルウィーシュ全員が手を握りあって、体を前後にゆすっていた。椅子やソファにすわっていた人々は床の上にひざまずいた。タンバリンのほかに長い竹の笛が加わった。時々、本屋は手で自分の膝をたたいては、リズムを変えたり、または、ますます高い声で唱え始めては、全員の唱和する声を高くしていった。しばらくすると、彼は平手で床をたたいた。すぐに全員が「アッラー、アッラー」と唱え始めた。一人の若い男が円の中央に立った。私はできる限りみんなの仲間に入ると同時に、まわりを観察しようと努力していたが、これはとても難しいことだった。本屋は私の目を捕らえてにっこりした。そして、円の中央に立っている男が、彼に向かってほとんど床に届くほど、深くおじぎをした時、私にウィンクをした。その男は回転をし始めた。腕を胸のあたりに組んで、最初はゆっくりと回っていた。少しずつ、回転が早くなっていった。その若い男が腕を広げると、リズムが早くなり、ドラムの音も次第に強烈になっていった。私は厚手のウールのジャケットを着ていたが、汗でぐしょぐしょになっていた。私は変なかっこうで膝をついていた。足はしびれていた。私はもうやめたかったが、両側の男がリズムに合わせて、私を前後にゆすっていた。そしてついに、私は自分の体の意識をすべて失った。聞こえるのは、「アッラー」という私の体の中で共鳴している呼び声だけだった。見えるのは、あらゆる方向へ広がってゆく、光だけだった。回転しているダルウィーシュは完全なバランスを保ち、頭を少し左うしろ方向に傾けていた。目は輝いて光っていた。彼は時々声をあげた。私は今にも意識を失いそうだった。そして、祈りの言葉の音と、強くなり続けている強烈な光以外、何も残らないのではないかと思い続けていた。しかしその時、突然、激しさの頂点で、ダルウィーシュは回転を止めてしまった。目がまわった様子は少しもなかった。彼はただ回転を止め、胸の前で両腕を交叉(こうさ)させて、深くおじぎをした。ドラムの音も止み、唱名も止み、私の両側の男たちは私の手にキスをした。部屋全体が愛と喜びの波動で満たされていた。あたかも一人ひとりが、長い別離のあと、他の人々と出会ったかのようだった。

そのあと、部屋中の人々が一人ずつ、私に挨拶をした。そして、コーヒーが出され、一人の若い男が私に自己紹介をした。「私の名前はファリドです」と彼が言った。「私は英語を話します。あなたとシャイフの間の通訳をさせていただければ光栄です」部屋の中はすぐに静かになった。みんなが私たちの話に耳を傾け始めたのだった。

「どうか私の感謝を彼に伝えて下さい」と私は言った。「ここに来て、みなさんと一緒にすごさせて下さったからです」シャイフは私の感謝をおごそかに受け入れた。そして彼の返事をファリドは訳す必要がなかった。部屋の誰もがやさしく親切にほほえんでいた。

私は一番聞きたい質問をどのように言葉に表せばよいのか、困っていた。「シャイフに伺いたいのですが」と私は切り出した。「あなたは、私がイスタンブールで会うようにと言われたシャイフなのですか？　そしてもし、そうであれば、なぜあなたはその時、私にそう言って下さらなかったのですか？」この質問はすぐに通訳され、シャイフは大声で笑った。彼は体を前に乗り出すと、ファリドに話しかけた。「シャイフは『もちろん、私です』と言っておられます」

「なぜその時、私が目的を果たしたと教えて下さらなかったのですか？　そして、あなたに敬意を表するのを、私に許して下さらなかったのですか？」

「コーランの中に次のような言葉がある。『わかるまで、我々は彼らを試すであろう』私たちが会うのが、アッラーのお望みであるかどうか、私は知りたかったのだ。もし、そうであれば、彼は再び私たちが会うよう導かれるであろうことを、私は知っていた。だから、私は待っていて、まったく幸せだった」

「でも、シャイフは洋服屋で働いていると聞いていました。それなのにあなたは本屋で働いていました。それはなぜですか？」

シャイフは再びにっこりした。「あなたをイギリスから私のもとに送ってきた男のことを、私はまったく聞いたこともない、ということを君は理解しなければならない。そして、私は一度も洋服屋で働いたことはない。彼が与えた情報は正しくなかった。しかし、ともかく、君は私を見つけた。そして、それだけが大切なことなのだ」

一つずつ文章が通訳され、ダルウィーシュたちはみな、前に身を乗りだして、私たちの会話を一言も聞きもらすまい、としていた。そのあと一時間ほどの間、部屋の雰囲気は興奮のうずとなった。シャイフはハミッドのことは聞いたこともないと言った。そして、私たちがここで出会うだろうという直感もなかったと言った。私は彼に、何か特別の理由があってコンヤに来たのかどうかたずねた。それに対して彼は、友人に会いにしょっちゅうここに来ている、それが唯一の理由だと答えた。

「今朝、あなたはなぜ広場へ向かって歩いていたのですか?」と私はくいさがった。

「シャムセ・タブリーズを訪ねるためです。あなたと同じです」と彼は答えた。「機会があれば必ず私は参拝しに行くのです。でも墓所が閉まっていたのは今日が初めてでした」

私は彼に、その前日もそこに行ったこと、そして、その瞬間から起こったことを話した。また、できる限り簡単に、なぜ自分が探究をしているのか、そして、これまでの私の人生で、自分が行ってきたことを説明しようとした。「あなたは余りにも深刻すぎる」と彼は言った。「なぜそんなに深刻なのかね? 神はユーモアのセンスがないとでも思っているのかな? ここに我々と一緒にいるイギリス人がこうした質問をしているのを見て、今、神は笑っているに違いない。神は初めから、すべてのことが起こることを御存知なのだから。

ところで、あなたはダルウィーシュに今、初めて会ったのかね?」

私は次のように説明した。自分のそもそもの目的は、ダルウィーシュがヒーリングについて何か知ってはいないか、調べることだった。ヒーリングに夢中になっていたからだ。しかし、それ以後、余りにも沢山不思議なことが起こったので、世の中で自分が何の役にたつのか発見するために、現在は本当の自分自身を発見することだけを目指している。

「ああ」と彼は言った。「もし、自分のために、何か情報だけを追い求めていたのであれば、あなたは我々には決して出会わなかっただろう。あなたの先生が長い間、あなたを待たせたのは、そのせいなのだ。彼は、知恵は与えられるものであって、獲得されるものではない、そして、知恵を得ようとしてやって来る人々を我々は歓迎しないと、あなたに教えたに違いない。我々はそのような人々をわざと迷わせたり、意味のないことをやらせたりして、彼らが探しているものを見つけ出せないようにすることさえあるのだ。ヒーリングといったようなことは非常に興味深くはある。しかし、すべての中で一番にくるものは神であり、そこからすべてのことが起こるのだ。ダルウィーシュは誇り高い人々であり、その集会は御存知のように、この国では禁じられている。あなたがここにいるのを許されたのは、ひとえに、あなたの動機の誠実さゆえなのだ」

私にはまだよくわからなかった。もし、このシャイフがハミッドのことを聞いたこともないのならば、どうやってハミッドはシャイフのことを知ったのだろうか？　私はできる限り用心深く、そのことについてたずねた。この質問に部屋全体が大笑いした。

「でも、どうしてみんな笑うのですか？」私は悲しくなってたずねた。

「あなたがヨーロッパから来たのでなければ」とシャイフは答えた。「第一、そんな質問はしないだろう。答えはここにいる私たちには簡単だが、あなたに教えることはできない。もし、説明しようとすれば、理屈をつけなければならず、しかもその答えは理屈とは何も関係がないからだ」

通訳をしている若い男は、時々正しい英語の単語を見つけるのに苦労していたが、私には理解し難い概念に完全に精通しているようだった。

私は再び違う質問で試してみた。「私にはまだわかりません。どうやってハミッドはあなたのことを知ったのですか？　そして、私があなたを見つけるとどうして知っていたのですか？」

シャイフはしばらく無言だった。やがて彼は言った。「一つ物語を教えよう。もし、この話が理解できれば、あなたは自分の問いに対する答えを得られるだろう。

時が始まった時、言葉があった。そして、その言葉は神によって語られた。その言葉は〝在れ！〟というものだった。その瞬間から、あらゆるものが存在し始めた。その瞬間にこれまでのすべての創造が、ただそこに在った。そして、この言葉の中に、我々が目にするすべてのものが起こるために必要なすべてのこと、そして、我々がこの世の向こうに真実の世界を見るために必要なすべてのことがあった。だから、始まりの中にすべてがあるのだ。しかもあなたが今、ここに見るものは真実の世界ではなく、私があなたに言っていることも、もし、あなたが言葉の形で聞いているならば真実ではない。一方、風のため息を聞いている時、あなたは真実のメッセージを聞くだろう。あなたが風に乗せてメッセージを送るならば、いつかは、誰か注意深い人がそれに気がつくだろう。誰がそのメッセージを聞くか、あなたは知ることができないかもしれない。でも、在るのは神だけだ。だから、そのメッセージを聞くのは神自身であり、それを送るのも、神御自身なのだ。さあ風の音を聞きなさい」

シャイフは指をくちびるに当てた。部屋の中は物音一つしないほど静かになった。

「聞きなさい」と彼はもう一度言った。「テレパシーを運んでゆく風の音が聞こえるだろう」

次第に部屋の中に音が充ちてきた。すべての音の始まりである音だった。それは「フー」という音であり、風の背後にある音だった。その音はどこにもかしこにも充ちていた。私はもう探し求めてはいなかった。その音が、探し求めていたものを運んでいた。そして、メッセージは「フー」という音そのものだった。一人の人間から別の人間へ、空間を越えて思いを伝える技は、もう一つの見えない言葉だった。そして、すべての言葉は、神がこの世界をお創りになった時の最初の命令から生まれたのだった。だからダルウィーシュたちは私の質問を笑ったのだ。ハミッドがシャイフのことを知っていたかどうかなどは、まったく問題ではなかった。そんなことは大切ではないのだ。大切なのは、私たち全員が一つだ、ということだった。そして、この事実の陰にある不思議や神秘は、ドアを開けるための鍵（かぎ）ではなかった。今という瞬間自体がドアの鍵を開けるのだ。

私はどのように伝わったのか質問したのだが、私が実際にたずねていたのは、「私はなぜここにいるのですか？」ということであり、その答えは、そうなっているという事実によって、与えることしかできないのだった。

シャイフにもう一つ質問があった。それはずっと私の心にあった質問だった。

「ダルウィーシュとは何ですか？」と私はたずねた。

彼は私を見た。そして話し始めるまでに長い沈黙があった。「御存知のように、我々は物語の形で話をする」と彼は言った。「なぜかというと、一つには、物語は何回も聞くことができるからだ。それぞれの時はみな異なっており、したがって、二度と同じ瞬間がくり返されることはない。それゆえに、物語はあなたがそれを学ぶたびに、何か違うことを意味している。それはあなたの気分や、物語を見る視点や、一日のうちのいつかなど、多くのことによって違ってくる。だから、私が話す物語には、一切説明はつけない。あなたはその物語を聞き、学び、そしてある日、わかるようになるだろう」

シャイフは続けた。「ある時、蚊の一群がいた。風が吹いた。そして、シャイフの家の窓が開いていたので、全部の蚊が風と一緒に窓から入って来た。部屋の反対側にはもう一つ窓があいていて、一方の窓から入ってきた蚊は、一匹を残して、全部もう一方の窓から吹き出されていった。残った一匹はシャイフの妻の膝に止まった。シャイフはそれを見てにっこりして、手をあげると、その蚊を殺した。死んだ蚊はダルウィーシュになった」

そう言うと、彼は立ち上がって、私たち全員に祈りの言葉を唱えると、集会の終わりを宣言した。私とファリドに合図をして、彼は私たちを通りへと連れ出した。

「あなたに言うことがある」と彼は言った。「今晩、私はイスタンブールに帰る。もしよければ、私と一緒に来なさい」

「それは御親切にありがとうございます。でも私は、三つの墓を訪ねる約束をしています。それが終わるまではここを離れるわけにはいきません」

「墓はあなたに対して二度、閉まっていた」と彼は言った。「だから、おそらく、あなたはまだそこへ行くようにはなっていないのだろう。その準備ができるまで、あなたがやらなければならないことがあるのかもしれない。もしよければ、あなたはファリドと私と一緒に、イスタンブールへ車で行くことができる。あなた次第だ」

若い男は興奮を隠し切れない様子だったが、私はどうしてよいかわからなかった。このシャイフともっと話をしていたいという思いと、コンヤに残って、与えられた指令を実行しなければならないという思いに、引きさかれていた。

「今晩七時に、例の広場から出発する。もしあなたがそこにいたら、一緒に行くことにしよう」

そう言うと、彼は通訳の腕をつかんだ。二人は私に手を振ると、私を一人その場に残して立ち去っていった。

第九章

真の知恵は三つのものから成る。神の名を唱える舌、感謝する心、忍耐強い体だ。

アフラキ「旋回するエクスタシー」より

理由とは、真実の幻影である。

ハズラト・イナーヤット・カーン

災いが降りかかった時には、
人の悪口を言うな。
欲や願望に走るな。
他の方法に頼るな。
きりきり舞いをするな。
忍耐と調和、
そして神と共にある喜びを、
失ってはいけない。

アブドル・カディール・ジラニ

決心をするのはとても難しかった。論理的にどっちにすべきか決めることは、不可能だからだった。シャイフと一緒にイスタンブールへ行くという考えは、とても魅力的だった。しかし、私はまだコンヤでの約束を果たしていなかった。この二週間の間に、余りにも多くのことが起こっていて、次々にスムースに物事が起こるかわりに、すべての順序が消え失せてしまった。順序がなくなってしまうと、意識的な決定をするのは、ほとんど不可能だった。しかし、この世界では、私たちは意識的な決心をすることなど、ほとんど不可能だということも、少しずつだがおぼろげながらわかり始めていた。私たちはあれかこれかのどちらかに決めたり、あっちに旅するか、こっちに行くか決めたりと、自分で決めることができると思っている。しかし、自分自身を捨てて、ゆくべきところへと運ばれるままにゆだねることだけが必要とされる、別の生き方もあるのだ。私たちが自分の意志をより偉大なる意志のために断念した時に、私たちのために決定が下されるのである。

私はやっと、実際の体験として、降服するとはどういうことかわかり始めたところだった。イギリスと自分の過去をあとにして、未知の世界に飛びこんだために、真実の世界がどのように相対の世界へと展開してゆくか、理解するチャンスを私は与えられていた。普通の意味では、この二、三週間の出来事はまったく意味がなかった。休む暇もなく旅を続け、説明不可能な偶然の一致が連続して起こり、ジグソーパズルの駒のように思える奇妙な人々との出会いの連続だった。そのすべてが、疑い深い私の理性に、否定しようのない真実を見せるためのものだった。その真実とは、私たちがまったく理解していない、すべての存在を支配している法則がある、ということだった。私たちの人生は、物質世界で体験できるどんなものよりも強力で、目に見えず形もない力によって、支配されているのだ。ハミッドはもう一つ別の言葉、つまり心の言葉があると言った。だとすれば、論証的な理由づけではない、直観的な理解の方法があるに違いない。その日、コンヤの寒い冬の道を歩きながら、私は自分が体験したことは必然だったと感じていた。もし、次々に起こってくるものごとを、自分の意志を行使したり分析したりすることによって邪魔しなければ、私は自分が求めている大いなる知恵に導かれてゆくことだろう。

ホテルへ戻った時、すでに午後も遅くなっていた。私はすべてをゆだね、リラックスして、どうすべきか、起こってくることにまかせることにした。

ベッドの上に横たわって、天井をじっと見つめながら、私は心の中でジクル（唱名）を唱えた。部屋には、さきほど会ったダルウィーシュたちの強烈な尊厳と存在感が充満しているように感じられた。それは今まで一度も体験したことのないものだった。そしてもし、あの人々の神に対する強い愛をすべての人々が知ることができたならば、真の変化がもたらされ、怖れや欲望や貪欲ではなく、愛と知恵に基づいた新しい社会が建設されるだろうと思った。それはダルウィーシュの人々のやり方を真似するということではなく、彼らのように情熱的に人生を生きることを学び、また、その理解を私たちの人生の一瞬一瞬に生かしてゆくということだった。

目が覚めるとすでに真っ暗だった。眠りこんだことも覚えていなかった。私はパニックに陥った。半分目を覚まして、震えながら私は時計を探した。九時だった。集合の約束の時間は七時だった！

何も考えずに、私はハンガーから洋服をはぎ取ると、それをスーツケースにつめこんだ。今すぐイスタンブールへ行かねばならないと感じていた。私の心はこの一点に固定されてしまったようだった。そして、もう一日コンヤに泊まるべきかどうか考えてみても、疑問の余地もなく、イスタンブールへ行くべきだと思った。

フロントにいた男は、私のあわて方にびっくりした様子だった。そして、夕食はすんだかと私にたずねた。「食べた方がいいでしょう？」

「いや」と私は言った。「食べたくないのです。今すぐ、バスの駅に行かなければ。バスがなかったら、来るまで駅で待っています」

ホテルの勘定を支払い、タクシーをつかまえて、十五分後に、私はバスの駅にいた。そして、切符売り場に走ってゆくと、イスタンブール行きのバスについてたずねた。

「今、行きたいのですか？」と売り場の男がたずねた。「ええ、もちろん。バスはいつ出ますか？」「バスは五分前に出たばかりです。でも、もう一台来ます。最初の一台では乗り切れなかったものですから。お望みでしたら、二台目のバスで行けますよ」

ホテルをあわてて出てきたので、ともかく駅まで来てみただけだった。そして今、特別にもう一台バスが出ることになって、そこに空席があるというのだ。明らかに、すべてのことがそうなるように意図されていた。そして墓に参拝していないことも、もうどうでもよかった。私はすっかり安心して、長い間感じたことのないほど安らかな気持ちで座席にすわった。今、イスタンブールへ戻るところであり、すぐにまた、ハミッドに会えるのだ。長い旅がすぐに終わることになって、私はとても幸せだった。バスの座席のすわり心地の悪さも気にならなかった。私は道中ずっと眠っていた。

夜明け前に、バスはイスタンブールの町はずれへと入った。仕事に行く早起きの人々を目当てに並んだ商人たちで、通りは一杯だった。マーケットの露店では、もう活発に商売が始まっていた。そこではあらゆる種類の果物、新鮮な野菜、オーブンから出されたばかりのまだ熱いパンなどが売られていた。ミナレットからは、祈りの時を告げる声がひびいていた。今度、私はイスタンブールに何一つ恐れを感じずに、むしろ、故郷に戻ってきたような気持ちで着いた。この旅を始めてから、こんなに幸せなことはなかった。醜く見えるものは何一つなかった。車の騒音や通りの押しあいへしあいでさえも、その朝は美しく思えた。睡眠不足や、前の日の出来事にもかかわらず、疲れはなかった。私の中を流れてゆくエネルギーは他の人々にも感じられるらしく、ターミナルでバスを降りる時、人々が振り返っては、私にほほえみかけていった。そして乗客の一人は、果物の入った袋を私にくれたほどだった。すばらしい日だった。そして、それがずっと続くように思われた。

私は難なくタクシーをつかまえ、運転手にハミッドのいとこの住所を伝えた。ハミッドはそこにいるはずだった。「フェリーで海峡を渡りなさい」運転手にそのことを全部説明しようとしたが、「それから家の真ん前を通るバスに乗りなさい」と彼は私に教えた。

彼は英語もフランス語も知らなかった。ただずらっと金のつめ物を光らせた黄色い歯をむき出して、私に笑いかけるだけだった。そして、すごいスピードで車を走らせた。私はずっと、フェリー乗り場に連れて行って欲しい、ボスフォラス海峡を渡ってバスを見つけるから、と言い続けていた。愚かにも、料金はいくらか、私は彼に聞かずに乗ってしまった。彼が私を乗せたまま車ごと、フェリーに乗り込んでしまった時になって、私はやっと、もう後戻りはできないこと、そして、彼が私をずっと最後まで乗せてゆくつもりでいることに気がついた。一体、いくらぐらいかかるのだろうか？　しかし、今となってはどうしようもなかった。私は座席に体を沈めて、心配しないでいるより仕方なかった。

さらに四十五分かかって、私たちはやっとハミッドのくれた住所に着いた。料金はものすごく高くて、私は全部を支払えなかった。家のドアをノックして、お金をいくらか借りなければならないと、私は説明しようとした。運転手は非常に怒っていた。彼の笑顔は消え、悪意のこもった目で私をにらみつけた。そして私のスーツケースに手をかけて、私のポケットを指差した。「待って下さい。すぐだから」と言って、私は家を指差した。イスタンブールに着いて余りにも興奮していたので、私はまだ早朝でみんな眠っているかもしれないということを、すっかり忘れていた。ドアのベルを押しても、返事がなかった。そこで今度はカーテンのしまった窓をたたいてみた。それでも返事はなかった。誰もいなかったらどうしよう！　この頃になると、運転手はどなって、私をおどし始めた。そして、自動車のまわりに、見物人が集まって来た。「友だち、友だち」と家を指差して私は言った。しかしまだ誰も出てこなかった。見物人の一人が前に出てくると、英語で私に話しかけた。「運転手はイスタンブールからここまであなたを乗せてきたと言っている。そして彼はあなたに料金を払って欲しいのだ」「わかっている」と私は言った。「でも私は金を切らしてしまったのだ。そして、ここにいる友だちが、助けてくれるはずだ」と家のドアをもう一度指差した。「運転手は、もしあなたがすぐに払ってくれなければ、警察を呼ぶと言っている」「ちょっと待て。それはわかっている」と私は説明しようとした。「でも、まず友だちを見つけなければならない。そうすればすべてはうまくゆく」その男はまったく何の感情も見せなかった。彼は私の言葉をまったく聞いていないようだった。「運転手はアメリカ人を嫌いだと言っている」「でも私はアメリカ人ではない」と私は答えた。「イギリス人だ」これはすべて見物人のために通訳された。見物人は次第に多くなっていた。「運転手はイギリス人も嫌いだと言っている。ドイツ人が好きなのだ」「そいつが好きだろうが嫌いだろうが、構うもんか」と私は彼にどなった。「お願いだから。大丈夫だ。すぐに金は払うとそいつに言ってくれ」

そう言うと、私は窓が揺れるほど力一杯、ドアを叩いた。「ハミッド、ハミッド」と私はどなった。今度はドアが少し開き、見慣れた顔が現れた。あの若い女性だった。

彼女の乱れた髪と、苦痛をたたえた目が、人々の注意を引いた。シデで着ていたものと同じ白い長いガウンを着た彼女が通りに出て来ると、話し声や叫び声がぴたりとやんだ。運転手は身振り手振りはやめたが、相変わらず私のスーツケースをしっかりとつかんでいた。通訳は私のすぐうしろに、口をぽかんと開けたまま突っ立っていた。一人ずつ、見物人は背中を向けて、無言で散っていった。「大丈夫だ。少し待ってくれ」と私は運転手に言った。

私はまだ通りを見おろしたままの彼女の横をそっと通りぬけた。彼女は何かもの思いにふけった様子で、毛糸の玉を両手の間でもてあそんでいた。「ハミッド」と私はもう一度呼んだ。

彼は左側の部屋から、パジャマの上にガウンをひっかけながら出て来た。びっくりした様子も、私を歓迎する様子も見せなかった。彼の冷たい挨拶に、その朝体験した喜びの余韻はすべて消えてしまった。私が自分の苦境を説明すると、ハミッドは部屋に取って返って、すぐに戻ってくると私に二百リラ渡した。そして、通りへと歩き出した娘のあとを追った。見物人は立ち去り、運転手も車の中に戻っていた。何人かの子供たちがやって来て、娘ののろのろした歩き方や動き方を真似していた。彼女はそれにも気づかない様子で、ガウンを朝のそよ風になびかせて、通りをゆっくりと歩いて行った。ハミッドは彼女を家につれ戻すと、静かに二階へ連れて行った。私は運転手に二百リラを渡して、スーツケースを取りもどした。つりを期待しもしなかったし、もちろん、受け取りもしなかった。それから、二人のあとを追って、家に入った。

ボスフォラスの海の上につき出して建てられた食堂は、早朝の陽の光に溢れていた。そこにはすばらしいアンティークやフランス家具や彫刻があちこちに置かれ、壁には十八世紀の絵画がかかっていた。外では朝のにぎわいを見せるボスフォラス海峡がフランス風の窓の向こうでうずを巻いていた。小さな漁船は潮の間に漂い、漁師は船のともからたらしたロープを握っていた。子供たちは隣りの庭園の壁のそばの水べりで、紙の船を浮かべたり、浅瀬で水をはねとばしたりして遊んでいた。その辺りでは、ボスフォラスは、一・六キロほどの幅があり、いたるところに小船やロシア国旗を掲げた巨大なタンカー、船べりまで荷物を積んだ小型の貨物船、石炭を高く積み上げたはしけ、海峡の真ん中にいかりを下ろして乗客をもっと小さな船に移している豪華客船などが見えた。漁船やモーターボート、引き船、手こぎボート、フェリーなどが、この家のすぐ前を通っていった。デッキの下のガラスののぞき窓から外を見ている人々の顔が、見えるほどだった。その眺めに心を奪われて、私はハミッドが部屋に入って来たのに気がつかなかった。

「それで?」と彼がたずねた。

ハミッドは髪をとかし、パジャマを青いズボンとゆったりとしたトルコ風のシャツに着がえていた。私はまず謝ってから、どうして欲しいか私が説明できなかったために、タクシーの運転手が車ごとフェリーで渡って、ここまで連れてきてしまったのだと説明した。ハミッドはしばらく聞いてから、お前は馬鹿だと私に言うと、まず朝食にしようと言った。彼はあの娘のことは一言も言わなかった。部屋の雰囲気は山の上で彼がひどく怒った時によく似ていた。ハミッドが部屋を出て朝食の仕度をしている間、私は自分の中心に意識を向けて、心の中にわき起こってきた怖れに反応しないようにした。何かがおかしいと私は思った。コンヤのホテルでは、自分は正しいことをしていると確信していた。しかし、今、すべてが違っていた。おそらく、私はまたもや何か間違いをしでかし、立ち去れと言われるだろう。

私の心はこうした思いで一杯だった。しかし、朝食の席では何も言われなかった。私たちはパンと果物を食べ、濃くて甘いトルココーヒーを飲んだ。ハミッドが私に話しかけたのは、朝食が終わってからだった。

「では、この前、二人が最後に会った時から起こったことを、全部私に話しなさい」

シデの彼のもとを出てから起こったことを全部、細かいことまで、日を追い、時間を追って思い出そうとした。彼はすべてを知りたがっている様子だった。私がどこに泊まり、どんな食物を食べ、誰に会ったかなどだった。墓が閉まっていたこと、シャイフとの出会いについて、私は彼に話した。この話に彼はまったく興味を示さなかった。私がジクルの様子を話すと、ハミッドはいらいらして、墓の話に戻るようにと言った。そして、私が墓を訪ねた時の様子や、墓が閉まっていた理由を再び聞き出そうとした。

「君は、私に言われたとおりにするために、どうしてコンヤにもう一晩、泊まらなかったのだ？」と彼はたずねた。「私が君を無駄にコンヤへ行かせたとでも思っているのか？　シデの円形劇場で君が出会ったダルウィーシュのことはどうなのだ？　そのダルウィーシュに君が出会ったのも、彼がメブラーナのことを君に話したのも、単なる偶然だと思っているのか？　君は余りにも鈍感だ。鈍感で愚かで人の話を少しも聞こうとしない。そして、私のところに来た目的を忘れてしまった。またしても、私の時間を無駄にしたのだ。そしてもう、これが最後だ。お願いだから、私や他の誰かの時間を無駄にするためにここにいるのではないということ、自分勝手な旅をするためにここにいるわけではないこと、自分は何かを知っていると思うためにここにいるわけではないということをわかって欲しい。君がここにいるのは、君が望んだように、道に導かれるためだ。これまでのところ、君は試されては、ほとんど失敗している。山の上では勇気の試験に失敗した。あれはまた信頼の試験でもあったが、君はまだわかっていない。君はこの世の形ばかり見続けている。ちょうど、道路に落ちていた石が自動車を壊したと言い張ったように。君は私を信頼すると言う。しかし、その信頼を何回も何回も裏切った。一体、君は何という生徒なのだ？　何週間も前に、君をイギリスに送り返して、昔の骨董屋に戻すべきだったのだ。君はただ聞こうとしない。すべての創造は常に一瞬の内にあるということがわからないのか？　つまり、ある期間で達成できることは、我々がどれだけ信頼し、より大きな意志、つまり神の意志の前に我々の小さな自我を無くすことができるかに、かかっているのだ」

「でもハミッド」と私は言い始めた。

「口をはさむな！」と彼はどなった。「お前が信頼を欠いているばかりに、私はあらゆる種類の災難に巻き込まれた。そして、今はお前の忍耐のなさだ。もしあと一泊コンヤにいれば、受け入れられたかもしれないのだ。しかし、お前は何一つやりとげずにここに戻って来た。そして我々はまた初めからやり直さなければならないのだ」

私はハミッドに、なぜイスタンブールに戻ってきたか話そうとしたが、いざとなると、実は説明などないことに気がついた。「シャイフがイスタンブールへ一緒に行ってもいいと私に言ったのです。その上、墓は二度とも閉まっていたからには、私はまだそこを訪ねる時ではないのだろうと彼は言いました。だから、また別の時に戻ってくればいいと思ったのです」

「お前は何も考えなかったのだ！　言われたことをやりもしなければ、まったく考えもしなかったのだ。ここ数週間、私はじっとお前を観察していた。そして、お前がまだ魅力的な現象世界に捕らえられているのがわかった。お前は神を知りたいのだろう？　存在と一つになり、愛になりたいのではないのか？」

「はい、ハミッド、そのとおりです」

「そうであれば、現象によって愛になることはできないということを、知らなければならない。お前はまだ、自分が様々な現象や霊的な体験を熱望し、それに捕らわれていることに気がついてさえいない。だからこそ、お前はジクルへ行き、すべてがすばらしいと感じ、自分の旅は完成したのだと思いこんでしまったのだ」

「でも、本当にすばらしかったのです。ハミッド」

「すばらしかったかもしれない。しかし、それはお前がコンヤに行った理由ではなかったのだ。私はお前に言っているだろう。お前はまだ魅力的な見せ物の世界を卒業していない。第一に、お前は自分自身を知らねばならない。それは、魅力的な現象を追うことだけでは発見できないのだ。知恵のない愛は、役に立たないよりは少しはましなぐらいでしかない。まずお前は知恵を得て、それから必然的に愛へと導かれる。もし、お前がそれを逆にやろうとすると、初歩の段階に戻ってしまうのだ。今日の世界情況について、私が警告したのを覚えているか？　お前の世界の面倒を見るのはお前の責任なのだ。そしてまた、お前のレベルより下の情況に戻らないようにするのも、お前の責任だ。私の言っている意味がわかるか？」

私は完全に混乱していた。ジクルやダルウィーシュの世界に魅かれていたのは本当だった。しかし、この道に私を入らせたのはハミッド自身ではないか。イスタンブールでシャイフを探せと命じたのは彼だったのだ。私はこのことを聞いてみた。

「そのシャイフとやらは、私のことなど知らないと言ったと、お前は言ったではないか」と彼は問い返した。

「ええ」と私は答えた。

「ではお前の質問の答えはあるではないか？　私がお前にシャイフの所へ行けと言ったのは、お前が彼を見つけるかどうか見るためだったのだ。もしお前が彼を見つけたら、まだお前は魅力的な現象の世界にしばられており、そのすばらしさに完全にとりこになるということはわかっていた。もし、彼を発見しない場合は、お前はそこから自由になって、道を続けることができるのだ。問題は、お前がまだまっすぐ神の方を向いていないということだ。お前はまだ自分の意志を使っている。そして、問題はそこにある。もし、神に向かっていれば、神の意志を行うために必要なものは、きちんと与えられるということがわかるだろう。確かにジクルはすばらしい。お前にとって、大きな体験だった。しかし、コンヤへの旅の本来の目的は何だったのだ？　三人の聖人に敬意を払いに行くことだったのだ。実際に起きたことはこうだ。ダルヴィーシュの人々と一緒にジクルを体験した時、お前はすぐに、神秘的な体験をしたいという自分の欲望につかまってしまったのだ。それはまさにわなだ。墓がお前のために開くまでコンヤに滞在するかわりに、シャイフと一緒にイスタンブールへ行けば、彼ともう一度ジクルを行うことが許されるだろうという思いに、お前は捕らえられてしまったのだ。そうではないか？」

「でも、誰もが必要とするものを与えられているのならば、なぜそんなに怒っているのですか？　ハミッド？」

「ああ」と言って、ハミッドは人差し指を私の鼻の下でふりまわした。「大もとでは、すべては完全だ。しかし、この地上ではまた別なのだ。もし、敏感であれば、お前は簡単にテストに合格できただろう。しかし、お前は時間を無駄にしたのだ。そしていつも言っているように、無駄は唯一の真の罪なのだ。あらゆることがそこから生じるのだ。さあ、今はここを出て、もう少し忍耐を学びなさい。ともかく、君はこの家にはいることはできない。いとこが旅行から今日帰ってくる。それに、君も知ってのとおり、あの娘もいる。近くのペンションに移って、そこで待ちなさい」

「でもハミッド」と私は抗議した。「ペンションに住む余裕はありません。余りお金は残っていないのです」

「もっと送ってもらえばいい」と彼は言った。「イギリスにはお金があるだろう。または少なくとも家具か何かは持っているだろう。それを売って自分で払いなさい。この道をゆく者はみな自分の生活は自分で支えなければいけない。私が君を養ってやるとでも思っていたのか？　さあ、これがペンションの住所だ」彼は私に紙きれを渡した。「そこまでは歩いてゆける。だがスーツケースがあるから、バスで行く方がよいだろう。お金を送るように電報を打ちなさい。そして、ペンションに行って、私が君を呼びにやるまで、そこで待っていなさい」

「いくらぐらいお金を送ってもらえばいいのですか？　どのくらい長くペンションにいればいいのですか？」

「私にはまったくわからない」と彼は答えた。「私は判事ではない。それはいろいろなこと次第だ。さあ、もう行きなさい。私には仕事があるから」

ボスフォラスのペンションの生活は、特にすることもなく、行くところもなく、読む本さえもなかった。しかし、しばらくすると、自分の中に真の変化が起こらない限り、自分がいかに力のない存在であるか、わかり始めた。毎日毎日、私は朝早く起きだし、ハミッドがこの一年間に教えてくれた様々な業を練習し、健康のために、いくつかの体操をした。ペンションは他の家と同じようにすぐ水際に建っていたが、私の部屋は裏側にある石の中庭を見おろす小さな部屋だった。中庭にはアルザス犬が鎖で壁につながれていた。その犬は鎖をはずされることはなく、誰かが門を叩くたびに、鎖の長さ一杯に、入って来た人に届くか届かない所まで駆けよっては、吠えたりうなったりした。すると主人が降りてきて、犬を引き戻し、客は入ることができるのだった。この場面は一日に何回となくくり返された。鎖は私の部屋の入口には届かなかったものの、私は中庭の一方のはしをすり抜けるようにして、通ってゆかなければならなかった。この犬は、通りから入って来る人々に対するのと同じように、私に対しても振る舞ったからだ。

朝の実習がすむと、私は母屋に行って朝食を食べた。お金は一週間後にイギリスから届いた。いつまでも滞在できるだけのお金があるという事実も、なぜか私の意気をあげてはくれなかった。まったく何もすることがなかった。それに、ペンションには誰一人として、英語やフランス語を話す人はいなかった。ほとんどの住人は朝早く仕事に行き、夕食の直前に帰ってきた。夕食は外に面した部屋で出された。夕食の時間は一日のうちで最も良い時間だった。時々、外にすわって、行きから船をながめ、天気が良いと太陽が沈む様子も見ることができた。しかしほとんど雨ばかりで、窓の隙間からは冷たい風が吹きこんだ。来る日も来る日も、私はそこにすわって、前に置かれた食事を、それが何であるかほとんど気にもかけずに食べた。時にはどうしようもなく退屈で、遅くまで寝ていることもあった。これが一つのテストであることはわかっていた。しかし、その意味がわからなかった。もしこれから起こることを怖れていなかったならば、私はすべてを放り出してイギリスへ帰ってしまっただろう。ハミッドはほんの数分の所にいたが、私に電話がかかってくることはなかった。手紙もメッセージもなかった。まったく何も来なかった。

仕事もなく、行くところもなく、話し相手もないとなると、時々、自分が完全に役立たずの人間だという事実に、唖然とする時があるものである。それまでは、自分の使命や自分の行いを肯定する心の声や、人々を助ける意味についての自分の考えなどを、信じていたかもしれない。しかし、ただ待っていろと命じられて一人にされると、自分が実は何も知らないということに、やっと気づき始めるのだ。

最初の数日間は、こうなるまでの出来事を思い出しながら、私の心はぐるぐると空まわりしていた。そして、この旅の何か一つの事柄について何時間もよくよく考えては、その意味を何とか見つけ出そうとした。自分がハミッドを本当に信頼しているかどうか、あるいは、自分で自分をだましているのか、はっきりさせようとした。時々、自分は本当のところは、彼を憎んでいると思ったこともあった。彼はまったくの謎であった。それに、彼は私に自分の意志を捨て、神にではなく、ハミッドにゆだねなければいけないと言ったけれど、私は自分の自由意志を神にではなく、神の意志に完全にゆだねてしまったように感じた。今、私は自分自身の意志を失って、捕らわれの身になっていた。そして、言われたとおりにやっていたが、一つの疑問が心の中にわき上がっていた。ハミッドは本当に己れ自身がしていることをわかっているのだろうか？　きっと、彼は私を迷わせているのだろう。この道に入れば、自分の問題を解決して、もっと楽に生きることを学べると想像していたのに、思っていたこととはまったく逆のことが起こったのだ。トルコに来る前には、いくらか心の平安があったとしたら、今は確実にそれを失っていた。今や、イスタンブールの真ん中に立ち往生して、この先、どうなるかも、今までやってきたことが一体、良かったのかどうかもわからなかった。それに、このペンションにどれぐらいの間、居ればいいのかもわからなかった。数ヶ月かもしれず、何年もかもしれないのだ！　こうした不安は、再び、私を何時間も何日間も絶望につき落とした。そして自分がますます役立たずだと感じ始め、どうやって自殺をしようかと想像をめぐらすようにさえなっていった。そんな時、私はインフルエンザにかかった。

一週間、私はベッドから出ることもできないほどひどかった。ペンションの主人はスープと果物を持って来てくれたが、私は頭もあげられないほど弱っていた。なかなか良くならず、ずっと高熱が続くのを見て、主人は医者を呼ぶと言ってきかなかった。その医者はペニシリンの注射を私に打ち、とんでもないほど高い治療代を取り、毎日、同じことをしにやってきた。私はますます弱ってゆき、やっと熱が下がった時には、中庭も歩けないほどだった。主人はまったく私に同情していなかった。彼は私をそこに住まわせているという責任を、気にしているのだった。それに、私がすることと言えば、一日中ずっとすわっているか、寝ているかだけだったので、彼は私を疑いの目で見ていた。

さらに一週間たって、私は少し体に力が戻ってきたように感じた。それに、天気もすばらしく春めいていた。ハミッドからは何も言って来なかった。しかし、すでに、何のテストであるにせよ、自分は失敗してしまったと私は思い込んでいた。私は弱り、体重が減り、霊的な道にいようといまいとどうだって構わなかった。そして、「真実」を見つけ出すことにさえ、もう関心はなかった。ただ、十分に元気になったら、すぐにここから飛び出してイギリスに帰り、元どおりの生活を再開したいだけだった。人生はまったく意味のないものになっていた。そして、この旅のすべては冒険というよりは、悪夢になり果てたのだった。そして、ハミッドに電話ぐらいかけられるさと自分をだましてはいたものの、実際には電話を取るのでさえこわかった。

陽の光がすばらしく暖かくなったある日、私はついに、ボスフォラスを旅してみることにした。ハミッドも、いろいろな修業も、そんなものはくそくらえだ。小旅行も新鮮な空気も、私のためには良いに決まっている。私はまだ弱っていて、頑固な咳に苦しんでいた。だから、黒海への小旅行が自分には必要だと、決めたのだった。私は、やっと、勇気をふるい起こして、ハミッドに電話をかけ、自分の計画を話した。

彼は私の電話にも、私の病気の話にも、まったく何の反応も見せなかった。「ハミッド、今日はすばらしい日なので、新鮮な空気をすいに、ボスフォラスへちょっと行こうと思うのですが」

「それは良い考えだ」と彼は答えた。「楽しんできたまえ」

大丈夫だった、と私はほっとした。ペンションでの数週間で、初めて私は幸せで元気に感じた。そして、船の着く桟橋まで歩いてゆくと、最初にやってきたボスフォラスを航行する船に乗った。途中で小さな町で休んだり、次にフェリーに乗りかえたりして、すばらしい一日を過ごしたのだった。

私は暗くなるまでペンションに戻らなかった。帰って十分するかしないかして、主人が私の部屋のドアを叩いて電話だと知らせた。

それはハミッドだった。彼の声は電話の向こうで、冷たく無関心に聞こえた。「君がいない間に、誰かが君に会いに来た。その人は、残念ながら待てないので、また行ってしまった」そして、電話を切る音がした。

部屋は前よりももっと淋しくなった。それまでの上機嫌はいつもの絶望感に変わった。誰かが私に会いに来たとはどういうことなのだろうか？　あのシャイフ以外はイスタンブールに一人も知り合いはいなかった。そして、それは彼であるはずはなかった。ハミッドは、あたかも私がテストに失敗したとでも言いたそうな口ぶりだった。どなりつけたり、国に帰れと命令するかわりに、彼はまたしても私を宙ぶらりんの状態に陥れたのだった。その晩、私は部屋にワインを持って来るようにと注文した。そして一びん飲み干し、翌朝、イギリスに帰ろうと決心して、やっと眠りについた。

朝になると、気分は少し良くなっていた。そして、それが何であれ、このペンションでやりとげなければならないことを最後までやるよう、もう一度努力してみることにした。テストは忍耐と関係があることは確かだったが、それ以上に何かがあるように感じたのだった。

しかし、さらに退屈な一週間がのろのろと過ぎた時、私はもう一度、ボスフォラスを旅する決心をした。再びハミッドに電話をかけ、彼はまた、旅行は良い考えだ、君はまだインフルエンザから十分に快復していないのだから、と言った。私は再び、物事はすべてうまくゆくだろうと思った。そして、その夜、帰ると、またハミッドが私に電話してきた。そして、「君がいない間に、誰かがやって来た」と言ったのだった。

次の日の朝、私は荷物をまとめ、空港に電話をして、イギリスへ行く次の日の便を予約した。もう、ハミッドにはさよならを言うために会うのも嫌だったが、会わなければならないのはわかっていた。

ハミッドの家のドアを叩くと、年配の婦人がドアを開けた。ハミッドのいとこだった。

「お入りなさい」と彼女が言った。「あなたを待っていましたよ。昼食がすぐにできます。食べてゆくでしょう？」彼女は私を居間に連れてゆき、シェリーの入ったグラスを私に渡した。間もなく、ハミッドが入って来た。「よく来た」と彼は言って、暖かく私を抱擁した。「何とまあ、すっかり細くなってしまったね。しかし、このインフルエンザは人を弱らせてしまうのだ。それに、医者はペニシリンを打つのだろうね。それでますますひどくなるのだ。でも、もうすっかり良くなったのかね？」

昼食が運ばれて来た。私たちはすべてが完全で普通であるかのように、食事をした。ペンションの話はまったく出なかった。ハミッドと彼のいとこは、世界情勢やトルコとギリシャの政治、そして、普段の昼食で交わされるたぐいのおしゃべりをしていた。しかし、コーヒーが運ばれると、ハミッドのいとこが私の方を向いて言った。「ところで、あなたはこの道の生徒になりたいのですって？　なぜなのかしら？　イギリス人で、イスラム教徒でもない人が、この道を進みたいなんて。いとこは説明しようとするのだけれど、私には一向にわけがわかりません。私の先生はいつも、あなた方のような人々には、ほとんどチャンスがない。なぜなら、絶対に何一つ諦（あきら）める気がないから、と言っているのですよ。ヨーロッパでは、あまりにも居心地が良すぎるのですよね。そうではありませんか？」

この旅とその理由をもう一度話すのは、私の一番したくないことだった。しかし、もうここを出てイギリスに戻ることにしたと言えば言うほど、彼女は、私に説明するようにと、強く要求した。私はまだ、ハミッドに自分の決心を伝えていなかった。彼は私の真っ正面にすわって、私の理屈を無表情に聞いていた。それから急に私たちの会話に割って入ると、トルコ語で早口にいとこと話を始めた。次に私に向き直って彼は言った。

「もし、帰りたければ、帰りなさい。しかし、私は明日、君を非常に重要な人物に会わせるよう手配するつもりだ。つまり、君がそうしたければの話だが。君は自由に決めればいい。しかし、これは君にとってプラスになるだろう」

「でも、もうこれ以上続けても、仕方がないと思ったのです。そう思ったのは、〝彼ら〟が誰であれ、私がいない間に来て、そのまま行ってしまったからです。何のテストかはわかりませんが、テストに失敗したと思ったのです」

「また、君は自分の意志を使っている」とハミッドがいらいらして言った。「言っておくが、君は判事ではないのだ。テストが何なのかわからないのに、どうして君は失敗したとわかるのかね？　忍耐ということを知っていればわかることなのだが、その時が来るまでは何事も起こらないということが、まだわからないのかね？　今、やっと、君に会わせたいとずっと思っていた人物を訪ねる時が来たのだ。君はテストにパスしたかどうかも知らない。それに、この人物が君を受け入れるかどうかわかるまで、それを知ることはできないのだ。もし、受け入れられれば、すべてよしだ。もしそうでなければ、だめということだ。しかし、君は自分で決めればよい。そうしたければイギリスに帰りなさい。私としては、どちらでもいいのだ」

彼はそう言うと、立ちあがって部屋を出て行った。何てことだ！ 一体、これはどういうことなのだ！ もうこんなことにはうんざりだった。そして今ごろになって、私はまた一つ申し出を受けたのだ。むしゃくしゃしながら、私はハミッドを探しに部屋を出た。彼は玄関に近い部屋でいとこと話をしていた。「わかりました」と私は言った。「飛行機の予約を取り消します。でも何が何だかさっぱりわかりません」

「よろしい」と彼は言った。「それならば、今晩はここに泊まりなさい」

「あの娘さんはもういなくなって、部屋が空いたということですか？」

「いや、彼女はまだここにいる」

「でも、私のための部屋はないとあなたは言いましたよ」

「言ったかね？」と彼はにっこりと笑った。

次の日、ハミッド、彼のいとこ、そして私の三人は、自動車でハミッドが言っていた人物に会いに出かけた。この人物について私が教えられたことは、老人であることと歯がない、ということだけだった。しかし、彼は中身が柔らかいチョコレートが大好きだということなので、私たちは途中で、手づくり特製のチョコレートを一箱買うために、小さな店に立ち寄った。

私に与えられた指示は、一番良い服を着てゆくこと、この旅で最も大切な人物に会いにゆくのだから、ということだけだった。「たとえ、言われることがわからなくても、すべてに注意していなければいけない」とハミッドが言った。「注意をし、きちんと敬意を表しなさい。今日はそれが大切なのだ」

私たちは無言でイスタンブールの反対側にある住宅街まで車で行き、道路から少しひっこんだ家の前に止まった。ハミッドがノックすると、すぐにドアが開き、女の人が私たちを大きな部屋へ案内した。その部屋の家具は真新しくて、とてもモダンだった。部屋の一方のはしにソファが置かれ、その前に低いテーブルがあった。その女の人はチョコレートをテーブルの上に置くと、私たちにすわるように合図した。私がすわるように言われた椅子(いす)は、ソファの真ん中の真ん前にあった。すぐに何人かの家族と数人の別の客が入って来た。お互いに紹介しあったあと、みんな静かになった。

すぐにドアが開き、老人が入ってきた。彼は背が高く、やせていて、わずかに残った髪の毛はほとんど真っ白だった。そして、非常に弱々しく見えたが、一番先に目につくのは彼の目だった。落ちくぼんだ黒い目で、そのまなざしは射すくめるようにまっすぐで強かった。彼は敷居の所で一瞬立ち止まって部屋を見まわし、無言のまま、その特徴的な目で一人ずつに挨拶(あいさつ)した。それも、一人をしばらくじっと見つめてから、次の人に目を向けるというやり方だった。彼の妻は、夫の腕を取って部屋を横切り、彼をソファのところまで連れてくると、私の真ん前にすわらせた。彼は何も言わなかったが、ソファによりかかって、しばらく深く呼吸をした。その右側にすわった彼の妻は、かがみ込んでチョコレートの箱をあけ、夫に手渡した。彼はにっこりして嬉しそうだったが、自分が取る前に、みんなに一つずつ取るようにと言った。私は彼が歯ぐきでチョコレートをかむ様子に、すっかり魅せられていた。彼には歯がないというのは本当だった。

ずいぶん長い時間がたったと思われる頃、彼はハミッドの方を向いて質問をした。二人の間で会話が続き、その中にこれまで私が耳にした名前が何回もあげられていた。特にメブラーナ・ジャラールッディーン・ルーミーとコンヤの名前が何回も出てきた。それから、老人はソファによりかかって目を閉じた。彼は休んでいるようだった。物音一つしなかった。部屋にいる全員が目を閉じていた。どんなことに対しても心を開いていようと思いつつ、私も同じようにした。二、三分して、誰かが私をつっついた。老人の妻だった。彼女は私にほほえみかけて、ソファを指さした。老人は両側を家族に支えられて、ゆっくりと立ち上がるところだった。立ち上がると彼は目を閉じ、右手を前に差しのべて、トルコ語で何か暗誦し始めた。私は自分の中を感情の大きな波が広がってゆくのを感じた。祝福を受けているかのようだった。それから老人は目を開くと、前にかがみ込んだ。両手を私の頭の上に置いて彼は「フー」と息をはいた。そして、私の両手をとると、私をじっと見つめ、再びトルコ語で何か言った。二分後、彼は妻に助けられながら部屋を出ていったが、途中でもう一度振り向いて、私たちみんなに手をあげ、部屋に息を吹きかけてから、姿を消した。

ハミッドは私の方に身を乗り出した。「よかった」と彼は言った。「彼は君を受け入れた。そして、君にすぐコンヤへ行くようにと言っていた」

「でも、私はもうコンヤには行ってきました」

「もう一度行くのだ」と彼は言った。「メブラーナの墓に行くのだよ。まず、シャムセ・タブリーズの墓に参拝したあと、メブラーナの墓に三日三晩すわって、今度は受け入れられるかどうか試してみるのだ」

「それ以外にあの方は私に何を言ったのですか？　私は祝福されたように感じました」と私はたずねた。

「ああ」とハミッドは答えた。「あれは君のために祈ったのだ。だが、それが何なのか私には言うことはできない。ところで、君がペンションにいた間に君に会いに来た人は、市場から来た野菜売りだ。彼女は我々の家の戸口にやって来て、『お宅にはとても野菜の好きなお客様がいると聞きました。その人のために野菜をお持ちしました』と言ったのだ。だから、もしボスフォラスに行かなかったならば、君は何か学んだはずだ。覚えておきなさい。あるのは唯一絶対的存在だけであり、彼は様々な形で御自分を現すのだ。私はその野菜売りを知らなかったが、彼女が来たということは、私に何かを伝えるメッセージだった。そのために、君は今日ここに来ることができたのだ」

それと共に、私たちは家族の人々に別れを告げてその家を辞した。老人が誰なのか、私はたずねなかった。それは必要なかった。なぜならば、何か大切なことが起こったことを知っていたからだった。そして、言うべきことは本当に何一つなかった。私たちは黙ったまま家へ戻った。そしてその日のうちに、私はバスに乗って再びコンヤへと向かった。

第十章

頭上をうずまくらせんのように、
聖なるダンスを踊る君よ、
旋回せよ、そして織り成せ、
心よ踊れ、うずまく輪となれ、
そして、炎の中でもえよ、
神はろうそくの、うずまく炎か？

メブラーナ・ジャラールッディーン・ルーミー

神よ、あなたのみ言葉が、
私の人生の表現になりますように。

ハズラト・イナーヤット・カーン

ホテルの主人は、戻ってきた私をまるで家に招いた客であるかのように、歓迎してくれた。そして私のスーツケースを何週間か前に私が泊まった部屋に運んだ。今度は何か食べないといけないと言って、彼は私にハルヴァ（ナッツやごまをシロップで固めた菓子）とハニーケーキとトルココーヒーを載せた盆を持ってきてくれた。私が戻って来たのを見ても、彼は驚いた様子はなかった。彼は礼儀正しかったので、私が何をしているかをたずねようともしなかった。イギリス人がこの寒い冬の最中に何をしに戻ってきたのか、彼が本当は知りたいと思っていることはわかったが、私は自分にもなぜここに再び戻ってきたのか、説明することはできなかった。

その晩、ホテルの主人におやすみを言って自分の部屋に戻った時、私は自分のすべきこと、つまり、メブラーナ・ジャラールッディーン・ルーミーの墓の外で、三日三晩すわるという任務について考えていた。

本によれば、コンヤは七百年前のルーミーの時代には、霊的文化の一大中心地だった。スーフィーの偉大な教師が沢山この町に集まっていた。そして、世界中の主だった宗教のすべてが、あたかも前もって予定されていたかのように小アジアに集まってきては、宗教という形式の衣の下に隠されている内的な真理をみがき上げていったのだった。その頃、仏教が中国からもたらされたが、コンヤはすでにイスラムに加えて、ユダヤ教とキリスト教の一大センターでもあった。

ルーミーは一二〇七年、ペルシャに生まれた。その後、コンヤに住みついて、一万人の弟子を持っていたと言われていたが、一二七三年に亡くなった。ルーミーの名は、「タブリーズの太陽」と呼ばれたシャムセ・タブリーズの名と共に人々に知られている。

この特別な二人の初めての出会いについては、様々な逸話が残っている。そのうちの一つに次のような話がある。二人が初めて会った時、シャムセ・タブリーズは、それまでルーミーが一生の仕事だと思って書いた本の原稿をとりあげると、井戸に投げ捨てた。そして、「原稿を取り戻したいかね？　きっと乾くよ」と言った。その瞬間、ルーミーはシャムセが自分の霊的ガイドであることを悟り、自分の過去の象徴であるその原稿を捨ててしまった。そして、ルーミーは、家族も弟子たちも捨てて、シャムセに従って、二年半にわたる孤独な生活へと入ったのだった。ルーミーのそれまでの弟子たちは、シャムセに嫉妬（しっと）し、最後にはシャムセを殺してしまった。しかし、その死体は見つからなかったとのことだ。その時にはすでに彼の仕事は終わっていた。そして、その後七百年もの間、ルーミーの影響は、彼の神秘主義的な書物や詩、あるいは、彼の教えに基づいてできたメブラーナ教団を通じて、世界中に広まったのだった。

私がルーミーについて知っていることは、これで全部だった。私はこの偉大なスーフィーのマスターの存在が、彼の死後何百年もたった今もここにあるということを、完全には信じることはできなかった。ずっと前に死んだ人の生々しい存在感に触れるということがどんなことか、一度だけ確かに体験したことがあった。しかし、ハミッドがイギリスにいた時、私に一枚の絵はがきを渡しながら言った言葉を思い出した。「いつか、神の意志がそうあれば、君はこの場所を訪ねるだろう。もし、そうなれば、君は本当の旅が始まったことを知るだろう」と彼は言ったのだった。

次の日の朝、私は特別に心をこめて体を浄めてから、シャムセ・タブリーズの墓に向かって、通りを歩いて行った。今度は門の鍵は開いていた。建物の外の広場には誰もいなかった。木のまわりを紙くずが風に舞い、冷たい霧雨が舗道をぬらしていた。扉のすぐ外側に靴入れがあり、三、四足の靴がきちんと棚に並んでいた。私は靴をぬぐと部屋の中へと入っていった。つき当たりの壁ぎわにともされたオイル・ランプの薄暗い光の中に、祈りを捧げている一団の人影が見えた。

しかし、こうした細かなことはどうでもよかった。敷居をまたいだとたん、部屋を満たしている信じ難いほどの存在を感じた。それはまるで、別の次元に入りこんだかのようだった。そこでは、愛の強大な力がすべての既成の概念を打ちこわし、過去を拭い去り、心に通じるドアを開くために、なだれ込んでくるような気がした。祈ろうとしたことを私は覚えている。しかし、何か言うことも、行うことも、必要ではなかった。ただ自分を開け渡し、そこにある愛の存在が私の中に入って来るのを、許せばいいだけだった。その場にどれぐらい立ち尽くしていただろうか。そこを出て、三日三晩の業をするために、ルーミーの墓へ歩き始めたことも、まったく覚えていなかった。シャムセ・タブリーズの墓にいた次の瞬間には、ルーミーの墓所の中庭にいて、風をよけるために毛皮のコートにしっかりと顔を埋めて、噴水の傍らのベンチにすわっていた。ここに来るまでほとんど無意識のうちに、墓所の外側の門を通り、中庭を横切って、墓所と博物館へと行った。そして開いていた扉から中に入ると、ハミッドがイギリスで私にくれた絵はがきにあった壮大な建物と墓所を見学し、そのあと、徹夜の祈りを始めるつもりで中庭に出てきて、そのベンチにすわったのだった。

ベンチに腰をおろしてすぐ、誰かに右の肩をたたかれたのを感じた。目を開くのは非常に努力を必要とした。目を開けても、しばらくは、はっきりと焦点を合わせることができなかった。焦点がようやく合った時、私の上にかがみこんで、厳しい表情で私を見おろしている、制服にとんがり帽子を被った男が見えた。「ヨック」と彼が言った。「何がヨックですか?」何が起こっているのかわからずに私は聞いた。「ヨック」と彼はきっぱりとくり返すと、体をまっすぐに起こして、門の方を指差した。私は抗議し始めたが、彼は私をさえぎって、もう一人の制服姿の男に合図した。今度はもう疑う余地はなかった。そのもう一人の男は英語を話したからだ。「申しわけありませんが、墓にすわるのは禁止されています。メブラーナを訪問されに来たのですね。そのあと、博物館をお見せします」

「でも」と私は説明しようとした。「私はここにすわるように言われているのです。つまり、ここに三日三晩、すわっていろと命じられているのです」

「それはできません。もう出て下さい」

見物人が集まってきた。そしていつものように、トルコ語で激しい議論が始まった。最初の制服の男は私に背を向けて、人々に何が起こったのかを話していた。一方、二番目の男は、私の上に威嚇するように立ちはだかって、門を指差していた。私ははるばるイギリスから何千マイルも越えて、ここまでやって来て、トルコ中を旅行し、すでに旅も終わりに近づきつつあった。そして、イスタンブールで重要人物と思われる人から、墓のそばに三日三晩すわっているようにという特別の指示を与えられたのだ。ここにしがみついてでも、絶対に動かないつもりだった。最悪の場合には、彼らは警官を呼ぶだろう。でも、もう警察全体がやって来たとしても構わないと思った。私は再び目を閉じると、深呼吸をして、まわりに誰もいないかのように振る舞おうとした。
二、三分はこれはうまくゆくように思えたが、すぐに、誰かがさっきよりずっと強く私の肩を叩き、次に私の肩をゆすぶった。私は瞑想を続けて、その手を振り払おうとした。しかしその時、誰か他の人の声が聞こえた。それは非常にやさしく、穏やかな声だったので、私は思わず目を開いた。そこには灰色のひげをはやし、青い細縞の背広を着た老人が立って、私にほほえみかけていた。
老人は両手で私の手をとると、それにキスをしてから、自分の額の高さに持ちあげた。次に、彼は見物人のうしろの方にいた一人の男に合図をした。その男はファリドだった。

この前、私がコンヤに来た時に、シャイフと私の間の通訳をしてくれたあの若い男だった。私たちは暖かい挨拶をかわした。彼を見て本当にびっくりし、あまりにも多くの質問をしたくて、私はまったく口がきけなかった。

老人はトルコ語で私に何か説明した。ファリドはしばらくその話を聞いてから、私の方を向いた。「デデはあなたがここに来ることを知っていたと言っています。一緒に彼の家に行こうと言っています。そこに、あなたのために部屋が用意してあります。どうぞ今から来て下さい。私も通訳するために一緒に行きます」

「でも……」と私は言いかけた。するとまた、トルコ語の洪水にさえぎられた。

「デデは、あなたがある指示を受けていることを知っていると言っています。でも、もうそれはいいそうです。それに、ここにすわることは本当に許されていません。この墓所は、あと三十分で閉まります」

老人は、まるで一生の友人に対するように、私にほほえみかけていた。「彼に聞いてくれませんか？」と私はファリドに言った。「ここに私をよこしたイスタンブールのあの方を御存知なのですか？」私の質問は老人に伝えられた。彼は大笑いし、見物人もつられて、一緒に笑った。

「もちろん、知っている、と言っています。そうでなければ、どうやってあなたが来ることがわかったのですか？」

「でも、二人がお互いに知っていたならば、なぜイスタンブールの方は、メブラーナに敬意を表するためにここにすわることはできないということを、知らなかったのですか？」

「デデによると、彼はあなたがここですわることはできないと知っていたのです。でも大切なことは、すわることではなく、その意志だとのことです」

これらのやりとりはみな、見物人のために通訳された。見物人たちは、この出来事をすっかり楽しんでいた。さきほどの制服の案内人でさえもが、嬉しそうに笑っていた。メブラーナという名前が発せられるたびに、一瞬、沈黙があった。私は注目の的となり、みんなが私に話しかけたがった。ファリドは次々と一人ずつに、何が起きたかを説明した。門を閉める時間となってやっと、見物人はのろのろと散っていった。私たち三人は墓をあとにした。ファリドがタクシーをとめ、私たちはコンヤの裏道を車で走って行った。

デデ（デデとは、おじいさん、または年とった人という意味であった）とすごした時間は、その前の数週間の苦しみと痛みと緊張からの休息だった。デデが私を友人として受け入れ、信頼し、親切に接してくれていることは、常に明らかだった。メブラーナの墓に一歩足を踏み入れたその瞬間から、それまで人生に吹き荒れていた嵐から、私は静かな水の中へ入ったように感じた。

デデは何一つ押しつけず、できる限り私に休息のための時間を与えてくれた。彼の妻は、毎晩、私のために簡単な食事を用意してくれた。ファリドは必要であれば、いつもそこに来てくれた。しかし、ほとんどの時間は、沈黙のうちに過ぎていった。私たちは朝早くから起き出し、小さな庭にある水道の所に出て行って、体を浄めた。それから、祈りの呼びかけに応じて、デデは朝の祈りを行った。朝食のあと、私たち三人は、メブラーナの墓がある博物館に行った。中に入る前に敷居の所でしばらくたたずんで、デデは胸の上に腕を合わせ、おじぎをした。ファリドは私に、決して敷居を踏んではいけない、しばらく外側で立ちどまって、通りから持ってきた問題や、緊張、否定的な感情などを、客人として招かれた家には持ちこまないように、外に置いてゆくのがしきたりなのだと教えてくれた。ある部屋では、デデは壁に飾られている書き物に必ずおじぎをした。その書き物には、「神はまことに美しく、また、美を愛し給う」という言葉と「愛の唯一の目的は愛なり」という言葉が記されていると、ファリドが私に教えてくれた。

博物館の様々な部屋を時々立ち止まりながら巡り歩いたあと、私たちは中庭に出た。そこで、デデはルーミーの一生と彼の教えについて話してくれた。

この道は、ある種の儀式に従っているように見えるかもしれないが、実は形は一切ない、とデデは言った。ファリドは次のように説明した。「私たちの宗教は愛の宗教です。しかも、あなた方が理解しているような宗教ではありません。私たちは神を知るために修業するのではなく、まず、神の全体性を受け入れます。すると、すべてはそこから起こってくるのです」

デデが話している間は、デデに質問してはならないようだった。講話や話がすむと、彼はにっこりして、彼の言葉の隠れた深い意味を私が発見するまで放っておいた。ある時、彼は、理解には四つの段階(レベル)があり、話されたことをどれぐらい深く意識して聞くかは、私次第なのだと言った。「ほとんどの人は、一番表面的なレベルで理解するだけだとデデは言っています。彼らはコーランや聖なる書物を読み、書かれているすべてのことには、表面に現れているよりもずっと深い意味があることに気がつきません。コーランの中の戦いに関する物語を読んで、その話はただの戦いの話だと思うかもしれません。しかし、戦いは単なる過去の歴史的事実ではありません。それは今現在のことなのです。もし、あなたが、そう理解できたならば、あなたは第二のレベル、つまり寓意(ぐうい)的に理解できているのです。もし、デデの語る物語を聞いて、それが本当は他の何かを現しているのだとわかったら、あなたは外側の形だけでなく、本当の意味に触れているのでしょう。つまり、外側の形は、真実を聞きたくない人々、あるいは、真実が意味するものをまだ受け入れる準備ができていない人々のためのものなのです。さらに二つの理解のレベルがあると言っています。それらは形而上学(けいじじょう)的レベルと神秘的レベルです。彼が物語る時しばしばそれがいかに簡単なものであれ、寓話としてだけでなく、宇宙の偉大なる法則の一つを語っているのです。メブラーナも必ずこのように話しました。デデはあなたに彼の業績をすべて学んで欲しいと言っています。そして、最も深いレベルの理解とは、神秘的な理解だそうです。この時、大切なのは言葉ではなく、寓意でもなく、宇宙の法則でさえありません。あなたの心が深くゆさぶられて、隠された真実を知識や確信さえも超越した状態で、直接体験することなのです。時々、ダルウィーシュたちが泣くのを見ることがあるかもしれません。それは神の中へと完全に吸収された時、神は耐えがたいほどに美しいからです」

デデは博物館の中庭に腰をおろし、こうしたことを話してくれた。そして時々、ファリドが自分の言っていることを本当に理解して訳しているかどうか確かめるために、彼をつっついた。そして、彼が物語や講義を英語に訳している間、デデはにこにこして、私のどんな小さな反応や動きも見逃さずに観察していた。私が正しいレベルの深さで聞いている時、デデはすぐにわかって、右手を胸にあてて、小さなおじぎをするのだった。

それはすばらしい日々だった。私が経験した混乱は、ゆっくりと新しい秩序へと再編成されていった。何かが私の中に育っていた。それはヴェイルをはぎ取ったあとに姿を現し始めている、真の私自身だった。デデはメブラーナ派のダルウィーシュの修業について話してくれた。修業は千一日間続き、その間、彼らは哲学、古典、メブラーナの作品、そしてダルウィーシュの旋回を学ぶのだという。チャンスがあれば、いつかもう一度コンヤに戻ってきて、ダルウィーシュの人々に感じた愛にふれてみたいと、私は思った。

時々、夜にデデの友人たちが集まり、夜遅くまで物語をしたり、議論を戦わせたりすることがあった。完全に受け入れられていないという体験が一度だけあった。客の一人が肩越しに私の方をちらちらと見ながら、低い声でデデとファリドに何か言った。デデが怒っているのがわかった。彼はしばらくがまんして、その男に何か説明しようとした。多分、例によって、私がイスラム教徒かどうか、という質問だったようだ。ついに、デデは自分の前にあった真鍮製のコーヒーテーブルを拳でどんと打って、その男をどなりつけた。小さな茶碗が飛び散った。ファリドが私を振り返って言った。「あの男はあなたが正統的なイスラム教徒かどうか質問したのです。このイギリス人は神を信じている。それで十分ではないか、とデデは彼に言いました」

コンヤに初めて来た時からずっと、私はダルウィーシュの「旋回」に魅せられていた。デデの部屋の外の廊下には、たけの高い帽子にしなやかな白い服をまとって、頭を片方に少し傾けて旋回しているダルウィーシュたちの沢山の古い写真が、額に入れて壁にかけられていた。毎年十二月に行われる大祭で旋回している息子の写真を、デデは見せてくれた。この大祭は、七百年間、人々の師であり導き手であったメブラーナの、神との合一を祝うためのものだった。

こうした形の祈りには、その背後に何か理由があるに違いないと私は思った。デデはよく、「木が存在する理由は、果実のためであり、根のためではない。なぜならば、木は果実を得るために植えられるのであって、根を得るためではないからだ」と言った。そして、「愛の中に宇宙が生まれた理由は人なのだ」と言った。「つまり、その人というのは、神を完全に愛するようになった人間のことだ。こうした人間は、〝完全なる人間〟と呼ばれる。彼の自我は完全に消え去り、あるのはただ神の永遠の存在だけだからだ」もしそうであれば、ダルウィーシュたちがぐるぐると回って恍惚状態になっている時には、きっとその体験以上の、もっと深い何かがあるに違いなかった。この隠された秘密こそ、私が発見したいと思っているものであった。

ある日、私たちはデデの部屋にすわって、コーヒーを飲んでいた。彼は私の方を向いて、トルコ語で何か言った。「デデが、あなたは旋回を習うべきだ、と言っています」とファリドが私に告げた。そして老人は両手を振ってから床を指さし、私に部屋の中央に立つようにと合図した。少しまごつきながら、私は立ちあがった。デデはどちらの方向に回ればよいか示すために、人差し指をたてて、手を時計回りと反対の方向にぐるぐると動かした。「ゆっくり回り始めなさいとデデは言っています。博物館に入る時と同じように腕を胸のところで組むようにとのことです。わかりますか？」言われたように、右手を左肩に、左手を右肩に置いて、私は腕を組んだ。「今のように腕を組んで練習しなさいとデデが言っています。どうぞ試してみて下さい」

できる限り威厳を保って、私は左回りに回転した。二、三回、回っただけで、たちまち目が回って、やめざるを得なかった。他の二人はこれを見て、非常に楽しんでいた。デデが再び話し始め、ファリドがそれを通訳した。「胸のちょうど中心を」と言って、彼は私の胸を指さした。「体の中心にすることがとても大切です。中心が決まっていないと、気分が悪くなって倒れてしまいます。ちゃんと正しい姿勢になった時にのみ、正しいやり方で旋回することができます。左足は絶対に床から離してはいけません。昔は回転を習う時、太い釘（くぎ）を床に打ちこんで、それを足の親指と人さし指の間にはさみました。左足が床から離れないように、その釘を中心にして回転するように練習したのです。これは、ダルウィーシュの真の仕事が、ここ、地上にあるということです。コーランでは、『この世界に、誇り高く立て。しかし、次の世には頭（こうべ）をたれよ』と記されています。あなたはこの世界と次の世界との間のバランスを取るものでなければなりません。さあ、もう一度試して下さい」

胸の中心に、すべての意識を集中して目を閉じ、左足をしっかりと床に固定して回転してみた。

「目を開いて下さい」

私はもう一度始めた。そして、目を開いている方がずっとやさしいことを発見した。

「では、右足がまず左足のうしろにゆき、それをさらに左足の反対側に置く動き方を覚えて下さい。足を置いた所に体がついてゆく、という感じです。でもこれは難しいので、覚えるまでに時間がかかるでしょう」

今度は、右足の置き方に意識を集中してみた。するとバランスを失って、胸に中心を置くことをすっかり忘れてしまった。目が回って、気分が悪くなりそうになって、すわり込んでしまった。デデはもう楽しくて仕方がないという様子で、大笑いした。それから彼はしばらくの間、ファリドに何か話していた。

「デデがあなたのために回転して見せます。でも、彼は年をとっているので、もう腕がきちんと上にあがりません。もしあなたが習いたければ、彼の息子さんが教えるそうです。でも、少なくとも、六週間の厳しい練習が必要です。そのあと、イギリスへ戻って、人々に回転の仕方を教えてはどうでしょうか？」

老人はゆっくりと立ちあがった。そして部屋のすみにある戸棚の所にゆくと、中をのぞいて黒い服とベージュ色の長い帽子を取り出した。帽子をファリドに渡して、彼は服を手に取り、それを前に広げ、着る前にそれにキスをした。ファリドが帽子を渡すと、彼はゆっくりと無言で部屋の中央に立った。それから腕を組み、低くおじぎをしてから、ゆっくりと回り始めた。それは楽々とした流れるような動きであり、海に向かう川の流れの中でくるくると回っている小舟を思い起こさせた。そして少しずつ回転は早くなってゆき、彼は組んでいた腕をほどくと、右手を手の平を上にして上にあげ、左手は地面に向けて伸ばされた。それは信じられないほど美しかった。まるで完全無欠な花が開いてゆくかのようだった。彼の左足は絶対に床から離れなかった。この前、コンヤに来た時、私が見た若いダルウィーシュほどには彼の手は上がっていなかったものの、彼の動きには私もファリドも感動するほどのおだやかな威厳があった。デデは頭をほんの少し左にかたむけ、目は開いていたが、何も見ていないようだった。彼はもう一つの世界にぬかずいていた。しかも、彼の体はこの世界で回転していた。回転を止めると、もう一度おじぎをしてから、服を脱ぎ、もう一度それにキスをした。そして、帽子と服をファリドに渡してから静かにすわった。

「さて」と彼が言った。「もう少し、旋回のことを話しましょう」

ファリドが訳している間、デデは大切な点をはっきりさせるために、何回も彼をさえぎった。そして、私の感想を聞きたがった。

「こういうことです」と彼は言った。「旋回する時は、自分のためにではなく、神のために旋回するのです。神の光が地上に降ろされるように回転します。回転をしながら、あなたは通路となります。そして、光は右手からやって来て、左手はその光をこの世界へと降ろすのです。これは西洋であなた方が錬金術と呼んでいるものです。なぜならば、正しく神への祈りに集中していれば、あなたは自分を神へ捧げているからです。こうして、その中に完全なる秩序を持っている光は、地上へとやって来ることができるのです。私たちは神のため、世界のために旋回します。そして、これは想像できるもののうちで、最も美しいことなのです。旋回する時に、心を静め、祈りの状態になって、自分のすべてを神に捧げていれば、あなたの体が回転している間、体の中心には完全に静止した点があります。唯一の神しかいないということを知っていれば、あなたはその中心のまわりを回転している宇宙を体験することができます。その時、すべての星、惑星、限りない宇宙が、その静止した点のまわりを回転しています。天は答えます。そして、目に見えないすべての王国がダンスに参加します。イエスは、『踊らなければ、あなたはやって来るものを知ることはない』と言っています。これが、私たちが回転する理由なのです。しかし、世間はこれを理解しません。人々は、私たちが回転するのは、何かトランス状態になるためだと思っているようです。時には、あなた方がエクスタシーと呼ぶ状態になることがあることは事実です。しかし、それは、私たちが同時に知り、体験する時だけです。私たちは自分のために回転しているのではありません」

その日から毎日、私は、自分たちが話をする小さな部屋で、回転の練習をした。そして次第に、デデが話してくれたことを理解できるようになった。デデの息子は留守だったので、デデが教えてくれたことを全部練習するには、最適な時とは言えなかった。それよりも、その期間はただそこにいて、人生が静かに展開するのにまかせる時期だった。一日は自然に次の日へと、季節が移り変わるようにゆっくりと移って行った。ここ数週間の衝撃は徐々に消えてゆき、ほとんど傷になっていた私の混乱も癒え始めていた。ここにずっといて、ただすわって、この老人の教えを受けていたいと思った。しかし、少しずつ、ここにいることによって、自分が何かを否定しているのではないかと感じ始めた。いつかはハミッドの所に戻らなければならなかった。私がイスタンブールを出る直前、彼は私がシデに戻ってくるのを待っている、と言った。旅のこの段階も終わりに近づいたことが、ますます明らかになってきた。シデに戻るのは怖かった。そこで私はあまりにも多くの苦しみを体験していた。シデでの日々と、デデの家でのなごやかな日々との違いは、シデの思い出をますます生々しく、苦痛に満ちたものにしていた。

ある朝、夜明けに目が覚めた時、私は自分が決心したことを知った。朝の祈りと朝食をすませたあと、私はデデに話をしたいと切り出した。ファリドは二、三日、留守にしていたが、ここを去るにあたって、デデの許可を得ることが大切だと私は思ったのだった。彼は私を本当に気に入ってくれていて、私はほとんど家族の一員だった。また、私は彼をとても尊敬していたので、彼を怒らせるようなことは一切したくなかった。

身振り手振りと片言のトルコ語を使って、私は、シデに帰って、ハミッドに会うべき時が来たと思うと、彼に説明した。最初、彼は何のことか理解できなかったが、やがて、通訳が必要なことに気がついた。私に家にいるように合図して、彼はコートを着て帽子をかぶると、外に出て行った。

二、三分して、彼は流暢(りゅうちょう)に英語を話す四十代ぐらいの男と一緒に戻ってきた。コーヒーを飲みながら、いつものおしゃべりをしたあと、私は彼に、ハミッドのもとに戻る許しをいただけないか、デデに聞いて欲しいと頼んだ。

デデは私の言葉を注意深く聞き、次に通訳された言葉をじっと聞いていた。それから、最初の日にしたように、私の両手をとると、それにキスをしてから、自分の額のところまで持ちあげた。「神とメブラーナの祝福と共にゆきなさい。そして、あなたの家は常にここにあると知って下さい」と言った。彼の目は涙で一杯だった。私たちはしばらく、黙ってすわっていた。そして、彼が再び通訳に話し始めた。

「デデは、あなたが行くのは悲しい。でも、いつか、あなたが戻ってくるのはわかっていると言っています。あなたの先生の所に戻るのはあなたの義務である。その先生のことは知らないが、その人はめったにいないような人の一人に違いない、とも言っています」

「でも、私をここによこしたのは彼ではありません」と私はさえぎった。「イスタンブールの老人です」

「そうだ。しかし、デデが知っている老人のところへあなたを連れて行ったのは、ハミッドです。だから感謝すべき相手はハミッドなのです。

また、唯一の存在、アッラーしかいないということも忘れてはいけません、とデデは言っています。ですから、実際には、我々のすべての感謝は神に対してなのです。デデはあなたに贈り物をしたいと言っています。受け取って下さいますか？」

私は何と言ってよいかわからなかった。受け取ることがとても難しい時があるものだが、この時も、デデが何かとても貴重な宝物を私に与えるつもりなのではないかと、怖れていた。でも、私は受け取らなければならないのだ。「それは、非常にありがたいことです」と私は答えた。

「デデはあなたにとても小さな贈り物とメッセージを、差しあげたいと言っています。そのどちらか片方だけでは役に立たないそうです」

椅子にすわったまま身を前に乗り出すと、デデはテーブルの上にあった彫り模様のついた真鍮の箱を手に取り、注意深く開いた。そして、その中から、噴霧器が上についた美しい形の銀のびんを取り出した。中近東のどこでも見かけることができる、バラ水の容器だった。でも、この容器は特別に見事だった。彼は私の顔から目を離さずに、両手でそれを持って私に手渡した。

「これはバラ水、つまり、バラの精油を入れるための容器です。あなたはわかると思うとデデは言っています。そしてあなたがこのバラ水を友達にあげることができるように希望しています。彼のあなたへのメッセージはこうです。『庭に行って、とげを踏んだ時、ありがとうと言うのを決して忘れないように。とげは痛いかもしれない。しかし、それはあなたがバラ水を与えられたのと同じように、あなたに与えられたものなのです』」

私は深く感動して、ただ、ありがとうとしか言えなかった。デデはさらに続けた。

「バラの木が刈り込まれるだけ刈りこまれた時、初めてバラの真髄が解き放たれ、バラのつぼみが開きます。つぼみから花になる一瞬を知っている者は、バラの花になった人々だけだとあなたに言いなさい、とデデは言っています」

次の日、私はデデの家をあとにした。すぐに出発した方がいいのだ。その日の朝早く、私たちはデデがいつも祈りを捧げるモスクに行き、そのあと、メブラーナの墓に最後の参拝に行った。彼は非常に静かで、深い感動と悲しみを感じている様子だった。そして、博物館を見て廻る私たちの動きも、いつもとは違う意味を持っていた。いつものように、私たちはあとずさりして建物を出た。そして、敷居をまたいだ時におじぎをした。それから靴をはき、博物館に持ってきていた私のスーツケースを受け取ると、彼はタクシーを止め、私たちはバスターミナルへと向かった。そこにはファリドが果物の入った大きなかごを手にして、私を見送りに来ていた。やがてデデの妻も、ハニーケーキと砂糖をまぶしたアーモンドを入れた見事な包みを持って、到着した。

私がバスに乗って一番上のステップから手を振った時、デデが「サラーム・アレイクム（あなたと共に平和がありますように）」と叫んだ。彼はファリドに何か言った。そしてファリドがつけ加えた。「あなたの家はここだということを忘れないように」

バスが発車すると同時に、ファリドが叫んだ。「バラ水を西洋に持ってゆくのを忘れないように、とデデが言っています」そして、バスは角をまがって、南の方へと長い旅に出たのだった。

第十一章

人間という生きものが、自滅にたどりつくか、それとも、神に到達するか、その選択をせまられる日が遠からずやってくることはまちがいないだろう。

ピエール・テイラード・デ・シャルダン

神は常に、物質の形の中に現れる。
女性の中にある神の姿こそ、何にもまして完璧(かんぺき)なものである。

ムイッディン・イブン・アラビー

神の道は、選り好みしない者にとって
難しいものではない。
愛も憎しみも消えた時、
すべてが明らかになり、
そのものの姿を取り戻すのだ。

シン・シン・ミン

前回シデにいた時から較べると、天候はすっかり変わっていた。冷たい風は去り、太陽はすでに暖かく、野原やオリーブの木の下には、春の花々が咲いていた。通りには観光シーズンの到来にそなえて、家やカフェにペンキを塗る男たちの姿があった。そして、畑では女たちが長く掘ったみぞに沿ってかがみこみ、夏の収穫のために野菜を植えていた。私はジープを借りて、アンタリアからシデまで運転してゆくことにした。私は以前とはまったく違った期待感を感じていた。トルコに初めて来た時の私は、ダルウィーシュの神秘を発見しよう、何か特別の能力を開発できるかもしれない、ここで得る知識によって、今までとは違う人生を生きることができるのではないかという期待に、つき動かされていた。しかし、何週間にもわたる旅と、度重なる試練と失望のおかげで、この道をもっと先に進むつもりであれば、こうした考えはすべて諦めなければならないということが、やっとわかったのだった。すべての希望や恐怖を捨てた瞬間に、初めてひもとかれてゆく神秘があるのだ。ジープがシデに近づいて、円形劇場の脇のほこりっぽい道を走っている時、急に、少なくともしばらくの間は、これがハミッドと私が一緒に学ぶ最後の時になるだろうと、私は悟った。何が起こったのか正確にはわからなかったが、何かが私の中で完全に変化し、トルコを出て、自分が経験し学んだことを日常の生活の中で実践してゆく時が来たことを、知ったのだった。私の考えも気持ちもまだ混乱していた。説明のできないことばかりだった。しかし、希望も期待もしなければ、いつかその時が来て、それらのこともわかり始めるということは、わかっていた。

私はもうハミッドを恐れてはいなかった。本当のところ、その時まで、自分がどれほど彼を恐れていたか気がついていなかった。トルコに着いてすぐの興奮のあとは、私の恐れは時には恐怖にまで高まっていた。ハミッドは私にとってまだ謎であった。しかし、彼の奇妙な行動にもかかわらず、彼が私に伝えようとしていることは正しくて、しかも、非常に大切なことであるのは確かだった。この確信があってこそ、最も困難な時でさえ、私は耐えしのぶことができたのだった。

デデは私を完全に受け入れ、親切に接することによって、ハミッドの言葉や、彼の怒りや厳しさの背後にあるものに、私が完全に降服するのを助けてくれた。私がハミッドとの体験を話した時、デデは質問もしなければ、批判もしなかった。彼は通訳の話を聞きながら、ただにこにこしてうなずいていた。そして、「神のなさることは何とすばらしいのだろうか。神は私たちそれぞれに、その時に必要なことをすべて現して下さるのだ」と言った。

コンヤへ二度目に行って、メブラーナに受け入れられるまで、私たちが永遠につながっている全知全能の神が存在し、故に、私たちの中には、常に真理を知っている部分が存在するという考え方に、私はずっと抵抗していた。イギリスでハミッドは私によく言ったものだった。「魂とはすべてを知っている本質なのだ。もし、君が自分が何者かわかれば、魂とは何かもわかるだろう。その本質はすべての命に浸透している。だから、まず最初に、君は自分の魂、根元的な自己を発見しなければならない。君は自分が誰で、何なのか、見つけなければならないのだ。その時にやっと、君は道の入口に到達する」期待と希望は余りにも多くの恐れを生み出してきた。失敗する恐れ、道への入口にたどりつけないのではないかという怖れ。そして、途中で精神や健康を失いはしないかという怖れに、「真実の世界」に入るために、すべてを諦めるということに対する恐れなどだった。

　期待と希望の傲慢さをわかり始めると、自分が働きかけなければならないのは、心、つまり、魂の座ではないことがわかってきた。バランスの取れた人間になるためには、自分の数限りない思い込みと、体に働きかけ、エネルギーが自由に流れるようにしなければいけないのだった。

　中庭の門の前にジープをとめると、ハミッドが私を出迎えに、家から出てきた。彼の態度はさりげなく、まるで私が留守ではなかったかのようだった。しかし彼は私を見て、本当に嬉しそうだった。そしてすぐに台所へコーヒーをいれに行った。「外に出て、太陽の下ですわっていなさい」と彼は言った。「春の花がちょうど咲き始めたところだ。私もすぐに行くから」

中庭の中央に小さなテーブルがあり、その上にはハミッドの書類がのっていた。私は白く塗られた木の椅子に腰を下ろして、私がいた部屋と、その下の例の若い女性の部屋の方を見た。彼女の部屋のブラインドは閉まっていたが、彼女がそこにいる気配を私は感じた。彼女はもう一つの謎であり、私はまだその謎を明らかにしたいと思っていた。ハミッドは私の隣りにすわると、コーヒーを注いだ。「春がやって来て、すばらしいだろう。トルコのこのあたりの春が私は大好きだ。暖かくなって、冬の寒さが去ってしまう。もう少したって、耐え難いほどに暑くなると、私はイスタンブールへ行く。代わりに観光客がシデにやって来る。彼らはまるで漂流している木片か何かのように、浜辺に横たわって、真っ黒に日焼けして、からからになるのが好きらしい。でも、それが彼らのしたいことなのさ。

しかし、今はコンヤで何が起こり、何がわかったか、すべて私に話して欲しい。私は君の帰りを待ちこがれていた。まず第一にシャムセ・タブリーズとメブラーナの所に行った時に起こったことを、正確に私に話しなさい。三日三晩言われたとおりすわっていたのかね？」

私は自分の体験したことを詳しく話した。シャムセ・タブリーズの墓に入った瞬間に私の中に感じた変化を話した時、ハミッドは特に強い興味を示した。「そこに入った時、私にわかったのは、圧倒的な愛の存在だけでした。それはそれまでに体験したことのないものでした。私にできたことは、その力が私を洗い浄めてゆくにまかせることだけでした。実のところ、それはまるで〝私〟がまったくそこにはいないかのようでした」ハミッドは椅子の背によりかかった。そして、「ああ、シャムセ」とだけ言った。私たちはしばらく無言だった。そして彼はつけ加えた。「君がずっとそのままでありますように」

私はさらにデデとの出会いと、彼の家に連れていかれたこと、彼がイスタンブールで私が会ったあの老人を知っていたことなどを話した。ハミッドが私をその老人のもとに連れて行った時からずっと、私はその老人について知りたいと思っていた。そして今はそのことを質問してもよい時のように思えた。

「君がいつ聞いてくるかと思っていた」とハミッドは言った。「しかし、そんなことはたいして大切なことではない。本当に大切なことは、君が彼に受け入れられたという事実だけだ。そして、それは、君の数々の思惑や期待やペンションでのつらかった時間にもかかわらず、君が次の段階へ進んでもよい、ということを私に示したのだ。たとえ、彼の名前を教えたところで、彼のことが今以上にわかるのだろうか？　ただ、彼は偉大なる知恵者であるとだけ言っておこう。彼は君をもう一度、メブラーナのもとに送ることができて喜んでいた。彼は君の意志と動機がいかなる野心や先入観からも、やっと自由になりつつあることを知っていたのだ。もし君の動機が明確になっていなければ、デデとは出会えなかっただろう。彼は君がどうしても必要としていた休息となぐさめを、与えることができる男だったのだ。それに、もし、君がメブラーナに受け入れられなかったならば、彼は君の前には現れなかっただろう。なぜなら、デデのメブラーナに対する愛が、君がどこにいるか、そして君が次の段階を始める許しを得たかどうか、彼に教えたからだ。

今、君は本当の始まりにいる。これまでとても大変だったことをすまないと思う。それは私の望むところではなかったが、君は私のところへいろいろな思惑を持ってやって来た。つまり、この道に関する思い込みや、自分が何を望んでいるか、自分に役に立つものは何かといったことについて、もろもろの思いを持ってやって来た。私には、君がやらなければならないことをやるために、一番適切な状況を用意するしかなかったのだ。しかし、君は本気で知りたがっていたので、君が役まわりを演じて少しずつ学んでゆくために、様々な場面を設定することができたのだ。

今日はもっと沢山話すことがある。だがまずもっとコーヒーをいれて、何か一緒に食べよう。旅をしてお腹がすいているだろうね」

彼がミントとレモンの香りのする黒オリーブのびんを持って来た時、私たちは二人とも大笑いした。「このオリーブが君を待っていたよ」と彼は言った。「君が初めて私のところへ来た時、これを準備した。そしてふたをきっちりと閉めておいたのだ。ちょうど、完璧（かんぺき）になったところだ」彼は私にウィンクをして、私の皿にスプーンでいくつかのせてくれた。私たちはそれを目の粗いパンとチーズ、それにハーブで味つけしたレタスとトマトのサラダと一緒に食べた。

食べ終わった時、私は自分の心の一番表面に浮かんできたことを質問した。「ハミッド、あの娘さんはまだここにいるのですか？」彼は、きっとした表情で顔をあげた。一瞬、私は彼がまた怒り出すのではないかと思った。「彼女はここにいる。自分の部屋にいる」

「彼女は私に大きな衝撃を与えました。ほんのちょっとしか会っていませんが。彼女のような人には会ったことがありません。彼女は私にとって、完全な謎なのです」

「君が初めてここに来た時には」と彼は言った。「君の気を散らしたくなかった。だが、今はよく話をして、これまでにし残したことをきちんとする時だと思う。

もう君もわかっていると思うが、我々二人の旅は終わりに近づいている。明日、君はイギリスへ帰るのだ。悲しんだり、怖れたりしてはいけない。そんな理由はないからだ」

私はすぐには何も言えなかった。間もなく自分はトルコを離れるだろうとは思っていたが、ハミッドの言葉に私は大きなショックを受けた。そして突然、彼との別れには耐えられないと感じた。いつものように、彼は私の思っていることがわかったようだった。

「どうした？」と彼は言った。「君が求めているもの、すなわち神は、形のある世界では見つけることができないということを忘れたのかね？　それをしっかりと覚えこむまでは、君はいつも失望ばかりするだろう」彼はやさしくほほえんで椅子の背にもたれた。

「君はあの娘のことを聞いたが、私のところへ送れば助けられるのではないかと、ここに送られてきたのだ。見てのとおり、彼女は非常に重症で、ずっとあの毛糸の玉にとりつかれている。イギリスの医者はどうすることもできなかった。君に彼女のことを話すが、どうか表面的な事柄の下にある真の意味を見つけることを忘れないで欲しい。彼女は適切な訓練を受けずに、余りにも先まで行きすぎて、おかしくなってしまったのだ。

人に認められ、自由になりたいという強い思いがあったために、彼女は世界中の国々の様々な教師のところへ行き、熱心な余りに、真の自分自身との接触を失ってしまい、まだ元の道を見出せずにいる。まだ見つけていない何かに、彼女は降服しようとしている、と言ってもよいだろう。

真実が姿を現す場合、三つの段階がある。第一の段階は、認識すること、つまり、私たちの本質は神と一つであると認めることだ。我々は常に神と一つであった。しかし、心の奥底で我々があこがれているのは、その事実を本当に知るということなのだ。自分は知っていると思うだけでは十分ではない。なぜなら、それは単に頭の概念であって、魂で知った知識ではないからだ。認識する、とは、私たちが切り離されてしまっている霊的状態へと、再びたち返ることを意味している。

あの女性が手首に毛糸を巻きつけて君の前に現れる時、彼女は閉じこめられた動物のように、自分を見て欲しい、理解して欲しい、それによって自分を自由にして欲しいと君に懇願しているのだ。しかし、君が本当の自分を発見しなかったら、どうして彼女を認めることができようか？

あの娘は我々にメッセンジャーとして送られてきたようだ。私たちが男性性と女性性をたずさえて生まれてきた責任——つまり本当の自分自身を発見して、他の人々を大いなる自由へと導く責任を私たちに常に思い出させるために、彼女はここに送られてきたのだ。これは第二の段階であり、救済の段階である。第三の段階は復活と呼ばれる段階である。しかし、君にこの段階を理解する準備ができるまでには、まだこの世でもっと時間がかかるだろう。

あの娘は、今、治りつつあると思う。あとで彼女に会うだろうが、君もその変化に気づくだろう。私はこれまでずっと、彼女が真の自分自身の源を取り戻す手助けをするために努力してきた。そして、彼女の友人たちと連絡を取り合っていたが、間もなく、彼女をイギリスに連れ帰るために、その人達がここにやって来ることになっている。ついでに、しばらくここにいて、勉強してゆく計画だ」

ハミッドは椅子の背によりかかると目を閉じた。この仕草は、できる限り心を開いて彼が話したことを理解しなさいという、私に対する合図となっていた。このような時、私はまるで自分が別の次元まで持ち上げられるように感じた。その次元では理性的な心は働かず、何か他の言葉では表せない資質が活発になり始めるのだった。ハミッドの言葉を聞いているうちに、あの青い毛糸の玉を持った娘は、単なるかわいそうな生きもの、自分を癒すことができない人間ではないこと、彼女とその痛みは、私がそれまで理解していたよりもずっと大きな何かを代表しているということに、私は気がついた。その瞬間、私の旅に占める彼女の位置と、彼女の旅に占める私の位置が見えてきた。ジグソーパズルの一つひとつの駒は完成していた。今はすべての駒を一つにまとめあげる時なのだった。

どれくらいたったかわからなかったが、私は目を開けた。ハミッドが私を見守っていた。私たちはしばらく黙ったままだった。それからハミッドが口を開いた。「二人で過ごす時間はもうわずかしかない。君には質問したいことが山ほどあるに違いない」

そのとたん、ハミッドと別れるという思いに、大きな苦痛を感じている自分に気がついた。それと同時に、自分が実際、あの娘の苦しみを体験しているのを感じた。質問はたった一つしかなかった。

「どうして、すべてはこんなにつらくなくてはならないのですか？」

「私は君に『同情するよ』と、言わなかったかね？　心から無条件に『そうします』と言って、神に人生を捧げる時、最初は常に苦痛と混乱がある。初めの段階では、自分の痛みを体験する。しかし、自分が選んだ道の本質を理解するようになると、私たちはもはや苦痛を自分だけのものとしては見ず、真実に無関心な人々の受難として体験し始める。これは分離の苦痛、すなわち、神との魂の合一を知りたいと願う人間の悲痛の叫びなのだ。しかしこの苦痛は決して神が意図されたものではない。神は決して、我々が苦しむのを望んではおられないのだ。しかし、我々が完全に知恵を得るためには、あらゆる錯覚をはぎ取って、明晰なものだけが残らなければならない。苦痛を引き起こすのは、自分の傲慢さとプライドなのだ。自分が何かできると思えば思うほど、自分が完全に神に依存しているということがわからなくなって、苦痛がますます増してゆくのだ。そして、君は、特別に頑固だからね」

彼が私にほほえんだ時、私は、実は人生はとても単純であること、しかし、真の自分から逃げていると、ややこしくなるのだということが、やっとわかったように感じた。

ハミッドはさらに続けた。「最後は、神にひたり、神の存在の中にひたり切る時がやって来る。その時、君は与えられるすべてのものを歓迎するだろう。なぜなら、それが、すべてのものの唯一(ゆいいつ)の源から来ているということを、知っているからだ。そして、これまでとは異なる理解を得ると共に、苦しみは意識的なものになる。この意識された苦しみは、苦痛とは同じではない。苦しみは痛みを伴うから自分のためになると信じるのとも違う。また苦痛を楽しむこととか、苦しみは、この惑星を守るために何が必要かという知識に基づいて生ずるのだ。意識された苦しみとは、この地球は人間のために作られている。そして、我々は地球に対して責任がある。我々が食物を必要とするのと同じように、世界はある種の食物を必要としている。それは果実を作るために、雨と太陽と季節を必要としているが、人間がまだ理解していない他の種類のエネルギーも必要としているのだ。

誰かが真の知恵に出会った時は必ず、ある種のエネルギーが放出され、地球生命維持の壮大なプロセスのために利用される。普通、このエネルギーは危機的な情況の一瞬、特に死の瞬間にのみ、十分な量が放出される。しかし今、地球が進化をし続けるためには、瞬間瞬間に死に、再生し、意識的に生きて意識的に死ぬことを我々が学ばなければならないところまで来ている。いつの日か、今、私が言っていることを理解できるようになって欲しいと思う。しかし、今は、他の話題に移らなければならない。なぜ君がイギリスに戻ることが必要なのかわかっているかね？」

「多分、ここを離れて、この数週間の間に与えられたことを、もっと深く理解する時が来たのだと思います。今はもうこれ以上、つめ込むことは無理だと感じています」

「それも理由の一つだ」と彼は答えた。「しかし、もう一つの理由がある。この道では、教師への依存を断ち切ることが必要な段階が来る。教師の仕事は、君をすべての源である神へ、完全に向かわせることなのだ。君がこの地上で見つけ出した教師は、すべてを教える唯一なる者の現れにすぎない。しかし、生命を持つ形に依存してしまうと、真の理解を得る機会を失ってしまう。そして、君の場合は短期間に、膨大な量をこなさなければならなかったために、私がいなくてはだめだと信じこんでしまう危険性がある。これは危険なわなだ。なぜなら実は私はここにはまったくいないからだ。決して忘れてはならない。神というたった一人の教師しかいないということを！

君が私を信頼し、しかもまだ神を信ずるところまでいっていなかったので、私はしばらくの間、君のガイド役を演じることができた。しかし、今、君は行かねばならない。そして、準備ができたと確信した時、イギリスへ戻り、ここで与えられたすべての知識を自分のものにしなさい。そして、すべては一つであるという真理を世界に広めるために、自分が学んだことを、今度は君が伝えてゆくのだ。偉大なるスーフィーのシャイフであったイブン・アラビーはこう言っている。『神に耳を傾け、彼のもとに戻ろう。そして、私に天から明らかにされたことを聞いたならば、それを心に深く刻みこめ。そして、私が書いたことの全体を理解したならば、それを消化し、再び統合するのだ。そのあと出し惜しみせず、求める人々にそれらを示すのだ。それは君が受け取った恵みである。だからこそ、それを他の人々に伝えるのだ』それゆえに、我々は次のように言う。『神への献身とは、あらゆる面から神を学ぶことである。神に仕えるとは、君が神について知っていることを、他の人々に教えることである』

神に仕えること。これ以上にすばらしく、美しいことがあるだろうか！　唯一の真の喜びは、神に仕える者となることなのだ。そして、それは常に、その瞬間に何が必要とされているか気づくことを意味している。眠っていたのでは、我々は決して、自分に何が要求されているか、わかりはしない。それに奉仕が何を意味するのか、あらかじめ知ることはできない。次の瞬間に何を依頼されるか、まったくわからないのだ。この道に入った時に、君は人生の終わりまで、自らを奉仕の流れに投げこんだのだ。もうあと戻りすることはできない。自分が奉仕したい時にだけ奉仕することができるなどとは、考えてはいけない。一瞬一瞬の要求に、常に目覚めていなければならないのだ。それも、君自身の必要にではなく、神の必要とされることに対してなのだ。その時初めて、君は奉仕に生きる特権を許されるだろう。

神が我々に与えることはできないが、我々が神に与えなければならないものが二つだけある、と言われている。服従と帰依だ。あらゆる理屈を越え、見返りを期待せずに、神への完全なる帰依を悟った時、我々はまさに自らの使命を遂行するために必要なものを与えられるのだ。また、『神は何ものも必要としない。だから神に汝の必要とするものを与えよ』とも言われている。

君はメブラーナと特別の関係を持っている。君がコンヤに行かされ、受け入れられたのもそのせいなのだ。君の旅が始まったのはコンヤからなのだ。

今、君にどうしても説明したいことがある。注意して聞いて、理解しなさい。

メブラーナは神との合一に達した人であり、もはやそこには何の分離も存在しなかった。メブラーナは彼が降服した相手、つまり、神と一つなのだ。神秘の道をゆく者の多くは、これが意味しているものを一瞬目にすることがある。しかし、完全なる合一はほんのわずかな人々にしか許されない。メブラーナが合一に達した時、彼は神聖なる愛の中に完全に吸収されただけでなく、彼の前に行ったすべての人々を吸収したのだ。私の言っている意味がわかるかね？　もし今、君が神と合一するとしたら、この瞬間に、これまでにあったすべてのものが君に明らかにされる。ありてあったすべてのものは、最初から神によって知られていたからだ。神は愛であり、愛する者であり、愛される者である。彼は教師であり、生徒であり、そこで教えられるものである。神だけが存在し、すべてのものはそこに戻ってゆく。君が真に理解し、学んだことを他の人々に伝えることができる日がいつか来るように、私は祈っているよ」

ハミッドは見るからに疲れ切った様子だった。そして、彼が放っている巨大な量の知識とエネルギーを一度に吸収することは、私には不可能だった。それでも、私がここを去る前に、彼が他にもっと伝えたがっていることが私にはわかっていた。彼は急に話題を変えた。

「私が君をせきたてていると思うかもしれない。そして、私が言うことを今は全部は理解できないと思うかもしれない。しかし、情況は君が思っているよりも、ずっと緊急を要している。そして、いつ再び君に会えるかもわからない。さっき、君に人類の第二の周期について少し話した。今、私たちは歴史の大きな周期の終わりにいて、次の周期に行こうとしているということはわかっているだろうね。進化は直線や曲線を描いて進んでゆくものではなく、非常にはっきりとした循環によって進んでゆく。そのために、地球上での私たちの生活を支配している法則を理解すれば、これから起こることを知ることも可能なのだ。今、古い周期が終わりに近づくにつれ、ますます多くの知恵が明らかにされつつある。次の周期にそのまま持ちこむためなのだ。私たちが出会い、ここで一緒にすごしたのも、君がコンヤに行ったのも、決して偶然ではない。君に与えられた知恵は、人類の最初の周期が終わる時、持ち続けられなければならない。これが何を意味しているのか、私も、また他の誰にもわからない。しかし、道を作り出し、新しい世界を建設する者は、神との合一を知った者たちなのだ。しかし、この新しい世界が実現するまでには、二つの対決があると言われている。第一の対決は、知る者と知りたくない者の対決であり、第二の対決は知る者と、これから知らねばならない者の間の対決である」

「ハミッド、つまり、何かの戦争が起こることになっている、と言うのですか？　少なくとも世界の半分は、こうしたことを知りたいとは思っていないと思います」

「自分の内を見なさい。この二つの対決はどちらも自分の中で起こるのではないのかね？　すべての人と同じように、君の中には、知りたくないと思っている部分がある。そして、時が来れば、分離をなくして、一つになるために知らねばならない部分もある。君の外側にあるように見えるものは、本当は君の内側にあるのだ。外側にあるものは何もない。だから戦いはまず、君自身の存在の中にあるのだ。ますます多くの人々がこの対決を体験する時、外側の世界に現象として現れる戦いを私たちは目にすることもあるだろう。戦いがあるとも、ないとも私は言わない。しかし、疑いなく、世界全体はいつか、神への完全なる帰依を悟るに至るだろう。我々一人ひとりがなすべき選択とは、神にゆだねること、それもただ漠然とした将来のいつかではなく、今、この瞬間に神に降服することなのだ。そうでなければ、我々はこの選択を行使する特権を許されなくなってしまうだろう。しかし、いずれにしろ、この対決は生じているのだ。

　もし、霊的な作業が、まだ間に合ううちに十分に行われれば、重大な災難を避けられるかもしれない。私は裁判官ではない。しかし、人類の第二の周期の始まりは到来しつつある。それと共に、キリストの再出現も近づいている。ある人々は、キリストは再び人間の形をとって現れるのだと言い、ある人々はそうではないと言っている。しかし、そんなことはどうでもよいことだ。君が知らなければならないことは私たちは合一という形でキリストと出会うということなのだ。だから、キリストの再来が何であるにせよ、どのようにして起こるにせよ、それは、すべての宗教の根底にあって、私たちすべてを結びつけている内的な知恵によってのみ、もたらされるものなのだ。新しい時代は新しい宗教の形成を意味してはいない。それとはまったく別のものなのだ。もはや、どんな形の宗教も必要なくなるだろう。そのすべてがなくならなければならないのだ。源に到達した時、それでもまだ形が欲しいだろうか？　命の水を飲んだあとでも、まだ水を入れるグラスを必要とするだろうか？　それは目的を果たしたからこそ、何か新しいものが生まれてくることができるのだ。私に言えることは、新しく生まれてくるものは、以前に見たことのあるいかなるものとも、過去のいかなる文明とも、違ったものになるだろう、ということだけだ。私は完全に新しい生活様式のことを話している。そして今、この様式を作り出してゆかねばならないのは、神への合一の知恵を持った人々なのだ。来たるべき時代へ生命と秩序を吹きこむのは、真の知恵に基づいて決定を下すことができる人々なのだ。

しかし、今はこれで十分としよう。しばらく休憩して休もう。今晩は君の最後の晩だから、特別のディナーをレストランに予約してある。食事のあとでまた話そう。しばらく浜辺に行ってみてはどうかね？　海の水はまだ冷たいが、砂は十分に暖かくなっている。休憩の時間を楽しみたまえ」

　彼は家の方にゆっくりと歩いて行った。そして、途中で、中庭の真ん中にあった花の香りをかぐために、足を止めてかがみこんだ。私はとても孤独で、悲しかった。ハミッドが私に与えてくれた知識と体験は、何世紀もの間、伝えられるのを待っていたのだ。そしてその知恵を持ったものは、それを次の人々に伝えた時に初めて自由になれる、と私は思った。ハミッドを怖れる気持ちはすでに消えていた。ただ、彼が私に教えようとしていることをすべて、理解したいと心の底から感じていた。

　私は彼と共にすごした日々を思い出していた。そして、彼が言ったすべてのこと、そこで起こったすべてのできごとを思い出そうとした。この旅は私を中心へと運び、それからすぐにまた、外側へと運び始める一つのらせんのようなものに思えた。そして、その途中では、いくつもの衝撃が与えられて、それが次の段階へと進むことを可能にしたのだった。中心に達した時には、思い込みも概念もすでに残っていなかった。そこには、自分が初めにいた場所へと外側に向かって戻ってゆく必要があるだけだった。

　すべての形を越え、すべてのドグマや宗教的偏狭さを越え、すべての思い込みを越えた場所は、私にとって、メブラーナ・ジャラールッディーン・ルーミーによって代表されていた。なぜならば、絶対的愛そのものの体験こそが、すべての概念や、形式を取り除いたからだった。一つだけ、私にとって確かなことがあった。互いに助けあうためには、私たちは自分が誰であるかを知らなければならない。そして、自分が誰であるかを知るためには、私たちは他の何よりも神を愛し、最終的には神しかいないということを悟る必要があるのだ。このような道によってのみ、私たちは真に奉仕することができるのであった。

太陽が沈んでから、私は浜辺を歩いて家に戻った。明日、私はロンドンへと向かい、イギリスの春の冷たい雨と直面しなければならないのだ。ある意味で、私は怖がっていた。私は生まれたばかりの赤子が、火にさらされて焼かれ、新しい皮膚ができるのを待っているように無防備だった。しかし、それはやりがいのある冒険だった。私は自分の内に力が湧きあがってくるのを感じた。それは、自分が学んだことを、普通の生活に生かしたいという私の望みから生ずる必然的な変化の過程を、助けてくれる力だった。

浜辺から戻ってくると、家の前に見慣れない車が止まっていた。それはマイクロバスだった。ハミッドと二人きりでいるのに慣れ切っていたので、他の人たちがいると知ったとたん、私は嫉妬のまじった怒りを感じた。自分を取り戻すために立ち止まった時、このバスは、ここに学びに来るとハミッドが言っていた人々のものに違いないと気づいた。なぜ自分はこうも独占欲が強いのだろうか？　彼が教えてくれた知識を、できる限り沢山の人々に伝えたいと思っていたのではなかったのか？

その時やっと、自分と真実の間に立ちふさがっているすべてのものとの戦いは常に自分の内に存在していること、真実から自分を切り離そうとするものと、毎日戦わなければならないことを、知ったのだった。

「ああ君か！」私が部屋に入ってゆくと、ハミッドが楽しげに声をかけた。「びっくりしただろう？　この人たちが、さっき私が言っていた人たちだ。はるばるインドからアフガニスタンを通って、車でやってきたのだ。思ったよりもずっと短い時間しかかからなかったので、今、ここに着いたのだ。さあ入りなさい。紹介しよう」

私は一人ひとりに紹介された。彼らは全部で五人で、男二人に女三人だった。そのうちの一人がロンドンで例の娘を知っており、彼女がハミッドのところに来てからも、ずっと連絡を取っていたのだった。

「今、ちょうど君のことを話していたところだ。みんな興味津々（しんしん）のようだよ」ハミッドは椅子（いす）の背によりかかって笑った。その朝、彼が私に教えていた時の切迫感はすでになかった。彼は昔の彼、ロンドンで私が知っていたハミッドだった。私は無言で彼に助けを求めた。この人々に出会ったショックと、もうあと少ししか時間がないのに、ハミッドとはまだ沢山のことを話さなければならないという現実に、耐えられそうになかったからだ。

私の無言の祈りに答えるかのように彼が言った。「みんなここに集まったというわけだ。すばらしいではないか。良き主人は、どうすれば一番良いか知っていると言われている。だから、今晩は祝いの席を設けるとしよう」

彼はいたずらっぽい目つきで私の方を見た。「この人は明日イギリスに帰り、君たちは旅を始める。そして、時は進んでゆく。一人来ては去り、またもう一人がやって来る。そして、いつか彼も去ってゆく。しかし、やって来ては去ってゆくのは、実は神、唯一(ゆいいつ)の神なのだ。

今から君たちの眠る場所の手配をしなければならない。そのあと、夕食に出かけよう。レストランには、三人ではなく、八人行くと連絡しておこう。彼らはきっと大喜びするだろうな」

ディナーの席で再び一緒になった時、インドからアフガニスタンを抜けた彼らの旅の冒険の話を私は聞いた。しかし、私には自分の体験を彼らに話すことはとうていできなかった。私たちは全員、新しい段階に入ろうとしていた。しかし、私はイギリスへ戻るところであり、彼らはこれからトルコに滞在するところだった。みんな、ちょうど私がそうであったように、希望にあふれ、熱心だった。そして、ダルウィーシュやハミッドから何か学べると感じていた。また、それぞれに理由は違っていたが、彼らがここで発見したいと考えていることは、私の考えていたこととよく似ていた。気がつくと、私はほとんど何も言えずに、おとなしくしているだけだった。この人々は、まだ質問するということを学んでいないことに私は気がついた。質問しなければ答えは得られないのだ。ハミッドの教えを思い出しながら、私は自分の前で一瞬ごとにものごとが展開してゆくのにまかせようとした。そして、その一瞬が何であるか、自分の思い込みや意見で判断しないようにした。すべては、まさにあるがままであり、またあるべき姿なのであった。

ハミッドが例の娘を連れて現れた時、ジグソーパズルの絵が完成した。その夜は、彼女はきちんと装っていた。髪もきれいにとかされていた。そして彼女の目には何か変化が見られた。絶望感が消えていたのだ。そしてさらに、彼女の手首には、あの青い毛糸は巻きついていなかった。それはきれいにまとまった毛糸玉になって、彼女の左手にしっかりと握られていた。

彼女は全員と握手をした。それから、ハミッドは彼女を私のところに連れてきた。「さて」と、私たち二人を見ながらハミッドが言った。彼女は私の前で立ち止まった。そのくちびるにかすかな笑みが浮かんでいた。「さてと」とハミッドはもう一度言った。助けを求めるようにハミッドを見上げて、彼女はためらっていた。しかし、ハミッドは彼女の腕を取って、にこにこしながらそこに立っているだけだった。部屋の中はしーんとした。そして緊張感がみなぎっていた。彼女はゆっくりとハミッドのそばを離れると、私の方に一歩近づいた。二人の間はほとんどへだたりがないほどに近づいた。彼女の呼吸は荒く、今にも泣きだすのではないかと思うほどだった。私の目をじっと見つめたまま、彼女は手をのばすと、例の毛糸の玉を私に渡した。

ハミッドは私たちを抱きしめた。二人ともほっとして泣いていた。やがて、ハミッドは彼女の手を取って、今日着いたばかりの人たちの方へ連れて行った。「彼女の世話をよく見てやって下さい」と彼は言うと、私の方を振り向いて笑った。そして「さあ食事にしよう」と言った。

その晩、私たちは実によく食べた。木の焼きぐしにさして炭火で焼いた取りたてのいわしに、オリーブオイルにつけこんだタコがあった。また香料を利かせた、ピリッと辛い小さなミートボールや、中につめ物を入れたトマトやなす、そしてナッツやハーブ入りのごはんなどだった。そして、メインディッシュに、ハミッドは前の晩にとれた大きな魚を注文してあった。大きな皿に載せて出されたその魚は、バターとローズマリーを塗って、皮がパリパリになるように焼いてあり、レモンときゅうりでまわりが飾られていた。

早出の漁師たちが、その晩の仕事に使うために船のランプを灯していた。その光は、狭い甲板の上に広げられた網を照らし出していた。出航の仕度をしながら、歌を歌っている者もいた。空には星がきらめいていた。

「さあ」とハミッドが私を見て言った。「君に一つ仕事が残っている。この人たちに、君のやってきた巡礼の旅や、これまで学んできたことを、話してあげなさい。今では人生はことさら特別なものではないと、君にはよくわかっているだろうね」

その時、その人たちに何を話したのか、今ではさだかではない。しかし、神に仕えるとはどういうことか、そして真実の世界は何かについて話したことを覚えている。つまり、万物の秩序、純粋の光の世界について話したと思う。そしてこの光の世界は、この相対的な世界に実現化される時を待っているのだが、私たち一人ひとりが目覚め、意識的な人間となって真理を知った時、初めて実現するものであることも説明した。さらに、この道に関するすべての予見や予想、そして自分が望んでいると思いこんでいるものを全部手離すこと、ジクルと神を忘れないこと、デデのこと、そして、ついにメブラーナのもとにたどり着いた時のことなどを話した。しかし、彼らを一番感動させたのは、私の話ではなく、しゃべっている時に私が感じたことであり、体験したことであるように思えた。「心の言葉とは、愛の言葉なのです」と私は彼らに語った。

ちょうど、私があまりにも真剣になりかけた時、ロマの一団が到着した。認識という考え方について詳しく話し始めようとした時、ピストルの発射音と、それに続く叫び声が私の話を中断した。広場に十人ほどのロマの一団がやって来たのだ。その中の一人が小さなピストルを手に持って、空に向かって発射していた。他の者たちはタンバリンを打ちならし、別の一人はバイオリンの調子を合わせていた。

レストランの主人があわてて外に飛び出して行った。彼は肩ごしに私たちの方を見ながら叫んだ。私はハミッドと娘の向かい側にすわっていた。ハミッドはやさしく私を見つめていた。そして、私はコンヤで感じたものと同じ愛をその時感じた。他の人々は、テーブルを動かして場所を作ると、ロマの音楽に合わせて踊り始めた。

「さあ、ダンスを踊ろう」とハミッドが言った。「明日、君は出発する。しかし、その前に二人でゆっくり話そう。もう一つ、我々が越えなければならない障壁(バリア)がある。君が新しい生き方へ自由にはばたくための、最後の障壁だ。しかし、今は踊ろう」

「最後に一つだけ聞きたいのです。ハミッド」と私は言った。「ロンドンで見たあの玉子のことです」

「何のことだっけ？」とダンスを見ながらハミッドが無邪気に言った。

「現象にとらわれてはいけない。こうしたことは必要がない、とあなたは言ったのに、なぜ、あの男の額の上で、玉子を割ったのですか？」

彼は私に顔を近づけた。「あの件は、病人のためだけではなかったのだ」と彼は言った。「君のためでもあったのだよ。覚えておきなさい。私は何が人を魅きつけるか、知っているのだ」

エピローグ

愛に理由はいらない。
愛だけで真実を示し、愛する者となれる。
神を告げる者の道は真理の道、
もし生きたければ、愛に死ね、
愛に死ね。もし、生きながらえたいのなら。

メブラーナ・ジャラールッディーン・ルーミー

神の命を遂行するために、
彼はこの世を捨てた。
それは自分の欲のためでもなく、
自分の衝動に駆りたてられていたからでもなかった。
しかし、その時、神は命じた。
世界に向けて語り、
世界と接触を保つようにと。
なぜならば、人の中には、捨てることもできず、
他人のためのものではない部分が、
存在しているからだ。

アブドル・カディール・ジラニ

ハミッドは私にオリーブの木の下にすわるように言った。その木は、海へと続いている昔の干上がった川床の脇にあった。その日は朝から暑かった。私たちは早朝、海辺に行く前に中庭で一緒にすごした。今は午後のそよ風が吹いて、乾いた葉っぱがさらさらと音をたて、足元で小さなつむじ風となって、黄色い砂のうずを作っていた。蟬が鳴いていた。そのジージーという音は、私にエフェソスの近くのあの丘を思い出させた。川床の曲がりぐあいで、海辺のどのあたりが湾になっているのか、わかった。ちょうど湾となっているあたりで、彼女は他の人たちと一緒に、太陽の下に寝そべっていた。ハミッドと私は、浜辺からここまで歩いてきたのだった。私がロンドンへ帰る前に、二人だけで話したかったからだ。私たちはほとんど話をしなかった。午後の乾いてのんびりした音だけで十分だった。やがてハミッドが私の方を向いて言った。

「もう一つ、君に伝えておきたいレッスンがある」と彼は言った。「ある意味では、これはすべてのうちで最も大切なことだ。これから私が話すことはすでに君は知っていることだ。そうでなければ、私は話さないだろう」

突然、彼の態度が変わった。もう一度、彼は先生となり、私は生徒となった。「まっすぐに背をのばし、そこにすわりなさい」と彼は命じた。「エネルギーが自由に流れるように、背をまっすぐにするのだ。エネルギーの流れが良くないと、君はほんの部分的にしか理解できない。言葉それ自体は真実をおおい隠すヴェイルにすぎない。油断をすれば、君の行うことはすべて、君を再び神から切り離してしまうだろう。理解は五感から来るものではない。理解は神によってもたらされる。知識が溢れたものが、恵みとして与えられるのだ。我々はその恵みが与えられる時のために、準備をしておかなければならない。

今日、我々は二人で、〝完全なる人間〟に会いに行く。彼はマスターであり、神を完全に愛するようになったために、神性が、彼を通していかなるヴェイルも介在させずに直接、この世界へと注ぎこまれている。今までの我々の話と実習では、この旅の準備として、君自身をみがくために必要なことだけを行ってきた。今日はこれから先の修業を、少し味わってもらう。

じっと静かにして、ゆったりと呼吸をしなさい。自分のまわりにある空気の中から、できるだけ質のよい空気を選んで吸い込むのだ。そして、体の中に深く深く吸い込み、しばらくそのまま息を止めてから、それを光として、体の中心から周囲へ放射しなさい。では目を閉じて、外の世界から意識を離しなさい。

これから行うイニシエーションは危険を伴っている。途中にはいくつもの落とし穴が待っている。だから、私を絶対的に信頼しなければならない。君の信頼が足りなかったり、勇気を失ったりすると、私は君を助けることができず、二人とも目的にたどりつけないことになる。私の言葉をよく聞き、言われたことをすぐ行うことが非常に大切なのだ。躊躇してはならない。ひるんではならない。そして信頼するということを心に銘じなさい」

一体、何回ハミッドは私にこの同じ言葉を言っただろうか？　一度、信頼とは何かわかったと思っても、またすぐに試練が始まって、信頼し損ない、失敗の意味を知ったのだった。絶対的に信頼するためには、徹底的な服従と勇気が必要だった。

「谷間の道を歩いている自分を想像しなさい。目の前には山が見えている。その頂上の近くに、ほら穴の外にすわって、完全なるマスターが君を待っている。道を歩きながら、一歩歩むごとに、足の下の地面を意識しなさい。地面は暖かい。靴を脱げば、もっとよくそれを感じることができる。両側にある深い草むらに気づきなさい。野の花の蜜を吸っている蝶も見えるだろう。そして虫の音は？　すべてを注意深く見るのだ。歩きながら、何に気がついたかね？　さて、山に向かって、道が上り坂になってきた。急な上り坂だ。いよいよ谷間を離れて山を登り始めなければならない」

谷間を離れると共に、私は周囲の変化に気がついた。感じが違ったのだ。私のまわりは全部、光に達しようとして空に向かってのびている松の木だった。森の中は暗く、太陽の光は、完全に木にふさがれて、地上にはとどいていなかった。聞こえる音は、梢の葉ずれの音だけだった。一瞬、恐怖を感じたが、ハミッドの声がすぐに聞こえた。

「歩き続けなさい。まだずっと先に行くのだ。もううしろを振り返ってはいけない」

私は道を登って行った。しばらくすると、左手に水音が聞こえた。その方向に向かうと、巨大な灰色の石の上を流れ落ちてゆくいくつかの滝に行きあたった。その底には渦を巻いている池があった。それはあらゆるものを渦巻きの中に引きずり込んだあと、また、きらきらと光っている流れの中へ押しもどしていた。そして、その流れは岩の間をかけ下って、さらに大小様々な渦を形作っていた。私はしばらくそこにすわって、水をながめ、水の音を聞いていた。その時、突然、私は水が生きていることに気がついた。泡の中の一つひとつの泡粒は、破裂しながら精妙な美しさを放っていた。流れの一つひとつ、渦の一つひとつが、「見て。私が誰かわかる？　私の声が聞こえる？」と呼びかけていた。水が私を観察しているのだ。私が水を見ているのではなく、水には私が見えるのだとわかった時、私はそれが何か、何を言っているのか理解したのだった。今まで、水や土などの元素に私を見させることを決して許さずに、ただ一方的に彼らを見て人生を過ごすことがどうしてできたのか、不思議だった。

ハミッドの声がまた聞こえた。「君が今見ているものは、君を迷わせるものだ。自分の中に君を引きずり込みたいと思っているからだ。エネルギーが持つある側面を理解し、最終的には、それらを支配する力を得るために、ただ見ていなさい。それだけだ。さあ深く息を吸うのだ。水によって自分が純化されてゆくのを感じなさい。浄化されなさい。そして、先へと進むのだ」

一瞬、私の意識は浜辺へと戻った。水の砕け散る音から、私は入江に押しよせる波を思い出した。彼女は今、友だちと一緒にそこに横になっているだろう。その肌は砂の色と同じ色だった。それとも、ずっと向こうの岩のそばで泳いでいるのかもしれない。

私はそれまですわっていたところから立ち上がると、また、歩き続けた。空気は軽くなり、小道や木の下には太陽の光がチラチラと踊っていた。水はかなり少なくなっていた。間もなく森林が限界線を越えて、岩山になるだろう。

「よろしい。木の間を通して、太陽が見えた。そして、水に反射する陽の光も見えた。さあ、今度は最後の木々の間をあとにしたら、君の胸の上に、太陽の光を感じて欲しい。生まれて初めて、あるいはこれが一生で最後であるかのように、太陽を感じるのだ。早朝の太陽だ。それは君の体全体を暖めている。胸の中心から血管を通って広がってゆく。腕に伝わり、脚を下へとさがってゆき、今度は背中を上へと頭まで上がってゆく。君の体中が暖かくなってゆく。これは、純粋な光だけを残すために、不純物を焼き尽くす火なのだ。太陽の炎で純化されている自分を感じなさい」

太陽の光の暖かさにうっとりとしていると、太陽もまた意識と声を持っていることに気がついた。土や水のものとは違っていたが、太陽もまた、私に語りかけ、私を同化させようとしていた。そしてすぐ様、「なぜ先に行くの？」「これ以上、あなたは一体何が欲しいの？」「私たちは、また一つになるのだよ」と呼びかけるような声というか、音が聞こえた。

私の体全体が熱くなり、今まで体験したことのないようなあこがれが、湧き上がってくるのを感じた。あたかも、何か巨大な力が呼びさまされて、私をその中に引っ張りこんでゆくかのようだった。その時、ハミッドが私の袖をぐいと引っ張ったのに気がついた。「目を覚ますのだ。しっかりしろ。これは君が探しに来たものではない。君がこうしたものを見せられているのは、四つの元素に気がついて、自然界のこうした元素と君自身に対する支配力を得るためだけなのだ。

私の手につかまりなさい。もっと先に行かなければならないのだから」

私たちは二人で前に進んだ。遠くの方で、さきほどの声がまだ私に訴えかけていたが、私の自信が戻り始めると共に、その魅力もうすれていった。

「我々は最後の元素、空気という元素にこれから出会う。絶対に油断してはいけない。すべての元素の中で、空気は一番強力だからだ。古代文明においては、この力はしばしば、それ自体の法則と秘儀を持つ神としてあがめられていた。今、君は試練に出会うだろう。しかし、私がここにガイド役としてついている。信頼だけは忘れるな、そうすれば大丈夫だ。

では、自分が岩の上にとまっているわしだと想像しなさい。さあ行くのだ。朝の空気の中で、翼を広げているわしになったように、手足の力をぬいて自由にしなさい。両腕を少し広げて、腕と体の間を通り抜けてゆく風を感じなさい。そして両足を少しふんばろう。空気を大きく吸い込んで、これまでの呼吸とはまったく違うように呼吸するのだ。風と自分がひとつになるのだ。風の吸う息となるのだ。風が体の中を吹きぬけてゆくのを感じるのだ。筋肉やすじの間、血管の中を、そして一つひとつの原子の間を……」

　私は体をゆったりとさせ、岩の上にとまったわしになるとはどんな感じか、想像しようとした。私は力を感じた。きっと風に乗って空中に舞い上がれるに違いない。空気が私を通り抜けて、分子から原子を分離し、筋肉やすじの中を通り抜けてゆくのを感じた。もはや私は呼吸をしていなかった。私が空気となって呼吸されていたのだ！　同時に目まいが襲い、何者かが私を山から引き離そうとしていることに気がついた。油断すまいと必死に努力したが、深い眠りに落ちこみそうになる自分を止めることができなかった。ずっと遠くの方からハミッドの声が聞こえたが、彼の言葉は私に押しよせてくる空気の音によって、かき消されてしまった。今、すべてをゆだね、風に身をまかせるのは簡単だろう。それでいいのだ。とても簡単なことなのだ。私はいつも大空に飛んで行きたいと思っていた。地上や海から離れて、上昇気流に乗って、風の中を高く高く舞い昇ってゆきたかった。もうこれ以上、先にゆく必要はない……。

　その瞬間、叫び声やいろいろな声がして、私はぎくっとした。誰かが私をゆさぶった。

「眠ってはいけない。目を覚ましていないとだめだ。目を覚ませ！　目を覚ますのだ！　風は君を岩の上から引きずり落とそうとしている。今眠るために、こんなに遠くまで来たわけではない。目を覚ませ！」

　残っている力を振りしぼって、私は目を覚まそうともがいた。風はまだ私の中を吹き荒れていたが、私は少しずつ、自分のまわりにある物が見えるようになった。

「信頼しなさい。自分の持っているすべてのものにしがみつくのだ。お前を認めはするが、いつか自分はお前の主人となるぞと、風に示してやるのだ。そうすれば風は君の友だちになるだろう」

私は岩から降りて道に戻った。

「さあ、君はやっと四つの元素を通りぬけた。ここからは一人で行かなければならない。君の前方にあるあの岩山の上に、君がはるばる会いに来た人がいる」

私は、その人に会いに来たことを、ほとんど忘れかけていた。地上での真理の代表者であるマスターが、そこにいるのだ。だが、その真理とは何なのだろうか？　空気と火の元素と水と土の力以上に美しく、力のあるものはあり得ないのに。

「先へ行くのだ。行きなさい。私はかつてそこに行ったことがある。今の私の仕事は、以前の君のように準備をしている他の者たちを導くことなのだ。注意深く、そして謙虚な気持ちで行くのだ。彼は君を待っている。彼を見つけたら、彼の前、二―四メートルの所にすわるのだ。私はここに残る。しかし、君が彼のところにたどり着いた時には、君に指示を与える私の声が聞こえるだろう。そうしたら、私が言うとおりにするのだ。恐れてはならない」

彼はそこで足を止め、私は一人で進んで行った。最後の上りはけわしく大変だった。私は恐怖を感じた。それはもはや死の恐怖でも失敗の恐怖でもなく、あらゆる現象を越え、時空を越えた所にあるものへの恐怖だった。

私は岩山をまわりこんで上って行った。足がすべるので、最後の数メートルは両手を使って体を引っ張りあげた。岩を踏む私の足音が唯一の音だった。口がカラカラに乾いていた。岩山の反対側は狭いさけ目になっており、その隙間を上がってゆかなければならなかった。自分のあらゆる部分で注意をおこたらないように努力した。彼がそこにいるのを知っていたからだ。けわしい岩肌に両手をつき、両肩を両側の岩につっ張りながら、私は体を引っ張りあげた。と突然、私は彼の前にいた！　一瞬、私は恐ろしくて前に進むことも彼を見ることもできなかった。しかし、ハミッドの声が聞こえた。「前に進みなさい。私の言うとおりにするのだ。彼の前、二―四メートル離れた所にすわりなさい。大丈夫だから」

私はすわった。そして、長いこと目をあげることができなかった。涙が頰をつたって流れ落ちた。それは、苦しみの涙でも、悲しみの涙でもなかった。それは絶対的な喜びと感謝の涙だった。私は見あげた。多くの顔である一つの顔を見ているように感じた。あらゆるものがその顔のまわりに渦巻いていた。しかも、その顔自体はじっと静かなままだった。彼は私を見てにっこりとほほえんだ。すると私の恐怖は消え去った。そこにあるものは、これまでのすべてと、これからのすべてを内包したその一瞬だけだった。

「我々のマスターから君に注がれている完全なる愛を感じなさい。すべての幻想を打ち破る愛、無条件の愛、すべてをいやし、救済する愛だ。そこにいるのは、マスターと君。そして、君のすべてを満たすために、彼を通して現れている絶対的な愛があるだけだ」

私の心が、この言葉に開かれたのを感じた。それまでは愛が音を持っているとは知らなかった。しかし、私を圧倒したのは愛の音だった。それは地上のいかなる音のようでもなく、しかもすべての音を含んでいた。何ものもその力に抵抗することはできなかった。私の全存在が震動し、中心から回転して広がってゆくその音に共鳴していた。あらゆるものが音だった。それは回転し、円周移動し、惑星をその軌道上に動かし、すべての分子や原子の中に浸透していた。自分だと思っていたものはその中で死に、その中で溺(おぼ)れ、そうすることによって、生命への源へと戻って、救済されたのだった。

そして再び、ハミッドの声が聞こえた。「眠ってはいけない。何をしていようと眠ってはならない。今まで以上に目覚めていなければならないのだ。君は愛の、時を越えた存在を感じることを許されたのだ。さあ、今度は、マスターから君に注がれている神の光を感じなさい」

ゆっくりと音がおさまり、純粋な輝く光が彼から私の方へと向かってくるのを感じ始めた。その光は私の全身を満たし、ますますその輝きを増した。最初、その光は色として、海辺のほたるのように一つの光に含まれるキラキラとした無数の色となって、私の方に押しよせた。一つひとつの色彩が私の方に飛んで来ては、私の中に入りこみ、私の目をくらませた。それはあまりにも美しすぎて、私はすっかり、そのとりこになってしまった。

「顔をそむけるな！」という命令が飛んだ。この言葉を聞いた時には、色彩はますます強烈になっていたが、やがて多くの色の中から、すばらしい青い光があらゆるものを照らし始めた。まるで、他のすべての色を消し去るほどに強烈な青い光の光源に、彼がなったかのようだった。太陽の金色も、明け方の黄色やピンクも赤や紫やグリーンも消えてしまった。

「顔をそむけるな」という言葉が私の心に残っていた。そして、どこからか次のような考えが浮かんできた。もし、命を捨ててもいいというほどの勇気さえあれば、色そのものを見せている色、純粋な白い光を見られるのではないかという気がしたのだ。私はこれまで長い旅をしてきた。今ならばその光を受け入れられるのではないかと思った。私の本当に欲しているのはその光であり、それ以外に欲しいものはなかった。

その思いがわかった瞬間、変化が起こり始めた。まず青色の中に、非常に明るくキラキラ光っている銀色のすじが現れた。次に青色の中から目もくらむほどの白が溢れ出した。それはすべての生命の中心から発しているように見えた。それは光よりももっと明るい光であり、この世界で見ることのできるすべての光に先行する光だった。私はその光にすべてを明け渡し、最後に残った私の過去の断片を取り去らせた。その光は何一つ残らないまでに、私を浄化した。

ハミッドの声が遠くの方から聞こえた。「この世に生まれるためには、我々を真実の世界から分離させている幾重ものヴェイルを、神の力がつらぬき通すことが必要なのだ。今、その力で君を満たしなさい」

私はじっと待った。私は起こっていることによって感覚を失っていた。その時、最初はずっと遠くの方からのように思えたが、遠くの丘から雷鳴のような響きが聞こえた。その音はやがて大音響となった。音を防ごうとして、私は両手で耳をふさいだ。その時、その音が自分の内部からもやって来ていることに気がついた。その音から逃れる術はなかったのだ。今は何よりも静けさが欲しかった。私は懇願するようにマスターを見あげたが、彼はまったく無関心で気にしている様子はなかった。強力な音は、ただ彼を通りすぎてゆくだけだった。もうこれ以上、この音には耐えられないという所まで来た時、大音響の中から、再びハミッドの落ち着いた声が聞こえた。「怖れてはならない」と彼は言った。「このチャンスを与えられる人はほとんどいない。君はただ、すべてを存在させている力に降服すればいいのだ。そうすれば君は安全なのだ」

私は再び心を開いて、すべての抵抗を手離した。音の中から世界が生まれるビジョンが現れ始めた。銀河系宇宙が生命へと発展し、光が形へと具象化してゆくビジョンだった。その時、私に対する声が聞こえた。「知り、そして理解せよ。男であれ女であれ、人間が真に降服する時、銀河系が生まれる。そして人間が真の自分自身、すなわち神を発見する時、宇宙は生命に満ちるのだ。今、お前は見た。そして見られたからには、今まで知らなかったやすらぎを感じることだろう」

ビジョンが消えてゆくと同時に、私は完璧ということをほんの少し理解したように感じた。今あること、あったこと、あるであろうことを無条件に受け入れることができた。

すべてがそこにあった。始まりも終わりもなかった。創造主と創造された者は一つだった。すべては一瞬の中にあった。すべてが彼だった。そして、それが運命の秘密だった。何一つ起こってはいなかった。なぜならば、すべてはすでにそこにあるのだから。

圧倒するようなその存在は、あらゆる理解を越えた真のやすらぎを放射していた。そこにはもう分離はなかった。彼と私は一つであり、彼から感じる平和は私の中にあり、すべては神であり、神は完全であるという理解の中にあった。もうこれ以上、なすべきことはないように思えた。ただある、ということだけしかなかった。

ずっと長い間、私は彼と向かい合って山の上にすわっていた。実は時間などなかった。地球は回転し、季節はめぐっては、また去ってゆき、男も女も生まれては死に、世界が出現し、そしてすべては私がすわっている場を通りすぎていった。あらゆる時代のマスター、聖人、預言者たちが、舞台に現れ、自分たちの物語を語ったあと、永遠の存在へと消えていった。完全なる平和の中で、すべての偉大なる教師は、その永遠なる存在からやって来ては、太陽や星や雷鳴や雨や、生まれてくる子供たちと同じように、自分の道を通りすぎてゆくのだった。その時、ハミッドの声が聞こえた。

「さあ、目を開く時が来た。しかし、しっかり心構えをしないといけない。これから見るものにショックを受けるからだ。これは二人でやってきた旅のこの段階で行われる最後のテストだ。君が克服しなければならない最後の障壁だ。

ゆっくりと、君の意識を現実の世界に戻して欲しい。自分の体を感じているかね？

それは良い。では自分の呼吸に意識を向けなさい。心臓の音を聞き、血液が血管をめぐってゆくのを感じなさい。指を少し動かして、自分の体を感じなさい。山の空気の香りを味わい、唾液の味を感じなさい……」

私は、急にひどい混乱を感じた。自分がついさっきまで体験していた真実の世界にも、谷間で後にした世界にもいなかった。ハミッドの声は聞こえたが、困ったことに、それがどこから聞こえてくるのかわからなかった。私は指を動かし、深い呼吸をしてみた。山腹にすわっている自分の体を、もっと意識しようと努力した。

「ではゆっくりと目を開きなさい」

突然、完全に一人ぼっちになるということがどういうことか、私は理解した。そこには誰もいなかったのだ！

私はもう一度目を閉じて、理解しようとした。夢を見ているのだろうか？　自分はどこにいるのだろうか？　そして、ハミッドはどこにいるのだろう？　ハミッドが「完全なる人間」と呼んでいたあのマスターはどこにいるのだろうか？　山腹のほら穴の外に、私は一人きりだった。

誰一人いなかった。彼がそこにすわっていた石さえも見えなかった。私の前にはほら穴があった。うしろには、この場所にたどりつくまでに登ってきた小道と谷間が広がっていた。しばらく、頭を動かす勇気もなかった。何が起こっているのか目で探ろうとするばかりだった。

「さあ、振り向いて、谷の方を向きなさい。早く、振り向くのだ。振り向いて！」

ゆっくりと、私はうしろを向いた。「谷の向こうを見なさい。あれが君の世界だ。この谷間には、沢山の人たちが真理を知るためにこの山に登ろうと、待っているのだ。そして今、君には最後の使命がある。この世界での献身の行為として、君は自分自身の人生を奉仕に、最終的に捧げなければならない。

山の上にマスターなどいなかった。あれは想像の遊びだったのだ。しかし、あれは事実なのだ。つまり、神を完全に愛するようになるまでは、我々は愛を知ることはできない、ということは本当なのだ。愛は君が神に降服する時、君の中にもたらされる。その時、君の中には神のみがあり、それゆえ、〝完全なる人間〟になれる可能性があるのだ。君が知る必要のあったことのすべては、今、ここに君の中にある。自分自身を捨てた時、君は永遠の中によみがえるのだ。そこでは、かつてあったもの、またはこれからあるであろうもののすべてが、死にかけている人類に生命をもたらすために、解き放たれるのを待っているのだ。これは恐ろしいほどの自由、しかも唯一の真の自由なのだ」

もう一度、私はまわりを見まわした。誰もいなかった。ほこりっぽい小道には何の動きも見えなかった。彼がすわっていた石もなかった。私は一人ぼっちだった。

私はゆっくりと静かに呼吸して、自分の呼吸を見つめていた。背中のオリーブのごつごつした幹に当たったところが痛かった。両足はしびれ、感覚がなかった。ずっと長い時間、ここにすわっていたに違いない。風景は変わりつつあった。私の目の前に広がっていた谷間は、海へと曲がりくねって下ってゆく乾きあがった川床へと姿を変えていった。オリーブ畑では蟬が鳴き、遠くの方で入江の波の音が聞こえるような気がした。

その時、腕に誰かの手を感じた。私はハミッドを見上げた。彼の目は深い愛と自信をたたえていた。彼はにっこりとほほえんだ。「おいで、ルシャッド」と彼は言った。「もう帰らなければならない。みんなが私たちを待っているから」

（完）

四十年後

自分の人生を振り返って、自分の周りに大きな地図を広げてみた時、十六世紀に生きていた私の先祖のサー・ジョン・フィールドに自分が少し似ているように感じる。彼は数学者であり、神秘家だった。また、ルネッサンスの神秘家、ジョン・ディーとは親しい友人でもあった。ジョン・ディーは一五七七年五月二八日、ウインザー城でクィーン・エリザベス一世と会見し、女王に「イギリスはスペインの新世界に対する権利主張に挑戦すべきである」と提言した。それはフランシス・ドレイクがあの画期的な世界一周旅行に出航する前夜のことであった。我が家に伝わる言い伝えによれば、ジョン・フィールドなる先祖はジョン・ディーが世界地図を作った時、それを手伝った人物だったそうだ。ドレイクは船を持っていて、彼は地図の助けを借りて、世界一周の航海を成し遂げた。彼らは互いを必要としていた。地図がなかったら、ドレイクはどこへ向かっているか、わかっただろうか？　また、もし船がなかったら、ジョン・フィールドの作った地図が正しかったと証明することはできなかっただろう。

フランシス・ドレイクは一五八〇年にイギリスに帰還した。エリザベス女王は彼にナイトの称号を与えた。それより前、ジョン・フィールドは、すでに一五五八年に天文学と数学の功績によって、ナイトの称号を授与されていた。彼はドレイクの航海で自分の役割を果たした後も、自身の先駆的な研究を亡くなるまでずっと続けたのだった。

おそらく、私はこの先祖から、放浪の旅への思いを受け継いだのだろう。私が最初に世界一周に旅立ったのは、二十一歳の誕生日を迎える前であった。その時、私はわずかな物、つまりギターと楽譜を詰め込んだバックパック一つだけを持って出かけた。実のところ、私の人生のすべての物語は旅であり、それも終わることのない旅だった。私はスーフィーの伝統にどっぷりとはまっていたが、スーフィーの一員ではない。また世界中の、その他のいかなるスピリチュアルな流派にも属したことはない。私はどんなレッテルも持ちあわせていないが、あらゆる種類の本物の探求者と旅をしている。彼らがどこの国から来た人であろうが、どんな宗教的、あるいは、どんなスピリチュアルな背景を持とうが、それは全く関係がない。そしてその旅は、私の人生が終わるまで続くだろう。

人生におけるスピリチュアルな旅は、いろいろな道をたどる可能性がある。日本人がトルコの南アナトリアのシデまで、わざわざダルウィーシュを見つけに行くことはないだろう。彼らなら、北の方に向かってモンゴリアに行き、そこでシャーマンの道を探すかもしれない。または南に向かい、オーストラリアに行って広大なスペースと遭遇するかもしれない。人生の旅に本気で取り組む探求者は、いつか究極的にそれぞれ自分の道を見つけ出すことだろう。どこかの国が他の国より格段に特別だということはない。しかし、時として、ある地域に、他の地域と比べて真のスピリチュアルな教師たちが、より多く存在するということはあり得るだろう。知識は普遍的なものである。しかし、たとえば、一般の人より賢明な人間がいて、そこに戦争が近く必ずやってくると分かったら、彼らはより安全な場所に移り住むかもしれない。それは、その時に役だつであろう以前から蓄積された知識が、より広く活用されるためだ。ジャラールッディーン・ルーミーの父親は現在ではアフガニスタンとなっているバルフ地域から、トルコのセルジューク朝時代の都コンヤに移り住んだ。それはチンギス・ハーンの軍隊が攻め込んでくる前のことだった。その事件は今から七百年以上も昔のことであるが、彼の知識は今も伝えられ続け、ルーミーは現在では最も広く知られた神秘主義の詩人であるとされている。「千マイルの旅も最初の第一歩から始まる」、このことわざは誰もがどこかで一度は見聞きしたことがあるだろう。しかしながら、最初の第一歩が何なのか、見知らぬ領域へのこの行動をとった結果はどうなったのかについては、滅多に知らされていない。おそらく、結果を知っていたら、私たちは最初の第一歩を踏み出すことはないのだろう。

多くの人がこの本でハミッドと呼ばれている私の先生が、私に対してなぜあんなにも厳しかったのかと、聞いてきたものである。その答えは、あれほど厳格な規律と体験を当時の私が必要としていたということだと思う。それは自分が望んでいる人生ではなく、現実の厳しい人生に私が直面するのを助けるためだった。私は愚かなほどの頑固者だった。最初に世界をめぐる旅に出て以来、私は多くのスピリチュアルな教師に出会っていた。しかし、先生の教えによく耳を傾けていたとは思えない。また、宇宙が常に私に向けて与えてくれたサインに対しても目を閉ざしたままだった。私は「かわいそうな私という自己憐憫症状」と一体化していた。そして、ほとんど、風船で遊んでいるハリネズミ程度の意識状態であった。私は自分にとって都合の良い真実を欲していたのだ。確かに、ハミッドから時々受けたひどい扱いを予想していなかった。そしてもしそれらについて、私がその全部を語ったとしたら、多分、あなたは第一章を読み終えることは出来なかっただろう。しかし、私は自分の導き手であり先生となったこの男性と一緒にすごした数年間に体験させられたことを、一瞬たりとも後悔したことはないのだ。

彼の本当の名前はブレント・ラウフといった。彼は生きている間は無名のままでいることを選ぶ多くのマスターたちの一人だった。しかし、彼の影響はいろいろな形で、たとえば、彼自身の本や偉大なスーフィーのマスター、イブン・アラビーの数々の作品の翻訳などを通して、世界中に広まっている。わずか十年前に、『ラスト・バリア』の出版二十五周年版によって、彼の名前が知られるようになった。今、ブレントはすでにこの世にはいないが、神との合一を知っていれば、彼との別離はありえない。ブレントは地図を知っていた。そして、その地図は私にぴったりであった。おそらく彼は、愛と思いやりと奉仕のメッセージを広めてくれるボートを必要としていたのだろう。そして、私は喜んで、その役割を果たせる探求者だ。その役は私がやりますと無条件で言えるところまで、やっと私は到達したからだ。十六世紀の私の祖先が果たした役割とは逆になったのだ。

では、真の探求者が踏まなければならないこのステップとはなんだろうか？　それは無条件降伏という一歩なのだ。もし真理を本当に知りたいと思うのであれば、遅かれ早かれ、私たちは自分が欲しいと思っている思い込みの概念をすべてあきらめなければならない。私たちが欲しいと思っているものはほとんどの場合、私たちが必要としているものではない。私たちは自分の持っている制限つきの自由という概念を、本当の自由の中にもちこむことはできない。スーフィーの言葉のように、「死ぬ前に死ぬ」ことができる時が来るまで、私たちは真実の意味を見つけることも、この地球上での自分の人生の目的に合致する方法も、知ることはできないのだ。正しい時に正しい場所にいるためには、私たちは我慢と忍耐を持つこと、そして真の自由を最終的にもたらしてくれる、永遠の探求の中で生きることが必要だ。真の自由とは、無知からの自由、愛の知識の中にある自由、命あるすべての存在のための自由だ。真理を知るためには、私たちは自分のためだけでなく、真実のために働かなくてはならないのだ。

私たちは知識を探し求めるが、知識とは単なる情報ではない。それは自分自身に関する知識だ。「自分自身を知るものは自分の神を知る」。自分と神の合一の中だけに、あらゆる疑いの影をこえたところに、唯一絶対的な存在があることを知った時、やっと私たちは自分に課されたものを学ぶことができるのだ。それしかないのだ！　真実は私たちを手招きする。しかし私たちは何ひとつ持って行くことはできない。過去に必要を満たしてくれたように見えるラベルや荷物を、少しずつ捨て去らなければならない。今まで抱え込んでいたすべての些細な考えや防衛手法も手放さなくてはならない。すると、自己の成長のためのすべてのシステムは幻想であったとわかって来る。私たちのスーツケースはどんどん軽くなってゆき、生きる指針やお守りのように見えたレッテルでさえ、最後には道路の塵となって落下してゆく。我々は遂にブレントが「People of the Way」(真理を探究する人)と呼んだものになったのだ。

インドに、ある神秘主義者たちについての有名な物語がある。彼らは旅を続ける人々で街から街を巡り、神の栄光をたたえて歌ったり、踊ったりしていた。彼らがゆく場所では人々が家々から出てきて彼らを迎えて、誰もが感じとることのできる神の臨在を分かち合った。ある日、グループのメンバーの一人が突然、亡くなってしまった。他の者たちは円陣を作って座り、亡くなった友のことを思い出して神の名前を繰り返し歌った。すると、突然、死んで天国に行ったはずの男がそこに戻って来た。そして、円陣に割込もうとした。

「お前さんは死んだはずだったじゃないか」と人々は驚いて叫んだ。

「いや、死んでいない」と彼は答えた。「自分でもやっと自由になれたと思ったのだ。俺は天国の扉を叩きに行った。しかし、彼らは俺を追い返した。だから、またこの世に戻ってきたのだ」

「でも一体、お前に何が起こったのだ?」とみんなは尋ねた。

「門番は私が何か隠し持っている、だから、天国の庭に入れるわけにはいかないと言ったのだ」

「確かに、隠し持つことは我々の修行では許されないことだ」と友人の一人が言った。

「一体、なぜお前はそんなことをしでかしたのか？　お前は何を持ち込もうとしたのだ？」ともう一人が尋ねた。

少し、沈黙があった。しばらくして、男は顔を上げると、申し訳なさそうに言った。

「俺は自分自身を持ち込もうとしていたのだ」

私はこの本の物語を書く前、ポピュラー音楽の歌手だった。ダスティ・スプリングフィールドと彼女の弟のトムとの三人組だった。グループ名は『ザ・スプリングフィールズ』といい、その時代、イギリスの最優秀ボーカルとして新人賞を取った。さらには、アメリカで「Silver Threads and Golden Needles」という曲でカントリーアンドウエスタンの部で一位を取ったこともあった。しかしそれはビートルズがまだ出て来る前の出来事だった。ビートルズがたちまち有名になった頃、私たちのグループは解散した。ダスティはソロ歌手に転向した。私は骨董商とデザイナーになり、また内面の探究にもどった。そして、チョギャム・トゥルンパ・リンポチェの指導を受けて、スコットランドのチベットセンターで多くの時間を費やした。その後、スーフィーの教えに遭遇した。ロンドンで行われたピア・ヴィラヤット・カーンの小さな講演会に行ったのがきっかけだった。その時、彼の話した講話は一言も思い出せない。しかし、彼の言葉の響きの奥にあったメッセージが私の心に伝わったのだった。次の日、私は彼に会うためにパリに飛んだ。それは私のスピリチュアルな旅の新しいサイクルの始まりだった。

その数年後、私はある骨董品店でブレントと出会った。もう何の疑いもなかった。私はこの時やっと、スピリチュアルな道を歩み出したときから、ずっと私に求められていた一歩を踏み出す用意ができていた。そのとき、私はまさに、人生の岐路に立っていた。

その出会いの物語は本書の中で明かされている。

『ラスト・バリア』とその続編である『見えない道』が出版されたあと、ルシャッドは、その後どうなったのだろうか？　と、多くの人が質問してきた。そこで過去三十五年間に起こった事を簡単に付け加えたいと思う。いつか私は詳しい自分史を書こうと計画しているが、まずは、ほとんど五十年間にわたって続けてきた旅のあとで、その旅のホコリを静める必要を感じている。

一九七〇年代の初め、私はイングランドでベシャラと呼ばれるスピリチュアルセンターを経営していた（ベシャラとは「よいニュース」という意味だが、時としてスーフィーのある一派を意味することもある）。それは田舎の真っ只中にあって、何千人という求道者が世界中から何週間か、または何ヶ月間かを過ごしにやって来ていた。今でもそこで数日を過ごしたり働いたりしたことのある人びとの間では、一種の聖地になっている。

私がシェイク・スレイマン・デデに出会ったのは、この時代だった。彼はこの本の中では単にデデと呼ばれている人物である。彼は私に、一般には旋回する僧侶たち（ダルウィーシュ）と呼ばれているメブラーナ派の僧侶の一団を西洋社会に紹介して欲しい、と頼んできた。もちろん、ブレントもその案を応援していた。デデの姓はロラスというが、彼は非常に宗教心の篤い正直な人物だった。その後、私は彼を個人的にカナダとアメリカに招待するという栄誉を得た。彼はそこで出会った全ての人びとの心に深い印象を残した。三十年たった後で、ある人が言ったように、「彼は絹のように柔らかくて美しい心の持ち主だった」。

一九七三年九月、私はブレントから別れの手紙を受け取った。その中で彼は、お前はもっと先に進み続けなければいけない、屋敷も庭園も捨てて北アメリカへ旅に出なさい、と私に伝えた。これが人生の次の片道切符になることを、私は知った。またもや私は全くどうなるか分からない未来に向かって、故郷を離れなければならないのだ。ベシャラは他の人たちに託さなければならなかった。その場所とそこで一緒に時を過ごし仕事をした人たちを、私は心から愛していた。その土地と変化する季節が大好きだった。それはつらい時期だったが、私は自分がこの仕事に「やります」と言ったことを覚えていた。そして、自分はここを出る事はできないという思いつく限りの理由を全部ブレントに言って言い訳することよりも、私の内なる声の方がずっと強い事も知っていた。そこで、私はいたように、ブレントは彼の教えを広めてくれる弟子を必要としていた。すでに書恨みもプライドもすべて飲み込んで、たった二つのスーツケースと数冊の本、そして愛用のギターを手にして出発したのだった。その時、私は三十九歳だった。

私が受け取ったブレントの最後の手紙をこのあとに書き写そうと思う。私がこの手紙をここに載せるのは、非常に多くの内なる教えが含まれているからだ。この手紙が提案しているように、私は旅の次の一歩をバンクーバーで始めたが、私に与えられた課題は長い年月にわたり、南はメキシコのテポツランからアメリカ本土とハワイへと私を連れて行った。テポツランについては、『私たちは愛されているということを知るために』という本の中で書いている。そしてまた、多くのセンターの設立にも係わって来た。しかし、どれにもベシャラという名前はあたえられていない。つまり、私は「旅する人びと」といわれる現代のスピリチュアルな放浪者の一人として、人びとに教えを与えるために、招かれるままにニューヨークからロサンジェルス、サンフランシスコへ、コロラド州のボールダーからアリゾナ州のセドナへ、さらにウェストバージニアやテキサスへと旅をした。ヨーロッパにもどる前の私の終着点は、ニューメキシコのサンタフェだった。その後ヨーロッパでは長年スイスに住んでいた。

そして今、私は八十歳になろうとしている。三人の息子たちは世界中に散らばって住んでいる。教えを続けながら、私は今、自分の愛するイングランドにひっそりと住んでいる。そしてデヴォンシャーの湿地を散策し、ダート川のほとりに腰を下ろす。時たまだが、スコットランドの東海岸にあるオークニー諸島まで北に足を伸ばしたりもする。

そこは荒れ地であり、観光客はほとんどいない。雨が多く、冷たい強い風が吹き、それでも島々は私が必要としているものを与えてくれる。それらは終わりのない旅と都会生活によって失われたり弱ったりしがちな、神が持つ真の不変の美しさに対する信頼を感じる力を、私の中によみがえらせてくれるのだ。

そして私は思う。私の人生の次の章は何をもたらしてくれるのだろうかと。ブレントからのこの手紙を読むたびに、それがこの年老いたボートの航路に新しい風を送り込んでくれることを、私は知っている。地図はこの風の中に隠されているのだ。

愛するルシャッド

さようならとは、あなたが神と共にいますように、という祈りです。

神は常にあなたと共にいますが、この言葉は、神はあなたと共にいて、しかもあなたの全ての行動を神の意志と調和させてくださっている事に気づく必要を、あなたに思い出させるためのものです。別の言い方をすれば、全ての個人的な思い、欲望、行動が神の計画に沿ったものであるように、神の意志に自分を託す事を忘れないためのものです。

ベシャラを創設することは、神の計画の一部です。そして常にそのことを忘れなければ、神はあなたの仕事を容易にしてくださることでしょう。あなたは神のために神の仕事を行うように選ばれているのです。確かにこれはあなたに与えられた素晴らしい仕事です。この点であなたが感謝しなければならないことは、自分の個人的な関心は神の関心の二の次でしかないこと、自分の個人的な選択は神の選択にそったものであること、そして自分の個人的な衝動は神の衝動と完全に調和していることを、あなたが気づいているということです。そして、そうであれば、完全なる成功と勝利はあなたのものなのです。

全ての完璧（かんぺき）な成功がそうであるように、あなたの成功も神のためになり、あなたのためになり、そしてバンクーバーのためになるでしょう。バンクーバーとカナダの人びとに、神の完璧な写し絵である人間は神と永遠に繋（つな）がっていること、自分たちが神の写し絵であるという事実を知ること、そして彼らは好き勝手に気ままに動くロボットになるようには、創られてはいないことを教えなさい。わたしたちは指導者もなく無責任な存在ではありません。そして、自分ではコントロールできない自分自身の行動の結果として、運命の波に翻弄（ほんろう）されるままになってしまうようには、創られていないのです。ラルフ・ワルド・エマーソンがいうように「運命に裏切られて苦しむものは、なんと悲しいこと」でしょうか？

しかし人類はこの潮の満ち引きのような宿命を、生まれながらの権利として、また見返りに何の義務も必要としない自己満足のチャンスとして、受け入れています。人びとは全ての権利は義務と一対であることを忘れているのです。この人間であることに本来的に付随している義務に気づかせることが、あなたの仕事です。これは困難な仕事です。必然的に愛へと導く確かな知識によってのみ、成し遂げることが出来る仕事なのですから。

自分自身を知ることこそ、神を知ることです。人間は神の写し絵だからです。なぜならば、神とその写し絵である人間を一体化することこそが仕事の目的だからです。そしてその完全なる達成は愛の中でのみ可能なのです。もし、誰かが何らかの不安や条件、偏見、自己中心的で自己防衛的なずるさや偏狭さを持ってあなたの所にやって来た場合は、「私の所ではなくて、あなたの独善的な態度を満足させてくれるような、あなたにふさわしい制限的な形式や教義を探しなさい」、とその人に言ったほうが良いでしょう。なぜならば、私たちの道はそれとは全く逆だからです。私たちは自分が培ってきた自我を捨て去って、普遍の真理に置き換えるからです。そしてあなたの真理とは、私たちの真我の基盤です。そしてあなたと共にこの道を私たちは歩いてきて、普遍的な真理と再結合すること以外の方法では、自分自身が決して満足し、満たされることはないと知ったからです。

もし、彼らがこの喜びや悟りに自分自身を捧げたいと望むならば、彼らが神の許へ行くように導きなさい。そして、これこそ私が今あなたに祝福を与え、さようならを言う理由です。私たち全体の一部が、あなたの行く所にはどこへでも一緒に行くということを知りなさい。そしてあなたの仕事の成功を私たちは祈っています。神と私たちの愛は常にあなたと共にあります。神とその絶対的な慈愛があなたを祝福し、あなたの仕事を容易にし、あなたを守りますように。神があなたと共にいますように。

ブレント・ラウフ
一九七三年九月一九日

私はブレントが一九八七年に亡くなる前に、あと二回だけ彼に会った。彼はスコットランドに葬られている。

ルシャッド・フィールド
デボンシャー、イングランド、二〇一一年

訳者あとがき

私達は意識するしないにかかわらず、誰もが「見えない道」を旅しているのではないでしょうか。そしてその途上に、必要な時に必要な出会いが用意されています。ある日、ルシャッドがハミッドに出会い、トルコまで出かけてしまったのも、神によって定められていた「見えない道」の一つの道程だったのでしょう。私達がこの本に出会ったのも、すでに定められた道の一部だったのでしょうか。

一九九四年、私達は北スコットランドにあるフィンドホーン共同体を訪れました。そこにある本屋さんに行った時、スーフィー関係の書物のある書棚がありました。なぜかその頃、スーフィーという言葉に魅かれていた私達は、そこに並んでいる数冊の本をじっくり見ました。その中から読みやすそうに思えて選んだ本が、ルシャッド・フィールドの「Invisible Way」（見えない道）という本でした。作者がどんな人なのか、スーフィーというイスラム神秘主義が何なのかも、実はまったく知りませんでした。

一週間、フィンドホーンですごしたあと、紘矢はそこで一週間のセミナーに参加し、亜希子はスコットランド西岸のエレイド島にある、フィンドホーンの姉妹共同体に行きました。住人と訪問者合わせて十数人の小さな共同体でした。ある日、エレイド島のすぐ近くにあるアイオナ島に遊びに行きました。アイオナ島は、スコットランドにキリスト教を伝えたアイルランドの聖人、聖コロンバゆかりの聖地です。そこへ行くフェリーの中で、エレイド島に滞在していたオランダ人の若い女性と話している内に、彼女が一番感激した本としてあげたのが、ルシャッド・フィールドの「ラスト・バリア」でした。ルシャッド・フィールドと彼女が言った時、最初、亜希子は「何か聞いたことのある名前」と思い、そしてすぐに、フィンドホーンで買った本を思い出したのでした。ルシャッドの名前はこの同時性によって、亜希子の心に深く刻まれ、その後すぐに、この「ラスト・バリア」も手に入れたのでした。

本書が最初にイギリスで出版されたのは一九七六年です。すでにイギリスに於ては、ニューエイジ関係の本の古典となっていて、一九九三年には英国のエレメント社から、エレメント・クラシック・エディション、つまり古典文庫の一冊として再出版されています。すでに出版されて二十年以上たっていますが、人間が自分の魂に目覚め、本来の存在に戻ってゆくための道程を描いた作品として、いつまでも新鮮さを失わず、私達の胸に深く訴えてくる作品だと思います。

この本はルシャッドの霊性への旅を描いた自伝的色彩の濃い作品ですが、その後、彼は前出の「Invisible Way」と「Going Home」という二つの作品を発表し、「ラスト・バリア」と合わせて彼の三部作としています。その他にも、評論や各地での講演をまとめたものなど、著作は十三冊に及んでいます。
ルシャッド・フィールドはイギリスに生まれ、歌手、骨董品商、株の仲介人などをしていましたが、やがて、スーフィーに興味を持ち始めてスピリテュアルな世界へと、目を開かれてゆきました。その後、世界各国を旅してさらに多くの学びと体験を経てから、スイス、アメリカ、カナダなどでスピリテュアルな学校を運営し、人々を教えています。現在はスイスに住んでいるとのことです。

本書はイスラム教の神秘主義スーフィーを通して、主人公が自己を見つめ、自分を束縛し制限している思い込みや感情から自由になって、神と自らの関係を知り始めるまでの物語です。日本では、イスラム教は非常になじみが薄く、しかも誤って伝えられている宗教です。スーフィーはいわば、イスラムの密教であり、形式や規範よりも、神と人との関係をあくまでも追求する人々、又は教団を指しています。スンニ派、シーア派といったいわゆるイスラム教とは一線を画しており、イスラムの言葉とマホメットの預言を基本にしているとは言え、宗教的ドグマには縛られずに、あくまで一人ひとりの内なる自由を目指しています。本来は師から弟子へと伝承されていく方法が取られていましたが、やがてそれが教団化され、アラブ世界にはいくつものスーフィー教団が形成されました。現在まで続いていない教団も多い中で、本書に出てくるメブラーナ・ジャラールッディーン・ルーミーを始祖とするメウレヴィー教団は、発祥の地トルコのコンヤを中心に、現在も活動を続けています。ルーミー（一二〇七―一二七三）はイスラム神秘主義の最高の詩人と言われていますが、彼の詩は最近、アメリカなどでしきりと英訳され、多くの人々に深い感銘を与えています。

また、本書にはダルウィーシュと呼ばれる人々のことが何回も出てきますが、ダルウィーシュとはペルシャ語で貧しい人、乞食、托鉢僧という意味です。スーフィーでは教団の正式メンバー、つまり修業僧のことを意味しています。入門儀式（イニシエーション）、教義問答などの修業を経て、スーフィーの秘儀を伝授された者というわけです。

また、ジクルという修業方法を主人公が教えられるシーンも出てきます。ジクルとは、一切の雑念を排して、ただひたすら神の名（アッラー）を唱えて、神に思いを集中する行（ぎょう）です。声に出すこともあれば、心の中で唱えることもあり、唱える言葉は各教団によって異なっているとのことです。これは仏教で言えば、お経や念仏を唱えることに似ていると言えるでしょう。

スーフィーについて、さらに興味のある方は、R・A・ニュルソン著、中村廣治郎訳『イスラムの神秘主義』（平凡社刊）を参考にされるといいと思います。

最後に、この本を翻訳するにあたって、貴重な助言を下さった角川書店の郡司聡さんに、心から感謝いたします。

一九九七年八月

山川　紘矢
山川亜希子

本書は、一九九七年九月に小社より刊行された単行本を加筆修正のうえ、新たに「四十年後」の章を加え、文庫化したものです。

ラスト・バリア

スーフィーの教え

ルシャッド・フィールド　山川紘矢＋山川亜希子＝訳

令和6年 2月25日　初版発行

発行者●山下直久

発行●株式会社KADOKAWA
〒102-8177　東京都千代田区富士見2-13-3
電話　0570-002-301（ナビダイヤル）

角川文庫 24046

印刷所●株式会社暁印刷
製本所●本間製本株式会社

表紙画●和田三造

●お問い合わせ
https://www.kadokawa.co.jp/（「お問い合わせ」へお進みください）
※内容によっては、お答えできない場合があります。
※サポートは日本国内のみとさせていただきます。
※Japanese text only

ISBN 978-4-04-114473-2　C0198

◇◇◇

角川文庫発刊に際して

角川源義

第二次世界大戦の敗北は、軍事力の敗北であった以上に、私たちの若い文化力の敗退であった。私たちの文化が戦争に対して如何に無力であり、単なるあだ花に過ぎなかったかを、私たちは身を以て体験し痛感した。西洋近代文化の摂取にとって、明治以後八十年の歳月は決して短かすぎたとは言えない。にもかかわらず、近代文化の伝統を確立し、自由な批判と柔軟な良識に富む文化層として自らを形成することに私たちは失敗して来た。そしてこれは、各層への文化の普及滲透を任務とする出版人の責任でもあった。

一九四五年以来、私たちは再び振出しに戻り、第一歩から踏み出すことを余儀なくされた。これは大きな不幸ではあるが、反面、これまでの混沌・未熟・歪曲の中にあった我が国の文化に秩序と確たる基礎を齎らすためには絶好の機会でもある。角川書店は、このような祖国の文化的危機にあたり、微力をも顧みず再建の礎石たるべき抱負と決意とをもって出発したが、ここに創立以来の念願を果すべく角川文庫を発刊する。これまで刊行されたあらゆる全集叢書文庫類の長所と短所とを検討し、古今東西の不朽の典籍を、良心的編集のもとに、廉価に、そして書架にふさわしい美本として、多くのひとびとに提供しようとする。しかし私たちは徒らに百科全書的な知識のジレッタントを作ることを目的とせず、あくまで祖国の文化に秩序と再建への道を示し、この文庫を角川書店の栄ある事業として、今後永久に継続発展せしめ、学芸と教養との殿堂として大成せんことを期したい。多くの読書子の愛情ある忠言と支持とによって、この希望と抱負とを完遂せしめられんことを願う。

一九四九年五月三日

角川文庫海外作品

絵のない絵本
アンデルセン
川崎芳隆＝訳

私は都会の屋根裏部屋で暮らす貧しい絵描き。ひとりの友もなく、毎晩寂しく窓から煙突を眺めていた。ところがある夜、月がこう語りかけてきた──僕の話を絵にしてみたら。アンデルセンの傑作連作短編集。

新訳 原因と結果の法則
ジェームズ・アレン
山川紘矢・山川亜希子＝訳

カーネギー、ロンダ・バーンらが大きな影響を受けたといわれるジェームズ・アレンの名著が山川夫妻の新訳で登場。自分の人生は自分に責任がある。自分が変われば環境は変わる。すべての自己啓発書の原点！

青春とは、心の若さである。
サムエル・ウルマン
作山宗久＝訳

年を重ねただけでは人は老いない。人は理想を失うとき初めて老いる。温かな愛に満ち、生を讃える詩の数々。困難な時代の指針を求めるすべての人へ贈る、珠玉の詩集。

1984
ジョージ・オーウェル
田内志文＝訳

ビッグ・ブラザーが監視する近未来世界。過去の捏造に従事するウィンストンは若いジュリアとの出会いをきっかけに密かに日記を密かに書き始めるが……人間の自由と尊厳を問うディストピア小説の名作。

動物農場
ジョージ・オーウェル
高畠文夫＝訳

一従軍記者としてスペイン戦線に投じた著者が見たものは、スターリン独裁下の欺瞞に満ちた社会主義の実態であった……寓話に仮託し、怒りをこめて、このソビエト的ファシズムを痛撃する。

角川文庫海外作品

新訳 道は開ける

D・カーネギー
田内志文＝訳

「人はどうやって不安を克服してきたか」人類の永遠とも言えるテーマに、多くの人の悩みと向き合ってきたカーネギーが綴る、現代にも通ずる「不安、疲労、悩み」の克服法。名著『道は開ける』の新訳文庫版。

人生は廻る輪のように

エリザベス・キューブラー・ロス
上野圭一＝訳

国際平和義勇軍での難民救済活動、結婚とアメリカへの移住、末期医療と死の科学への取り組み、そして大ベストセラー『死ぬ瞬間』の執筆。死の概念を変えた偉大な精神科医による、愛とたたかいの記録。

ライフ・レッスン

エリザベス・キューブラー・ロス
デーヴィッド・ケスラー
上野圭一＝訳

「ほんとうに生きるために、あなたは時間を割いてきただろうか」。幾多の死に向き合い、自身も幾度となく死の淵を覗いた終末期医療の先駆者が、人生の最後で遂に捉えた「生と死」の真の姿。

わたしの生涯

ヘレン・ケラー
岩橋武夫＝訳

幼い頃、病魔に冒され、聴力と視力、言葉を失ったヘレン。大きな障害を背負った彼女を、サリバン先生は暖かく励ました。ハンディキャップを克服すべく博士号を受け、ヘレンは「奇跡の人」となる。感動の自伝。

恐るべき子供たち

ジャン・コクトー
東郷青児＝訳

第一次大戦後のパリ。社会から隔絶された「部屋」で暮らす、4人の少年少女。同性愛、近親愛、男女の愛……さまざまな感情が交錯し、やがて悲劇的な結末を迎えるまでの日々を描いた小説詩。

角川文庫海外作品

アルケミスト
夢を旅した少年

パウロ・コエーリョ
山川紘矢・山川亜希子＝訳

羊飼いの少年サンチャゴは、アンダルシアの平原からエジプトのピラミッドへ旅に出た。錬金術師の導きと様々な出会いの中で少年は人生の知恵を学んでゆく。世界中でベストセラーになった夢と勇気の物語。

星の巡礼

パウロ・コエーリョ
山川紘矢・山川亜希子＝訳

神秘の扉を目の前に最後の試験に失敗したパウロ。彼が奇跡の剣を手にする唯一の手段は「星の道」という巡礼路を旅することだった。自らの体験をもとに描かれた、スピリチュアリティに満ちたデビュー作。

ピエドラ川のほとりで私は泣いた

パウロ・コエーリョ
山川紘矢・山川亜希子＝訳

ピラールのもとに、ある日幼なじみの男性から手紙が届く。久々に再会した彼から愛を告白され戸惑うピラール。しかし修道士でヒーラーでもある彼と旅するうちに、彼女は真実の愛を発見する。

第五の山

パウロ・コエーリョ
山川紘矢・山川亜希子＝訳

混迷を極める紀元前9世紀のイスラエル。指物師として働くエリヤは子供の頃から天使の声を聞いていた。だが運命はエリヤのささやかな望みをかなえず、苦難と使命を与えた……。

ベロニカは死ぬことにした

パウロ・コエーリョ
江口研一＝訳

ある日、ベロニカは自殺を決意し、睡眠薬を大量に飲んだ。だが目覚めるとそこは精神病院の中。後遺症で残りわずかとなった人生を狂人たちと過ごすことになった彼女に奇跡が訪れる。

角川文庫海外作品

悪魔とプリン嬢
パウロ・コエーリョ
旦 敬介＝訳

「条件さえ整えば、地球上のすべての人間はよろこんで悪をなす」悪霊に取り憑かれた旅人が、山間の田舎町を訪れた。この恐るべき考えを試すために――。

11分間
パウロ・コエーリョ
旦 敬介＝訳

セックスなんて11分間の問題だ。脱いだり着たり意味のない会話を除いた〝正味〟は11分間。世界はたった11分間しかかからない、そんな何かを中心にまわっている――。

ザーヒル
パウロ・コエーリョ
旦 敬介＝訳

満ち足りた生活を捨てて突然姿を消した妻。彼女は誘拐されたのか、単に結婚生活に飽きたのか。答えを求め、欧州から中央アジアの砂漠へ、作家の魂の彷徨がはじまった。コエーリョの半自伝的小説。

ポルトベーロの魔女
パウロ・コエーリョ
武田千香＝訳

悪女なのか犠牲者なのか。詐欺師なのか伝道師なのか。実在の女性なのか空想の存在なのか――。謎めいた女性アテナの驚くべき半生をスピリチュアルに描く傑作小説。

ブリーダ
パウロ・コエーリョ
木下眞穂＝訳

アイルランドの女子大生ブリーダの、英知を求めるスピリチュアルな旅。恐怖を乗り越えることを教える男と、魔女になるための秘儀を伝授する女がブリーダを導く。愛と情熱とスピリチュアルな気づきに満ちた物語。

角川文庫海外作品

ヴァルキリーズ

パウロ・コエーリョ
山川紘矢・山川亜希子＝訳

『アルケミスト』の執筆後、守護天使と話すという課題を師から与えられたパウロは、天使に会う条件を知る〝ヴァルキリーズ〟という女性集団と過酷な旅を続けるが……『星の巡礼』の続編が山川夫妻訳で登場！

ザ・スパイ

パウロ・コエーリョ
木下眞穂＝訳

1917年10月15日パリ。二重スパイの罪で銃殺刑となった謎の女性マタ・ハリ。その美貌と妖艶な踊りで多くの男たちを虜にした彼女の波乱に満ちた人生を、世界的ベストセラー作家が鮮やかに描いた話題作！

不倫

パウロ・コエーリョ
木下眞穂＝訳

優しい夫に2人の子ども、ジャーナリストとしての仕事。誰もが羨む暮らしを送る一方で、孤独や不安に苛まれていたとき再会したかつての恋人……。背徳の関係さえも、真実の愛を学ぶチャンスだったのだ――。

星の王子さま

サン＝テグジュペリ
管　啓次郎＝訳

砂漠のまっただ中に不時着した飛行士の前に現れた不思議な金髪の少年。少年の話から、彼の存在の神秘が次第に明らかに……生きる意味を問いかける永遠の名作、斬新な新訳で登場。

「みんなの意見」は案外正しい

ジェームズ・スロウィッキー
小高尚子＝訳

多様な集団が到達する結論は、一人の専門家の意見よりもつねに優る、というこれまでの常識とは正反対の説を提示し、ウェブ時代の新しいパラダイムを予見。多くの識者に引用される社会人必読の一冊!!

角川文庫海外作品

前世を記憶する子どもたち
イアン・スティーヴンソン
笠原敏雄＝訳

別人の記憶を話す子、初めて会う人を見分ける子、教わらずに機械を修理できる子……世界各地から寄せられた2000を超す例を精神科教授の著者が徹底調査。世界的大反響を巻き起こした、第一級の検証報告。

富と成功をもたらす7つの法則
ディーパック・チョプラ

願望を実現する力を持ち、愛と喜びに満ちた人生を送ることが真の「成功」。政治家やアーティストら多くのセレブに支持されるチョプラ博士が、成功に導く7つの法則について書いた名著、待望の文庫化！

新版 人生論
トルストイ
米川和夫＝訳

「人生とはなにか？」「いかに生きるべきか？」。この終生の課題に解答、結論を下した書として、全世界でいちばん多く読まれている人生読本。深遠な哲理が、やさしくわかりやすく書かれている。

若き人々への言葉
ニーチェ
原田義人＝訳

「神は死んだ」をはじめ、刺激的な啓示を遺して散った巨人ニーチェ。彼の思想は、現在もなお色褪せることなく燦然と輝いている。彼の哲学的叙事詩の全体像を、分かり易く体系的に捉えたニーチェ入門。

ぼくは数式で宇宙の美しさを伝えたい
クリスティン・バーネット
永峯涼＝訳

2歳で自閉症と診断された息子ジェイク。けれど障害児訓練は本当に彼のため？もっと人生を楽しんでほしいと、自ら保育施設を立ち上げた母クリスティン。やがてジェイクの才能が開花し奇跡を起こす。感動の実話！

角川文庫海外作品

燃えるスカートの少女

エイミー・ベンダー
管　啓次郎＝訳

失われ、取り戻される希望。ぎこちなく、やり場のない欲望。慰めのエクスタシー。寂しさと隣合わせの優しさ——この世界のあらゆることの、儚さ、哀しさ、愛おしさを、少女たちの物語を通して描ききる。

シャーロック・ホームズ 絹の家

アンソニー・ホロヴィッツ
駒月雅子＝訳

ホームズが捜査を手伝わせたベイカー街別働隊の少年が惨殺された。手がかりは、手首に巻き付けられた絹のリボンと「絹の家」という言葉。ワトソンが残した新たなホームズの活躍と、戦慄の事件の真相とは？

モリアーティ

アンソニー・ホロヴィッツ
駒月雅子＝訳

ホームズとモリアーティが滝壺に姿を消した。現場を訪れたアメリカの探偵とスコットランド・ヤードの刑事は、モリアーティに接触しようとしていたアメリカ裏社会の首領を共に追うことに——。衝撃的ミステリ！

007 逆襲のトリガー

アンソニー・ホロヴィッツ
駒月雅子＝訳

ゴールドフィンガー事件の後、ボンドは任務先でロケット開発に対するソ連の妨害行為を察知。スメルシュと接触する韓国人実業家のシンに目をつけ、米国の記者と名乗る美女・ジェパディと共に調査を開始する。

アウト・オン・ア・リム

シャーリー・マクレーン
山川紘矢・山川亜希子＝訳

実りのない恋が、思わぬ体験に彼女を導いた。行動派で知られる女優が、数々の神秘体験をきっかけとして、本当の自分、神、宇宙について学びながら、大いなる世界に目覚めていく過程を綴る。

角川文庫海外作品

聖なる予言

ジェームズ・レッドフィールド
山川紘矢・山川亜希子＝訳

南米ペルーの森林で、古代文書が発見された。そこには人類永遠の神秘、魂の意味に触れた深遠な九つの知恵が記されているという。偶然とは思えないさまざまな出逢いのなかで見いだされる九つの知恵とは。

「ドリームタイム」の智慧
あなたらしく幸せに、心豊かに生きる

ウィリアム・レーネン
吉本ばなな
伊藤仁彦＝訳

恋愛、仕事、子育て、同性愛、スピリットワールドなどについて、自分にも他人にも嘘のない人だけが行けるドリームタイムで教えてもらったスピリチュアルな智慧を紹介。吉本ばななさんが聞く幸せへのヒント！

癒す心、治る力

アンドルー・ワイル
上野圭一＝訳

人には自ら治る力がそなわっている。現代医学から自然生薬、シャーマニズムまで、人が治るメカニズムを究めた博士が、臨床体験をもとに治癒例と処方を記し世界的ベストセラーとなった医学の革命書。

富を「引き寄せる」科学的法則

ウォレス・ワトルズ
山川紘矢・山川亜希子＝訳

お金や資産は、「確実な方法」にしたがって物事を行った結果、手に入るものです。この確実な方法にしたがえば、だれでも間違いなく豊かになれるのです――。百年にわたり読み継がれてきた成功哲学の名著。

運のいい人の法則

リチャード・ワイズマン博士
矢羽野　薫＝訳

英国の心理学者リチャード・ワイズマン博士は、幸運と不運を隔てるものに興味を抱き、調査を開始。十年の歳月と数百人への調査から辿り着いた、「運のいい人」に共通する四つの法則とは――⁉